我有相思冠盛唐

韩八荒 等编著

山东画报出版社

图书在版编目（CIP）数据

我有相思冠盛唐 / 韩八荒等编著. -- 济南 ：山东画报出版社，2017.3
ISBN 978-7-5474-1903-8

Ⅰ. ①我… Ⅱ. ①韩… Ⅲ. ①短篇小说－小说集－中国－当代
Ⅳ. ①I247.7

中国版本图书馆CIP数据核字（2016）第226551号

WO YOU XIANG SI GUAN SHENG TANG

我有相思冠盛唐

韩八荒 等编著

责任编辑 李新宇
总 监 制 梁 洁
策划编辑 刘芬兰
统筹编辑 周 航
装帧设计 杨湘豫 田星宇
主管部门 山东出版传媒股份有限公司
出版发行 山东画报出版社

社 址 济南市经九路胜利大街39号 邮编 250001
电 话 总编室（0531）82098470
市场部（0531）82098479 82098476（传真）
网 址 http://www.hbcbs.com.cn
电子信箱 hbcb@sdpress.com.cn

印 刷 湖南天闻新华印务有限公司
规 格 150毫米×210毫米
8印张 140千字
版 次 2017年3月第1版
印 次 2017年3月第1次印刷
定 价 29.80元

前言

打开文档写这篇前言的时候，已是深夜12点。

脑子里充斥了太多的话语，有太多的想法需要表达，反而无法下笔，只好索性停笔起身。

开了窗，关了灯，站在窗口往下看，城市的灯火蔓延成一片光海，显得既热闹又唯美。整个城市成了一个整体，繁华，闪耀。

华美得令人惊叹，又令人敬畏。

相比这个世界，在其中生活的我们，是多么渺小又普通。

我们看得到这个世界，世界却未必看得到我们。

古往今来，多少人因为此事而感慨。

因此连苏轼都会说出“寄蜉蝣于天地，渺沧海之一粟。哀吾生之须臾，羡长江之无穷”的话来。

人生如梦亦如幻，朝如晨露暮如霞。

纵然人如此渺小，时光又那么短暂。

可有那么多的故事，那么多的情怀，不会因为短暂和渺小而被抹杀。

因为，这个世界上，有文字这么奇妙的东西。

那些世界上的美好、深情、壮阔，都因为文字而在历史的长河里变成一粒粒闪光的珍珠。

旁人和后人读起来，都能感同身受。

这就是文字之美。

我自小喜欢文字，虽然这听起来特别地矫情。

但是，当某一天，我去旅游，夜晚和几个外国小伙伴一起在海边BBQ的时候，看到月亮升起，美得动人心魄。

那时候我情不自禁地念了一句："海上生明月，天涯共此时。"

而我身边的外国朋友，站成一排，齐齐说了一句："哇哦！"

我笑得打嗝的同时突然感慨中国文字的魅力。

中国的文化在文字的表达形式上，非常独特而奇妙。

诗经，汉乐府，唐诗宋词元曲，明清小说，繁荣而丰富。

《我有相思冠盛唐》这本书最初的创意，来源于我的年少的时代。

那时我尚在读高中，沉迷于诗词，一时不可自拔。

那时候我有一个想象力极其丰富的脑袋。

在读着那些唯美的诗句的时候，总能通过那么一两个句子，联想到一个个美妙的故事。

这些故事，有的和历史有关，有的就纯属瞎想。

但它们唯一的共同点是，都是被那么一句诗所折射出来的幻境。

这些幻境让我一直念念不忘，甚至为此写了整整几大本日记。

后来，我入了言情界。后来，我又做了编辑。

后来，我的文出版了。后来，我的文影视化了。

一路走来，我离古文化似乎越来越远。那几本日记，也蒙上了尘埃。

直到今年三月，我跟业内的一些写手，提起我最初的梦想和挚爱。在被认可的同时，她们提出疑问，问我："你为什么不写出来呢？"

我说："毕竟这想法时隔多年，且当年写的东西实在是太稚嫩了。"

她们又说："那不如，你立个杆儿，把道儿划出来。我们这些都喜欢诗词曲赋的写手一起，出个合集。"

我想了想，觉得，可行。于是，组了个团，开工。

那些因为唐诗而想象出来的故事，那些带着我们少年情怀的文字，将在此篇中为大家一一呈现。

谨以此合集，向中国的浩瀚的文化，致敬。

韩八荒

于2016年8月18日深夜

目录
CONTENTS

生查子

唐　牛希济

春山烟欲收，天淡星稀小。残月脸边明，别泪临清晓。语已多，情未了，回首犹重道：记得绿罗裙，处处怜芳草。

犹记绿罗裙

文/韩八荒

楔子

传闻御史家小姐苏泷月，冰雪般的容貌，不苟言笑，常年茹素，佛陀心肠。年过二十尚未婚配，恐是出世之相。

『第一章 京郊青玉庵』

夏日深山，天气凉爽。

苏泷月吩咐小婢将熬好的药送给母亲后，慢慢地走到青玉庵后院，坐在一架紫藤秋千上，发呆。

累了一天了，此刻的她，只想静静。

秋千轻轻地摇晃，她斜倚着秋千打算假寐片刻。

堕马髻，薄罗裳，纤指玉帕，红颜沉静，晚霞红若胭脂，华光倾城，蔓延了整座山头，映红了她月白色的衣裳。

晚风习习，凉爽又舒适，她在秋千上睡了过去。

睡着的那一刻，她忍不住地往后靠，秋千没有支撑得住，仰身倒下，蓦然惊醒的时候，连尖叫都来不及发出，就瞪着眼睛摔了个人仰马翻。

腰腿剧痛，可能是哪里断了。

她心里痛苦不堪，但是脸上却不动声色。尽力地翻着身子，让自己看起来不像个仰躺着的乌龟。

她奋力地扶着秋千板准备爬起。

然而并不能爬得起来。

腰没断，但是脚扭了。

她默默地望天，想着在后院大声喊小婢，被听到的概率会有多少。

然而在喊了好几声之后，她终于力竭了。她自幼吃斋，中气不足，喊起人来都格外费力。

意识到这点之后，她揉着脚腕儿兀自哀伤。

陡然，一阵狂风刮过。

真的是狂风，刮得她半刻无法睁开眼睛。等风过去，一袭绿色的裙裾出现在她的视线里。

“这位小姐需要帮忙么？”清亮的声音自上方传来。

有人?

陌生人?

脑子里接连跳过着两个念头，她迅速抬起头来。

一个硕大的狐狸脑袋，长在一个穿着绿罗裙的姑娘身子上，而那狐狸正低着头，柔情万种地看着她，对她伸出了帮助的手。

她两眼一翻，成功地陷入了昏厥。

『第二章 妖媚狐家妹』

“娘，那个女人是妖怪！会吃人心肝的！”苏泷月端坐在床前，一边伺候着苏夫人喝药，一边真诚地提出建议，“若母亲怕赶她出去会被报复，女儿立刻修书一封叫爹爹带府兵前来。”

“泷儿，那位姑娘原本在山中采药，见你呼救才从后门进入搭救于你，你为何口出恶言？”苏夫人喝完药，抬头看着她，颇为不解。

因为她看到了，一个巨大的狐狸头！

“母亲！她若不是妖怪，为何出现在这深山古寺？”苏泷月跟母亲说过自己所见，苏夫人却说她看多了志怪话本，她急得要命，偏偏有一张自幼便无法做出表情的脸，只能忍耐着一遍遍解释，怕母亲被那狐狸精迷惑了。

可她不知道这样面无表情地重复同一句话，在苏夫人看来，实在是唠叨得过分。

她久病初愈,看着苏泷月只觉得闹心,忍不住开口赶人。

“平民家中的女儿，为了生活出来采药，自然出现在深山啊。更何况，这个姑娘医术精湛，不仅将娘的病治好了许多，而且，这姑娘为你开的药方，似乎也很不错。这几日，你的表情和话语，都活泼了许多。”

苏夫人拍拍她的手：“因此为娘想，这次回府，就将她聘为府中医女，也好方便为我疗养。此事母亲心意已定，你莫要多言！”

母亲，你是不是被狐狸精迷了心！

被赶出厢房之后，苏泷月怒气冲冲地站在门口。

她自小难以做出各种表情，就算努力笑了，也只能轻微抬起嘴角。故而很多人都觉得苏家小姐，鲜少微笑，是清心寡欲出世之相。

可这狐狸精来了不到半月，巧言令色，讨得了母亲的欢心，却时不时背着旁人露出毛脑袋陡然出现在她面前。大惊之下，她自然表情丰富，虽然和常人不能比，但是好歹有的时候，眼眸里面也能闪现出类似愤怒或者哀怨的神色，却没想到母亲反而认为这是对方开出的药方的功劳。

这可恶的狐狸精。

苏泷月气得差点绞碎了手里的帕子，愤恨地出了房门去了后院。

后院果然有那狐狸精。

见苏泷月站在那死死地看着她，她愣了三秒之后，嫣然一笑。

“苏姐姐。”

身形纤瘦的美人半坐在石凳上，端着一个簸箩正在细选桂花。精致的梅花妆，身着翠薄裳，端的是楚楚动人。

“谁是你姐姐！你这个妖怪。”苏泷月骂道。她眼睛里面冒着灼灼火焰，可惜面无表情，声音亦波澜不起，显得十分没有气势。

对方听了不仅不生气，还温柔浅笑。

不愧是狐狸精……一笑之下，入鬓长眉扬起，剪水秋瞳弯若新月，里头秋波荡漾，美到惊心动魄。

嘲笑她居然也笑得这么好看。

烦躁！

苏泷月看得闹心，忍不住后退一步。

那狐狸精看着她这样，慢慢地止住了笑容，叹了口气。

“苏小姐不必如此忌惮我。”她把那一簸箩桂花放在石桌上，朝苏泷月慢慢走过去。

“我虽然是狐狸精，但我从未害人，暂住此地不过是为了了却前世夙愿。恰巧救你和你母亲，只是为了做功德，并不是有所图谋。”

苏泷月捏紧帕子不说话。

一个纯良的，想做功德的狐狸精。

菩萨都不信。

“在尼姑庵这里了却前世夙愿，你是和菩萨有前缘吗？”她反诘。

见她不信，对方抿了抿嘴巴，依旧好声好气：“我和菩萨没有前缘，但是我和我前世的夫君，会在此相见。”

“尼姑庵里出夫君？有趣！”苏泷月想了想，突然觉得这狐狸精讲话完全不靠谱，十分好笑，于是她真的嗤笑出了声，面无表情地“呵呵”了两声。

她这样的无理，可是对方却没有生气。

“苏小姐，此乃我个人私事，本不需要向你交代，但你身为庵堂主人，我便直言了。我擅长占卜，占卜显示，我会在最近这段时间，在这个庵堂里遇到他的转世。千年来我占卜从未出错，所以苏小姐，我必须住在庵堂。”

“庵堂佛光普照，我可能无法维持人形。我知道第一次相见，惊吓到了苏小姐，还请见谅。”对方起身，朝着苏泷月福了福身子。

明明非我族类，偏偏比人还注重礼节。

苏泷月冷哼一声。

正想再说些什么的时候，只见对面那狐狸精脸色陡然大变，张着嘴嘶吼一声，示意她赶快转身。

可……

哪里来得及……

在那吼声中，苏泷月眼睁睁地看着那有着姣好面容的头颅，渐渐地变化，成了一个狐狸模样。

苏家小姐哼都没有哼一声，当即倒地。

她真的……

好怕这妖怪啊，母亲！

『第三章 冲动入山林』

接下来的半个月，苏泷月的生活几乎是绝望的。

她的母亲在那狐狸精的治疗之下，确实身体好转。但是比之在其他人面前的人模人样，对方在她面前真的是随意太多，动不动就露出那毛脑袋将她吓晕不说，苏夫人还日日逼着她喝下对方熬的一看就很像毒药的汤药。

每次喝完，整整一天都食不知味。

这样下来，不到半个月，苏家小姐苏泷月就以肉眼可见的速度清减了。故而一旦看见狐狸精，她就咬牙切齿，满目哀怨。

那张面无表情的脸，竟然就因此生动了起来。

苏夫人大喜，一时间竟将那狐狸视为恩人，命人三餐好吃好喝供养她。

苏泷月这日一气之下，便怒而走出了庵门。

青玉庵位于京郊的紫凉山半山腰，乃她家资助所建。她每次来，都是陪伴母亲静心养病，并未独自出去过。

这一怒之下，竟然没有走熟悉的下山路，反而怒气冲冲地上了山。

等她意识到的时候，已经完全不知道身处何方了。

天色渐渐地暗了下来，茂密的森林显得格外的冷且幽深，远处传来不知名的野兽的吼叫，令人格外心惊胆战。

苏泷月面无表情地害怕着。想要大声地呼救，可是从小就无法张大嘴巴高声说话，所以那一声声“有人吗？救救我”显得格外柔弱而矜持。

根本不可能被人听到。

更何况这深山老林也根本不可能有人。

苏泷月只好一路按着记忆中的路线往山下走。

她甚少出门，自然是无法分清方向的，但往低处走就是下山路这个理她是懂的。

天色越发地暗了。

她加快了下山的脚步。

也不知道是否是运气很好，越往前走，树木就变得越发稀少，地势也渐渐变得平坦了，看来是快要到山下了，她顿时长舒了一口气。

远处，突然传来一声马鸣之声。

有人！！

得救了！！

苏泷月大喜过望，一边加快速度，一边朝着那有人声的地方呼救。

横过去，突然看到了一条斜斜的溪流，溪流的尽头，是一个水潭。

苏泷月所站的地方，正是水潭正上方。

她站在上面，极力往下望，果不其然，水潭边上，是一匹马。马背上装着马鞍，马鞍边上挂着好几只猎到的野物，马的模样十分悠闲，看得出来主人就在附近。

苏泷月心下一松，就朝着马的方向走了过去。

刚走到潭边，平静的潭面突然就“砰”的一声炸了开来。一个人猛地从水里面蹿起。

事情来得太突然，苏泷月那只有二两的胆子根本无法承受，尖叫了一声就毫不犹豫地倒了下去，溅起一朵大水花。

醒过来的时候，苏泷月的脸疼得十分明显。一只手抡圆了在抽她耳光，一边抽还一边惊慌地叫着：“姑娘醒醒！”

苏泷月猛然睁开了眼睛。一张大脸出现在她的视线中，两个人都被对方吓得不轻，各自惊呼一声。

等定下神来，苏泷月才发现，虽然得救了，但是眼前的情况比死了更加糟糕。

夜色已经降临，旁边的篝火正在燃烧。

她的面前，救她的男子容颜俊美，头发湿漉漉的，赤裸着上身，下身只虚套了一条裤子。而她浑身湿透，衣衫不整。

这……

她不说话直直地瞪着对方。对方似乎也意识到了什么，惊叫一声，拾起地上的衣服就捂住了胸口。

空气静默得几乎要凝固，只剩下篝火燃烧的噼啪声。

许久之后，苏泷月发出虚弱的，毫无感情起伏的声音：“奴家乃御史府嫡女苏泷月。敢问阁下大名？”

对方似乎愣了一下，似乎意识到了什么，接着，声音颤抖地回复：

“丞相府，穆云熙。”

苏泷月点了点头，依旧是面无表情的模样：“那么穆公子，你可有婚配？”

对方怔了一怔，开口：“不曾。”

苏泷月悬着的心微微一松：“奴家也尚未许人。”

不待对方回答，她又补了一句：“今日承蒙公子搭救，奴家愿以身相许，若公子不嫌弃，明日请送我到青玉庵后门，百日之内，前来御史府下聘。”

“若公子不愿，奴家如今与君孤男寡女独处一宿，再无颜苟活，便烦请公子速速离去。”

她说完之后，便扭过头去，不再看他。

当朝重礼仪，女子贞洁关乎性命。她世家出身，名节更为重要。

对方却许久不曾回答。

苏泷月心里一片冰凉，又渐渐觉得绝望。从发间拔下金钗，抵住自己的喉咙，微微用力，便能感觉到尖锐的疼痛。

只听得后面一阵窸窸窣窣的声音，那个人似乎很是为难。她握紧了拳头，嘴唇被咬得死白，等最后的结局。

半晌之后，那个人似乎下定了决心，一个东西被递到了她的面前，是半块玉珏。那个人声音低沉：“苏小姐也是千金之躯，穆某亦是圣贤门下，既然你我都尚未婚配，此番可能是天意。穆某愿求娶小姐。”

苏泷月手里握着的金钗慢慢地放松了下来。她接过那玉珏，将抵在喉间的金钗递了过去，闭上了眼，只觉得浑身冰冷。

天意。

『第四章 君归来兮卿莫离』

“公子请速速回去禀告父母家人吧。”苏泷月站在青玉庵后山对着送她而来的穆云熙低声道。

她面无喜色，语调无喜无悲，让身后的少年手足无措："苏小姐，你若后悔，穆某发誓，昨日之事，绝不对他人言及。"

不对他人言及？但是天知地知，神佛皆知。这誓言又有什么作用？

"奴家不后悔。"留下一句话，苏泷月转身就离去。

对方望着她的身影，良久过后，终于长叹一声。

苏泷月是从后门悄悄地进入庵堂的。

和她想象的鸡飞狗跳不同，庵堂一片寂静。

她喊来小婢问话，才知道昨日晚上发现她离去之后，母亲十分焦急，却被那狐狸精安抚，说小姐她并未走远，定能逢凶化吉，平安归来。

于是没有回禀府上，只派了几个年轻的尼姑去寻她。

她一边庆幸事情没有闹大，另一边又气母亲为何如此轻信这狐狸精的话。

苏泷月唤来婢女，打了水给自己洗漱梳妆，然后去母亲房里报了平安。

她默默地回到房中想着心事。

没想到……

就这样，要出嫁了。

庆幸的是，对方也是名门出身。

只是此时要如何对双亲禀明？

苦思之下，竟然毫无头绪。

门外传来三声轻轻的敲击声，打断了她的思绪。

"进来。"她喊。

等到门外的人真的推门进入的时候，苏泷月就后悔了……

那缓步走进来的女子，并不是旁人，正是那狐狸精。

"出去。"她面无表情地赶人。

"苏小姐你为何总是这样难相处？我只不过是来为你治病的。"

那狐狸精的耐心出奇的好，不仅不出去，还顺手关上了门。

“听苏夫人说你身子已经复原了不少，我就想着，最后给你治疗一番，让你神情生动，恢复如常人。”

“如果你说的治疗，是变成狐狸吓死我的话，我觉得我真没法好相处。”苏泷月白了她一眼。

“这次不一样。”对方轻笑一声，双手一扬，一缕香风拂过，一颗散发出红光的内丹被她张口吐出。

妖精的内丹！

苏泷月常年听住持念佛，自然是知道内丹于妖精的重要性。她屡出恶言，对方却拿内丹来为她治疗，这般以德报怨，是为哪般？

脸上渐渐变得火热，那内丹却慢慢地变得暗淡。苏泷月沐浴在这温暖的光芒中，昏昏欲睡。

在沉睡之前，她忍不住询问：“你为何为我做到如此地步？”

狐狸精额头冒出豆大的汗珠，脸色已然苍白，却依然扬起一抹笑容：“因为功德不够呀！”

“我喜欢的那个人，还未出现在这个庵堂之中，那定然是我修行得不够，功德累积得不够多，所以他那样普度众生的人，才不愿意与我相见。”

苏泷月睁大了眼睛，在最后的视线里，看见了一个狐狸精的眼泪。狐狸精说：“苏小姐，你可知道，我追随我的爱人已有百世，这是我最后的机会。”

大概是妖力流失，对方的脑袋又渐渐发生变化，硕大的毛茸茸的狐狸头开始控制不住地显现。

苏泷月这次却不觉得可怕，因为她惊讶地发现，她竟然十分想将那个毛茸茸的脑袋揽住拍拍，告诉对方，别哭。

她其实很羡慕这样能勇敢地爱下去的人。

这俗世的女子啊，拥有爱情多么不易。

纵然如她，也即将要嫁给一个只见了一面的人。

『第五章 归家』

短短七日过去，苏泷月的宿疾竟然不药而愈。

苏夫人身子爽利了不少，两人便商量早日归家。

原本苏夫人是想带着那狐狸精，哦不，叫御玥的女子回府的，可对方却以尚未等到故人，不会离开庵堂的理由拒绝了。苏夫人便只好作罢，吩咐庵堂尼姑好好照料她。

苏泷月离开的时候，御玥出来送行，绿色的衣裳显得她格外的苍白消瘦。苏泷月看得不忍心，问："狐狸啊……你有没有想过，那个人不会来？"

对方笑了笑，没有回答。

"或者，你的占卜，出了错？"

这次，御玥却正色道："万年之前，我堕天之日，散去修为，只保留了占卜一能，就为寻找到他，所以，绝不可能出错。"

两人相顾无言，便互相道别。

……

归家之后，大抵是因为她不再面如霜雪，提亲的公子竟多了许多。

可苏泷月心里却十分惆怅，她想，可能是自己被狐狸精的内丹治疗过，所以染上了狐媚之气的缘故。

可又不敢确定。

只一心盼着那穆家公子速速实现那日诺言，前来下聘。

庆幸的是，她平日恭敬孝顺，父母又娇宠，每日提亲的公子若是家世不错，便告知她让她自己定夺。

可她左等右等，那报上来的名单上却始终没有穆云熙的名字。

一开始焦心如焚，后来日渐清减。

等快到约定日子的时候，苏泷月都已经做好了赴死的准备了。想到不能再承欢父母膝下，悉心侍奉尽孝道，便觉得内心煎熬，泪如雨下。

这日早上起来，刚好到约定的百日。

她素颜白衣端坐房中，提起笔打算留下绝笔信的时候，却听到婢女来报："小姐！穆二公子来提亲啦！"

苏泷月手一抖，一滴墨汁掉在纸笺之上。

她抬头，问："哪个穆公子？"

婢女一脸喜色："丞相府的穆云熙穆公子！"

『第六章 出嫁』

当秋日送来第一抹凉风，鸿雁南飞时，便是苏泷月凤冠霞帔嫁入丞相府的日子。

九月二十三，万事皆宜。

十里的迎亲队伍，漫天的红绸铺盖开来，喜气得宛如天边燃烧的红霞，玫瑰香露的芬芳弥漫了整条华浓大街。苏泷月坐在镶满珠玉的花轿上，身着鸾凤和鸣的喜服，金丝绣的喜帕盖住了她娇羞的容颜。

她绞着手中的罗帕，今日，她便要成为他的新嫁娘。

他在约定的最后一天才到来，能明显看得出来她嫁过去对方不见得有多么欣喜。

但是，日子还长，一切都来得及。

可是，她不禁想起那个狐狸精，那个等着爱人的狐狸精，不知她能等得起的时光，是否依旧一样漫长。

正在胡思乱想着，却见轿子陡然停了下来，听着有人喝道："何人拦轿！"

她拨开轿帘悄悄向外看，却见一袭绿裙在风中摇曳，柔美曼妙。

真是想谁谁到，竟然是那只狐狸精。

对方薄纱掩面，可是那华丽绝美的气场，却相当的熟悉。

流云髻，金凤钗，翠裙轻扬，在这漫天的红中宛若涅槃，风华绝代，优雅而哀伤。

苏泷月想喊对方，可对方却似乎不是冲她而来，而是直直地看着她的夫君。

狐狸精扬声询问：“这位公子，您可是于百日前到过京郊青玉庵？”

苏泷月竖起了耳朵，脑子里闪过百般记忆。

却听到未来夫君的回答：“正是。”

苏泷月的心沉沉地落下去。

她想起那狐狸精说的话，又想起那日水潭边的承诺，突然不知所措。

万年情缘，和俗世承诺，孰轻孰重一眼可知。

也许……

她还未出嫁，就可能要失去丈夫了。

可是，耳边却传来穆云熙迟疑的声音：“穆某并不认识姑娘，姑娘为何拦我喜轿？若是无事，可否让我们过去？”

苏泷月一时愣住，下意识地去看站在那里的狐狸精。

那狐狸精身子剧烈地颤抖，握紧了拳头仿佛在极力地克制自己的情绪。在苏泷月以为她会因为无法克制而显现出那绒毛狐狸头的时候，却发现对方只是发出一声长叹。

良久，那狐狸精才发出一声低低的询问。

“今日逢君大喜，御玥方知来迟一步，御玥绝无坏君姻缘之意，只是敢问可否让御玥以一舞为赠？”

这要求十分诡异，让穆云熙一时怔住。可那绿衣女子看上去似乎被拒绝就要心碎得死去般，又让他无法拒绝。

他猛然望向那红红的轿子，不知所措。

苏泷月叹息了一声，该来的还是来了。她扬声喊道：“吉时已经快要到来，不过姑娘一片好心，大喜之日我们夫妻怎好拒绝？这位姑娘只管起舞，我们绕路而行，远远望着您便是。”

她这话软中有硬，穆云熙虽然不明白这来路不明的女子为何这样，但既然新娘已经做出了安排，他立刻拱拱手，上马离开。

迎亲的鼓点和唢呐声再次响起。

长长的队伍从那狐狸精身边走过。

狐狸精退后三步，低低地福了福身子，然后踩着这喜乐声开始起舞。

苏泷月放下了喜轿的帘子，坐得端正。

而那只狐狸精明明知道二人听不见，却依旧低低道谢，眼神飘忽，长如蝶翼的睫毛闪了闪，依稀可见眼里晶莹的泪。随即，她退后、旋身、错步，长长的翠袖甩了开来，若飞舞旋转的流云。

她的腰灵活无比，她足尖点处，裙摆的流苏泛起粼粼的波光；她的眸子是幽不可测的深潭，她的舞姿翩跹飘逸；她身上的绿裙翠色欲滴，随着她的舞步似水波流转，旋出美好的弧度，像是追寻，又像是祭奠。

然而从头到尾，那个迎亲的队伍也从未因此而停下脚步。

直到那队长长的人马再也看不见，绿色的身影才停下早已不稳的舞步。

天意弄人。

不如归去。

『第七章 之子于归，宜其室家』

拜了天地，喝了合卺酒，掀开红盖头，穆云熙的眼神似乎有些迷茫，也似乎有些委屈。泷月望向他呆呆的模样，忍不住笑了出来："夫君为何这般看着奴家？"

她语气娇痴，三分疑惑，七分撒娇，纤长的玉指抚上了他的脸。

穆云熙望着她，红烛下的她身上有着他不曾见过的妖冶。全然不似初见的冷冰，她的身上，似乎还带着他喜欢的气息。

穆云熙的眼睛里不由泛起一抹暖意。

"苏小姐……"他唤她，却不知道如何开口。

"嘘。"她用食指点住他的唇，"夫君，请称呼我娘子。"

她半眯着眼，妩媚地勾魂摄魄。

穆云熙的心狠狠地一跳。

他其实早就听说苏家小姐是冰山美人，虽然长得不错，但是和那样槁木死灰般的女人成亲，婚后生活必然悲惨。

可如今一见，竟然令他如此怦然心动。

红烛吹熄，暗香浮动。

……

早上，他细细为她画眉，神情专注，微笑暖如春风。苏泷月低头，轻轻地笑。

时光流逝，泷月嫁入穆家已经一年有余。

早上起来到父母房中恭声问安，日里帮着打理家中大小事宜，她的乖巧能干让穆夫人欢喜。而穆云熙对她更是百般宠爱，他们之间似乎总是存在着那么一种惊人的默契。

夏去秋来，穆府忙碌了起来，全府上下一片喜气，因为苏泷月有喜了。

花园里，泷月靠在穆云熙的怀里，左手轻轻抚上小腹，那里，有他们的孩儿。他望向她，眼里是连绵不绝的深情，他抱紧她："娘子，我觉得好生欢喜。"

"嗯。"她微笑，闭着眼，"我也是"

她的回答令他大喜过望，忍不住亲吻她的额头。

她却轻轻一推，正色跟他商量。

"夫君，明日，我须去青玉庵上香，为我们的孩儿祈福。"

"我陪你。"

"不必，多带几个婢女婆子陪我就可以了。"

"那好吧，娘子，凡事小心。"

『第八章 不复相见』

次日午时，浩浩荡荡的一堆婆子丫头打破了青玉庵后院一片安谧。

搬凳子的，搀扶的，伺候汤水的，往来不绝。

苏泷月常来此处，最是不喜欢这样嘈杂。

烧完香祈福完了之后，让婆子在后院安了躺椅，便把人都打发走了。

她在躺椅上，静静地等待。

成亲这一年来，穆云熙总是会遇到各种香艳事件。

偶然救下的女子要以身相许啦，深夜读书婢女红袖添香啦，出门办事巧遇美人啦，等等。

可穆云熙一直是谦谦君子，从未对不起她。

而这样的桃花运，在她怀孕之后，戛然而止。

苏泷月想，事出必有因，也许是到了解决的时候了。

果然不出多久，后院的门无风自开。

纤瘦的浅碧色人影缓缓地进门来，在阳光下显得格外娉婷而孤单。

泷月深吸了一口气，方才开口："你来了。"

"是的，我欠你一个解释。"

她咬咬唇，思索了片刻，道："穆夫人，我听闻你也是喜欢听志怪故事之人，今日我给你讲个故事如何？"

苏泷月点头。

对方惨笑一声，开始讲："天庭原本有一只修行万年的灵狐，她不爱修炼，也不愿入人间感受烟火。她最喜欢的，竟然是听西天的一位双面佛陀讲解佛经。

"这双面佛陀，乃世间欲望的化身，正义邪恶，悲伤欢乐，两面皆修，是无上正义玄妙之果。

"灵狐道行高深，可去西天一趟却需要十年之久。佛陀感她诚意，便每五十年开一次讲经大会。

"佛陀以为，这只狐狸爱上的是佛法精妙，是宇宙苍生，是上天慈悲。殊不知，狐狸爱上的，是佛陀。"

听到此处，苏泷月几乎猜得到结局。

果然，低低的哭泣声响起："待到佛陀察觉，狐狸已经用千年陪伴将他的凡心挑起，让他爱恨分离，双面离心。”

面前的狐狸精泪如雨下。明明不是人类，却似乎比人类还沉迷虚幻的情爱。明明是妖魔，却似乎更加多礼克制。

这狐狸精居然这样奇怪。

她情不自禁地开口问：“这样的结果是你想要的吗？”

“当然不是，我只是想，我用情如此之深，是否值得与他的信仰斗一场，让他的爱恨为我留下，让他的慈悲重回西天。”

“你做到了？”

“我做到了。他的爱恨坠入人间，我追随而去。可是历经百世，他每一世选择的人，都不是我。”

御玥的声音渐渐哽咽了，她顿了顿，泪水在眼眶里打转：“这一世他选择的是你……”

苏泷月彻底明白了。她扶住对方，本应该安慰，她却安慰不出来。

“是我。而且他接下来的百世选的，都是我。”

苏泷月开口，不知道为何，声音无比尖锐。

“他曾为你动心，便毁了佛法。你却依旧一意孤行，让他世世不得安宁。”她的手压在狐狸的肩头，语气严肃，“放手吧！不过是你万年来的单恋，何苦害他也陪你受苦！不如放过他，也放过你自己。”

狐狸身心剧震。良久，她抬起头来，咬着唇点了点头，下一瞬间消失在空气里。

苏泷月颓然地坐下，她的头颅昂得高高的，优雅如鹤。那个人已经离得那么远，所以她不会看见自己潸然而下的泪水。

也不会看到自己哀号失声，心痛到脸庞都扭曲变形。

苏泷月独自一人在后院许久。等到太阳下山时，婆子进来的时候，几乎被她吓了一跳。

她面色惨白如鬼，泪痕犹在，神色冰冷，无悲无喜。

吩咐一声“起轿”，她颤抖地挂上帘子。

结束了，这万世的劫难与爱恋。

今日她回去领回肉身，这世间便再无苏泷月和穆云熙。

因为他们原本，就是一个人。

那狐狸只以为，自己诱惑的，是双面佛的人性。

却不知真正导致这千年大难的，却是因为他的佛性也动了情。

双面佛陀，一面人间，一面佛界。人性佛性混沌不分。天降大难，佛祖为保苍生，欲引天雷而灭灵狐，倾净瓶水而为他洗灵魂。

他，除了承受，再无办法。

可是，当天雷对着毫不知情的她劈下来的一刹那，他选择了第三种办法，涅槃。

他将佛性从身体里生生抽出，化作眉目俊朗的男子，将人性用净瓶水洗涤，化作神色冰冷的女子。

自此，尘世便有了两个佛陀。一个化成男子，抽离记忆，留下情感，在狐狸的面前毫不犹豫地坐化，让她以为，佛陀因她而落入轮回。

而那些失去情感的记忆，则化作女子，世世追随自己的身体，偷偷轮回。

每一世，记忆都匆匆赶在灵狐之前，找到另一半，以绝了她的念头。

突然，一声“停轿”打断了回忆。

她在婆子的搀扶下下了轿，看到自己的另一半穆云熙站在门口焦急地等她。

她扬起一抹微笑，走上去，跟对方深深地拥抱。

一瞬间佛光普照。

在凡人惊讶的眼光之中，两人逐渐融为一体，坐下红莲升起。

西方梵音响起。

双面佛双眼微闭，皈依我佛。

酬施先辈

唐 孟简

襄阳才子得声多，四海皆传古镜歌。
乐府正声三百首，梨园新入教青娥。

梨园歌舞

文／韩八荒

楔子

广历十三年，盛世太平。

君王好音乐，王后解歌舞。

故当朝，倾城容光，婉转歌喉，玲珑身段，旷世诗才，皆入梨园。

『第一章 沈教头』

天色渐渐暗下去，火烧云的最后一抹余晖还留在空中，亳阳城的街灯就已经迫不及待地亮了起来。夜戏的台子已经早早搭起，酒肆的吆喝声远远可闻，街上行人欢笑喧闹，女子脂粉香气缠绵环绕，整个京都显得浪漫而又纸醉金迷。

然而在京城的西北角，夜色笼罩下的某个院落里，气氛却不那么和谐，甚至有些紧张。

仅有的几个下人早已机灵地躲开，偌大的房间就剩下两人。

一个委委屈屈地窝在榻上，一个面无表情地站在房中。

“我说！不准去！”一个大大的棉枕头带着少年明显的愤怒毫不犹

豫地朝着沈慕青砸过来，他清亮的嗓音因为愤怒甚至上升了好几个调，但音色依然悦耳，“沈慕青你敢去见他试试！”

沈慕青没有动，就这么生生地被枕头打中，虽然打得并不疼，但是少年的无理取闹还是让她纤细的眉毛死死地皱起。

不想再多做纠缠，她转身就往门口走去。

待她的手搭上门栓的时候，榻上的人“呼”的一声弹起来，疾步挡在门口：“沈慕青！我不许你去求他！”

少年的脸在烛光中显得分外倔强和苍白，他咬了咬嘴唇，像是怕无法说服眼前沉默的女子似的，单薄的背紧紧地靠着门板：“而且我不觉得去求他管用。”

和少年差不多高的女子抬起头来直视他，也不说话，可光是身上冷若冰霜的气息就让少年凶巴巴的气势降了下去。

“柳子阡，你已经十五岁了，若不是在这沈家班，你都已然到了娶妻的年纪，孰轻孰重，你要自己掂量得清。”温和中带着严厉的声音响起，女子推开他，就要往外走。她刚抬了脚，却无法迈动步子，被少年瘦长的胳膊紧紧缠绕在腰间死死抱住，接着少年压抑的声音从她身后响起。

“班主！自打我进班起，我被宋少爷他们那群纨绔子弟羞辱得还不够吗？就因为我夺了他们捧的那个紫晴的风头，他们就让我再也没有办法登台。你这一次去求那宋少爷在朝廷举办的梨园大会上给我个登台的机会，他们怎么会同意？他们不想出什么阴毒的法子对付我，我就谢天谢地了！”

他说得咬牙切齿，沈慕青却心下一沉，看来少年不是什么都不懂。

木秀于林，风必摧之。

沈慕青闭了闭眼，转过身去，看着他。

柳子阡容貌似女子般姝丽，尚未长开的身子柔软无比，音色更是百年难得一遇。

故而她亲自带他不到两年，便安排他登台。可恰恰是这第一次登台，就冲撞了那京城主管梨园事务的宋瑾之身边的当红旦角紫晴。

宋瑾之为了给佳人出气，放下话，不准沈家班给柳子阡安排十人以上的场子。

这让他纵然再惊才绝艳，也要明珠蒙尘。

少年终究还是年少，受到那样不公平的对待，愤怒之后只剩下委屈和悲伤。

沈慕青看了他一会儿，这才安抚似的摸了摸他的头，叹了口气："你进入沈家班的时候，是签了十五年长契的。我看你资质上佳，原本是想捧你一捧，若得朝廷青睐，入宫做教习，做官拿俸也未可知。可是你如今得罪了宋大人，若不想想法子，等十五年之后，年纪大了，恐再无出头之路。"

她的语气客观而冷静，这样的事实摆出来说才显得更加残酷。

少年漆黑的瞳仁瞬间紧缩了一下："我可以打杂！"

沈慕青冷笑了一声："打杂？你是说你赌着一口气一辈子都不想出头了吗？要是不想出人头地，当初你为何这样决然签下如此长的契约？"

少年瞪大了眼睛看着她，说不出话来，急促的呼吸和剧烈起伏的胸脯显示出他被说破真相之后的羞恼。

拍了拍他的肩膀，沈慕青安抚他："所以，别拦着我，就算我这次去求宋瑾之，他不答应，传出去是他不卖沈家班班主的面子，不是你个人奴颜婢膝，这下你可以放心了不？"

好歹她还是沈家班的班主，好歹，她沈慕青在这梨园，也是叫得出名号的人物。就算宋瑾之和柳子阡当年有些过节，把人这样折腾了两年之后，也应该消气了。

“可是……”少年抬起头似乎还想说点什么，终是没开口，咬了咬唇换了语气，“好啦，我不拦你啦。”

“嗯，这才对啊。”沈慕青笑笑，转身。

她再次被扯住了袖子，身后，是少年不好意思的声音：“沈班主，你对我真好。”

沈慕青颔首：“爱才而已。”

『第二章 求和』

作为掌管梨园事务的朝廷命官，宋瑾之放荡不羁，潇洒肆意，是出了名的不走寻常路之人。比如沈慕青递了拜帖，他同意见面，却偏偏把见面的地址选在胡姬酒肆。

夜色浓重，都城繁华。

沈慕青做了男装打扮，咬咬牙赴约。

她掀帘进入酒肆，美酒和胭脂香气扑面而来。胡姬在堂下跳着异域的舞蹈，身上玉佩叮当，银铃清脆，煽情热烈到摇摇欲坠。

沈慕青沉默地站在大堂，穿着严严实实的她和这样香艳奢靡的地方格格不入，平白招来许多异样的眼神。

沈慕青没有在意这异样且众多的目光，她在人群中寻找着宋瑾之。

大堂没有他的人影。问仆人也无人知道，她只得一间间厢房找过去。

心里带着一股子气，宋瑾之十年如一日地不把他们之间的约定当回事。

她曾经愤怒，现在却觉得无所谓，有钱少爷的脾气，向来如此。

她找了许久，突然听到一阵带着惊艳的喝彩。

“宋大人好棒！”

“没想到宋大人这么精通胡笳！”

“不知道宋大人今晚可愿与小女子探讨一下技法？”

不得不说胡姬的确是奔放且勇敢，当沈慕青随着这些惊呼推开门的时候，她在心里默默地叹息，那个男人，还是如此的张扬且夺目。

坐在中间的男子拿着胡笳，细长骨感的手指握住胡笳，仿佛散发着光芒。他非常俊美，衣裳半开，显得胸膛格外精壮。

真是耀眼到夸张，不过时隔三年，沈慕青终于对他已然免疫。所以她迅速调整了表情，向着对面的宋瑾之行了个礼，谦卑地问候：“宋大人好。”

宋瑾之对她的谦卑毫不在乎，放下胡笳：“沈班头，你可真准时……”

他点点头，像是想起了什么：“好像我们的沈班头一向都是这样准时……”

沈慕青点头，并不知道他话里的含义，只好沉默。

对方见她不说话，抬起眼睛瞟了她一眼：“沈班头三年不肯见本官，这次见本官是为了给你手下那叫柳子阡的新人找活儿？”

明明是入行两年的人，却偏偏说是新人，明明是登台机会，却偏偏说是活计。宋瑾之的刻薄在他们交恶之后似乎又上了一层楼。

不过沈慕青已经不再计较这些了，对方既然点名了，于是她就点了点头：“柳子阡还年轻，我们沈家班也没有拿得出手的旦角儿，所以想请宋大人行个方便。”

她说得谨慎，也带着请求，想着就算他们之间感情不再，十年的交情还是在的，宋瑾之不至于连个面子都不给她。

可是没想到那边宋瑾之听到这一句，却是笑了，然后一挑眉：“若是我不行方便呢？”

沈慕青从袖子里掏出一个盒子递过去，愈发卑躬屈膝：“宋大人何必和一个孩子计较……他冲撞了紫晴姑娘，改日我立马让他去姑娘那里伺候着。”

宋瑾之：“你都知道他冲撞了我的人，若这次我放他上台，那紫晴的位子放哪儿？沈班头这是要让我辜负佳人呀？”

沈慕青：“可我听闻宋大人早已不捧紫晴姑娘的台子了？”

她讲话一向直接，宋瑾之怒极反笑：“沈慕青你为什么非要和我作对！”他站了起来，他比沈慕青高太多，一站起来就气势逼人。他居高临下地看着她，冷笑一声：“沈慕青，你这样帮着他，该不会是因为他是你养着的情郎吧？”

……

看来对方是完全不想给面子，还想顺便泼个脏水。

沈慕青沉默了下来。

宋瑾之捏住她的下巴：“三年前，你得了他之后，再也不联系我。如今为了让他有所发展，你沈班主这样保守的人，竟然也敢夜入胡姬酒肆。看来他在迷惑女人上，倒是有些本事的！”

他背过身去，声音冰冷：“我虽讨厌他，但是你沈班主的面子我不能不给。梨园大会让他参加也可以，不过沈慕青，我们可否来打个赌，赌他三年内必然离开你，赌他红起来之后，定然弃你沈家班于不顾。”

沈慕青抬起头来：“那宋大人，赌注呢？”

宋瑾之沉默半晌：“赌注是，既往不咎。”

你赢了，我再不阻拦柳子阡的梨园高升。

我赢了，你再莫计较往昔我的纠结过错。

『第三章 风光』

沈慕青满意地看着戏台上的柳子阡，少年神采飞扬，化装成青衣花旦艳压群芳，更难得的是，歌喉绝妙，只要微微开腔，便能让无数小姐欢喜尖叫。

他像是要把过往三年失去的登台机会都补回来似的，拼命演出。不管是官家来请，还是城外富商来请，没有不去的，故而短短的一年就有了可喜的名气，一时风头无二。

甚至宫里面，都来请他去了三次。

皇上的赏赐下来，件件价值连城。

沈慕青的眼光一向非常好，在这京城也是混得开的人物，她的人生似乎做什么都非常得心应手，除了面对宋瑾之……

然而现在，似乎又多了一个让她头疼的人。

那个人，就是现在兴致勃勃正在厨房做饭的柳子阡。

没错，今天是她的生辰。原本沈慕青的生辰应该是大摆筵席，广邀梨园好友的，可是她熬不过少年那幼犬一样充满期待、希冀的眼神，竟然在他问可不可以只两个人庆祝的时候，一口答应了下来。

答应完了之后，沈慕青才觉得自己冲动了，她对少年总是尽力满足，几近宠爱，这种类似母性的情怀在对上柳子阡绝色容颜的时候，总显得有些不对劲。

可柳子阡不容她反悔，一大早就起来打扫卫生，布置房间，准备食材，虽然他已经是当家旦角儿，但是他依旧还是那般模样，不耍小性子，热爱家务。

沈慕青是在一声垂死的鸡叫声中醒来的，出院子入了厨房，看到满地鸡毛满室血光，被吓了一跳。

柳子阡从厨房出来，青色的短衫裹住他修长的身子，粗布的衣服把他的容貌映得更加出色。要不是他一只手上拎着一只拔了毛的仔鸡，另一只手抡着刀，沈慕青都觉得他是浊世侠士。

见到沈慕青目瞪口呆的脸，柳子阡水汪汪的大眼睛弯起，弯成月牙儿的形状十分甜美，连带着他开口的声音都显得格外甜蜜动人。

“慕青起来啦！先喝点儿鸡丝粥垫垫肚子，一会儿就可以吃午饭了……”

他笑得一脸的“贤良淑德”，沈慕青懒得纠正他对她的称呼，默默地盛了碗粥喝粥去了。

粥的味道很好，沈慕青对着粥碗发呆，心想，认识柳子阡，多久了？

三年。

三年前，她和姐姐吵架，气愤之下，她推了姐姐一把。没想到，就是这一把，一辆疾驰而来的马车经过，她和姐姐天人永隔。

接着，她和宋瑾之割袍断义。

而在这之前，宋瑾之和沈家两姐妹，原本相识多年。宋瑾之和沈慕青从小不对盘，沈慕青看不起宋瑾之从小的官家子弟习气，宋瑾之讨厌沈慕青比男人还皮。可偏生，沈慕青有个温柔婉约的姐姐，打动了宋瑾之的心。从此他不惜放下身段做了沈慕青的好友，只为了接近他的佳人沈玉人。

沈慕青非常讨厌这样的接近。直到有一天，沈玉人告诉她，宋瑾之家来找沈家提亲，爹爹十分高兴，想答应宋家的婚事。

沈慕青于是问："那姐姐你呢？你也觉得很高兴吗？"

沈玉人微笑："慕青不觉得瑾之很俊雅吗？"

所以……这是也喜欢的意思吗？

沈慕青从来没有那样愤怒过，她甚至都不知道为什么自己会那么暴怒，她在人来人往的大街上和沈玉人吵了起来，并转身就走，沈玉人拉她，她顺手一甩……

没想到就是那么一甩……

沈玉人向后跌倒，一辆马车刚好就这么冲了过去。

一片血光！

接下来，就是噩梦般悔恨的三年。

……

"慕青！想什么呢？可以吃饭啦！"柳子阡带着喜色的声音响起，打断她的回忆。她呆呆地抹了把脸，看见少年把汤端上桌，擦着手对她微笑。

就像当年她绝望地蹲在街角，却再也看不到姐姐的身影的时候，那个少年就是那样走过来，对着她微笑。

然后他每天都陪她在那个街角蹲上半个时辰。

那时候他的微笑，也是这么温暖。

沈慕青就这样慢慢地被救赎。

她面前放了一个硕大的碗，碗里是一碗面，长寿面。

这是自从姐姐死去，她便再也没有能吃到的食物。

她眼睛有点儿模糊，心里酸涩到无法呼吸，面汤里荡漾起涟漪。

少年温热的手指突然捧住了她的脸，他将她搂在怀里："慕青，别哭慕青，以后我来陪你。"

"呵呵。"

冷笑声伴随着拍手的声音从厨房门口传来。

一个高大的人影站在门口，浑身散发着可怕的怒气。他的身后是管家惶恐的脸："对不起二小姐，我没有拦得住……"

不待沈慕青出声，柳子阡就已然开口："宋大人突然闯入民宅，不知有何指教？"

他微微直起身来，看着宋瑾之，身上散发着不容忽视的挑衅味道。但同时，他的手紧了紧，揽住了沈慕青，带着占有式的宣告。

他一向是孩子般天真单纯，可是就在那一瞬间，沈慕青觉得，这样的少年，身上的气质似乎不同以往。

那边的宋瑾之的反应也很是奇怪。他并不接柳子阡的话茬，反而疾步走来，站在桌边，死死地盯着正在吃面的沈慕青。

"沈家班今年被钦点为御用戏班，你沈慕青也算是半个官员了。怎么，二十五岁生辰居然不宴请宾客？"他怒气冲冲地问。

"……"没有宴请宾客，也不值得生这么大气吧？

见她完全不接话，手里拿着的筷子也没有放下，宋瑾之怒极反笑："你不会为了跟这个小子玩这过家家的事儿，所以忘记为沈家班谋划生计了吧？"

“你比起你姐姐来，真是差远了。

“如果是玉人在，一定不会为了和这小子吃生日面，而不顾人情世故。”

沈家班在半年前，确实是因为柳子阡的关系，被皇上钦点为宫里女眷的御用三大戏班之一，但是在这个消息传出来之时，她就已经大宴过宾客了。故而她想着，生辰就可以偷回懒。以至于柳子阡提出来要两个人过的时候，她毫不犹豫地答应了。

可如今被人这样质问，她并不能说出辩驳的话。更何况，宋瑾之这一年帮忙良多，所以听到他提到姐姐，她内心又气又悲伤。可也只能迅速地放下筷子，咬牙做殷勤状：“所以你是觉得我会大宴宾客，跑来吃酒席的吗？”

她推了推旁边一副没有用过的碗筷：“那就留下来用饭吧。子阡手艺不错，宋大人请尝尝。”

一旁的柳子阡出声：“是啊，宋大人，请留下来用饭吧。”他声音热络，表情却淡得很，手从沈慕青的肩头滑到了她的腰际。沈慕青推了他一下，没有推开，就任他去了。

宋瑾之瞪着那只手，半天不动。

柳子阡突然嗤笑一声：“看来这粗茶淡饭宋大人是看不上了。也是，宋大人是马上要成为驸马的人。子阡的手艺，确实是献丑了。”

那边宋瑾之咬了咬牙，沈慕青却是吃了一惊。

她正打算开口问的时候，宋瑾之却是和来时那样突然，一转身就走了。

只远远地传来一句：“柳子阡，你别得意得太早了。”

『第四章 御演』

沈家班被点为御用戏班之后，入宫的机会就多了起来。

虽然直接给皇上表演的机会不多，但是由于戏班有年轻俊美、讲话文雅得体的柳子阡的存在，故而被各宫娘娘点戏的机会，就远远地高于其他两个御用戏班。

这一天，宫里传来懿旨，说太后最近心中烦闷，叫沈家班进宫表演，给太后解解闷儿。

沈慕青就赶紧地带着人去了。

她经常带着戏班在宫中表演，故而熟门熟路。他们在太监的带领下很快就到了太后宫中。

稍事准备之后，柳子阡上台。沈慕青就在一边悄悄地站着，以防出岔子。

她盯着台上，偶尔也偷偷瞄一下台下太后的神情。

这一看之下，发现这次陪太后观戏的，不是妃子们，却是一个衣裳华丽的年轻女子。而那女子的旁边，端端正正坐着的，是宋瑾之。

皇上子嗣不多，成年的公主唯有一个。所以，沈慕青立刻断定，那女子就是长公主倾绡。

她想着那天柳子阡说的话，忍不住悄悄地朝着那边多看了好几眼。

宋瑾之表情平静地看着戏，而公主则温和沉静，偶尔侧身给太后讲解两句。

两人的气场意外的和谐。

这就是宋瑾之即将要娶的人吗？

宋瑾之虽然出身官宦世家，但其实这驸马还是轮不到他来做的。只是因为当朝好梨园之艺，皇上和皇后都沉迷于此，以至于公主也深谙戏曲。她曾放话说，一定要嫁这梨园第一人。

可就算皇上好戏曲，戏子终究地位低下，无权无势，怎好娶公主？所以皇上就想着，将公主指婚给梨园主事人。宋瑾之出身显贵，又文采出众，正是最好的人选。

沈慕青默默地想着，心里明白，却不知为什么，突然有点沉重。

她年少的时候，是恋慕过宋瑾之的。

那少年，出身显贵，一直一副看不起她的模样，却总在关键时刻帮她一把。他文采飞扬，又精通音律，常常为她填词作曲。所以就算对方老是态度恶劣，她也悄悄地倾心于他。

直到某一天，沈慕青发现，那个态度恶劣的少年，在面对她姐姐的时候，格外温柔。他们两人在桃花树下，一个弹琴，另一个就起舞，和谐得像一幅画。

她隐约记起，她和宋瑾之原本一直是死对头来着，可自从姐姐从老家扬州来到京城，宋瑾之对她的态度就变了。虽然他依旧臭着脸，但是两人的关系仿佛一下就好多了。

她这么远远地站着，看着，想着，突然就觉得心好冷。

可如今，宋瑾之要入宫为驸了。

沈慕青看着倾绱公主娇媚的容颜，摸了摸胸口，那里再也没有当年的凉意。

她抬头，看向台上。

柳子阡正水袖轻扬，唱得正酣。他容颜绝世，光芒万丈。那里，是她下半辈子的温暖所在。

她和宋瑾之再也不可能，她和柳子阡却刚刚开始。

她微微勾起嘴角，却在下一瞬差点惊呼出声。因为柳子阡在将一个水袖往后甩出反身旋转的时候，她明显地看到柳子阡足尖一点一颤。虽然下一刻他立马就转过去了，可是沈慕青就是知道，他刚刚扭到脚了。

可接下来还有一个时辰的重头戏。

沈慕青皱起了眉毛。她看到柳子阡一个不乱地完成动作，可是额上汗滴滚滚而下。她抓紧了手中的帕子。接下来的一个时辰，她几乎是数着数挨过去的。

等到太后给了赏赐，台上人谢了恩，她就忍不住上去搀扶柳子阡。这时却听到一个清脆的声音响起："沈家班今日留宿宫中吧。"

她抬起头，看到宋瑾之和倾绱公主站在面前。公主表情很温和，语气却不容反驳："柳卿的脚也不宜再走了吧。"

她有这样的慧眼，沈慕青只得谢了恩。

『第五章 惊变』

夜深。

柳子阡斜斜地躺在床上，沈慕青就坐在床边，拿着药酒为他推拿。

少年脸上泛着羞涩的红晕，笑容却是幸福又满足的。

她身为班主，其实是不必替他做这些事的，但是对柳子阡，她一向宠爱得可怕，不顾身份，也不顾其他。所以宋瑾之推门进来的时候，就看到了沈慕青细细伺候柳子阡的画面。

"你倒是有些手腕嘛……能哄得她为你团团转。"宋瑾之走过去，掐住少年的下巴，强迫对方抬起头来，看着自己。

柳子阡的大眼睛里迅速泛起一层水雾。

"啧！你这样的模样是给谁看！而且难道你们都不会避嫌吗？他已经不再是个孩子了！"宋瑾之掐着柳子阡的下巴转头问沈慕青。

沈慕青上去掰开他的手："是，我知道他不再是孩子了。"

宋瑾之被噎住："那你还……"

沈慕青不说话。

那头柳子阡却一瘸一拐地下了床来，将人拉到身后："因为慕青喜欢我，我们以后会成亲。"

沈慕青瞪大了眼睛。

她虽然对柳子阡有些欢喜，却没想到他居然这样直接。

那头宋瑾之却是变了脸色："成亲？！你凭什么？"

少年倒了一杯茶，双手递给他，笑得充满恶意："凭你马上要迎娶公主，无人跟我争夺，也凭我最得她欢心啊。所以这茶，我敬宋大人。"

宋瑾之额上青筋乍现。他伸手接过茶，一口饮尽，然后冷冷一笑："柳子阡，你觉得你赢了吗？你就这么笃定我会迎娶公主吗？"

他一用力，杯子在他手中变得粉碎："我不会让你得逞的！"

柳子阡端起另一杯茶，递给沈慕青："慕青姐，润润喉，告诉我，我和宋大人，你选谁？"

沈慕青呆滞地接过去，喝了一口，依旧不能理解刚刚宋瑾之说的话的意思。可是柳子阡懂了，他不仅懂了，而且笑了："那么宋瑾之，不如让我帮帮你？"

他说得莫名其妙，宋瑾之没听明白，却眼前一黑，整个人不由自主地往后倒去，发出"砰"的一声。

一切发生得太快，沈慕青大惊失色："子阡，你做了什么？"

突然迷倒宋瑾之，柳子阡是疯了吗？她赶紧站起身来，拿起茶杯打算去泼醒宋瑾之。

今天的柳子阡莫名诡异，她并不能明白他一举一动的目的，但是直觉告诉她必须制止他。可她才站起身来，便觉得脑袋十分沉重。

眼前的少年变为两个的时候，沈慕青努力地甩了甩头，倒下去的一刹那，她忍不住问："柳子阡，你想干什么？"

少年那原本清澈的眼睛瞬间眯起，掠过一丝冷意。

"慕青，别怪我。"

『第六章 横祸』

"啊啊啊……"

沈慕青是在宫女的尖叫声中醒过来的。等到她彻底清醒的时候，她便已经被五花大绑，摁倒在皇上跟前了。

她和宋瑾之被发现衣衫不整，同宿在一张床上。宫女推门进来的时候，她的手还搭在宋瑾之的胸膛上，而对方紧紧地揽住了她的腰。

宫中淫乱、未婚通奸，条条皆是重罪。

所幸的是，皇上只是意属为宋瑾之和倾绱指婚，并未下旨，故而未伤及皇家颜面。不然就不是各自杖责五十，押入大牢，而是当场杖毙了。

她和宋瑾之被打得动弹不得，被人架起，强行拖到了潮湿而阴暗的天牢。

狱卒不会怜香惜玉，将她重重地扔在脏兮兮的地面上。被打的部位再次遭受重创，她忍不住叫了一声。

宋瑾之扑过来焦急地问："慕青你怎么样？"

她不好。

实在是太疼了。

屁股也疼，心里也疼。

更多的是，不知所措。

沈慕青有点恍惚地问："我们是怎么进来的？"

"沈慕青你是不是傻啊！这个时候还不明白，是你养的那个小王八蛋害了我们！"

沈慕青依旧不能明白。柳子阡跟宋瑾之不对付，她是知道的，但是，她不曾对柳子阡不好，他今日，为何要下这样的毒手？

那孩子，明明微笑起来那么温暖，为何一转身，就能将她送入大牢？

她想不明白。

背后的伤一抽一抽地疼，她忍不住呻吟。

宋瑾之守在她的身边，将破败的外衣脱下来铺在稻草上，小心地将她扶起来，让她趴在上面。

虽然比躺在地上舒服温暖些，但是背后的疼痛没有减轻半分。

沈慕青咬着唇默默掉眼泪。

她想不出来柳子阡这么干的原因，却忍不住对宋瑾之道歉："对不起，我驭下无方，识人不清，连累你了。"

宋瑾之蹲在旁边，半晌之后，叹了口气，摸了摸她的头。

“你别伤心，我迟早要被杖这么五十下的。”

他这么说了之后，忽然又咬牙切齿了起来：“只是他敢这么对你，不管为什么，等我出去了，一定弄死他。”

哦。

沈慕青脑子有点昏沉，只觉得疼。到夜里的时候，她忽然发起烧来。

摸到她滚烫的额头的时候，宋瑾之嘶哑地大吼着：“牢头！牢头！”

“叫个大夫来啊！

“她病了！

“我爹是丞相！我马上要被放出去的！”

显然他的咆哮没有起到任何作用，牢头骂了几句之后，便走远了。

宋瑾之的声音已然嘶哑，却毫无回应。

他突然安静了下来。

沈慕青的脑子似乎被烧得有些糊涂，一直流着眼泪喃喃地念：“子阡你为什么……”

她身子烫得可怕，若是这样下去，估计要被烧坏。

宋瑾之站起身来，迅速地脱下了中衣，然后仰面躺在了又脏又湿的稻草上。稻草接触到伤处，疼痛绵密而剧烈。然而他没有停顿，伸手，将旁边的人抱进了怀里，让她后背朝上，避免压到她的伤口。

黑暗的夜里。

疼痛来得那么清晰，可是怀中人，又那么滚烫。

『第七章 出狱』

他们一共在天牢中待了六日。

第五日时，沈慕青的高烧终于退了下去，人也清醒了些，但总一副心事沉沉的样子。

宋瑾之的后背溃烂得厉害，可是比起溃烂的疼痛来说，沈慕青看着他的眼神，更让他疼痛到骨子里。

“宋瑾之，是我害了你。”她喃喃。

宋瑾之一开始会反驳她：“不是，是柳子阡这小子太狠了。”

可沈慕青眼睛空洞洞的，目光流连在他的身上，仿佛有形一般，让他不知所措。

他一向脾气不好，见到她这样更是心烦意乱。他一把揪住她：“是！是你害了我。”

“我从小喜欢你，你却动不动就找我茬，害得我开不了口说喜欢你。

“我去你家提亲，你姐姐出了意外，你就宣布从此不嫁。害得我多年孤身一人。

“我好不容易等你守孝三年期满，你却一转身搭上了这个黑心小子，为了他来求我。

“沈慕青，你一向泼辣有担当，不输男儿。你说说，你这样对不起我，你怎么赔？”

他烦躁地抓了抓头发：“若能出去，嫁不嫁我一句话，别这样悲悲戚戚的，也别说什么对不起。”

“爷乐意！”

第六日的时候，宋瑾之的伤口化了脓。他一向身体壮硕，可是依旧熬不住天牢里的阴冷潮湿，发起了高烧。

沈慕青顾不得矜持，学着他那般，除去衣物，将他紧紧地抱在怀里，却不见效果。

等他慢慢退烧，偏生又开始牙关发抖，冷得缩成一团。只不过六日工夫，他就瘦了许多。他病入膏肓，失去意识，蜷成一团，可怜得令人心痛。

沈慕青眼泪直流。

地上的破碗里放着牢头每日送过来的馒头和清水，馒头又硬又凉，宋瑾之因昏迷而不能下咽。沈慕青一咬牙，端起碗喝了一口水，就低下头去。

心里却是下了决定。

若是宋瑾之就这么在这牢中死去，那她就以命相偿。虽然错过做夫妻的机会，好歹也能落个生死相随。

突然，牢房的铁门被打开。两个狱卒不耐烦地走过来，架起他们就往外走。

沈慕青惊慌不已："你们要把我们带到哪里去？"

狱卒没好气："丞相大人带着陛下的特赦令在外面等着呢。沈班头，这就跟我们走呗。"

被特赦了？

虽然有点难以置信，但是等她回过神来，便发现自己和宋瑾之已经被带到了天牢门口。

天牢的狱卒行动总是很粗暴，人还没有送出门，就直接不客气地往外一扔。

宋瑾之病得厉害，毫无抵抗力的他就像个破口袋似的被丢在了地上。

沈慕青瞪大了眼睛，连滚带爬地去搀宋瑾之，却听到另外一人哭号一声："我的儿呀！"接着她就被一群赶来的人拨到了一边。

那哭得止不住的老太太，可不就是宋老夫人吗？她带着一群家眷，哭哭啼啼地就把宋瑾之扶了起来，往不远处的软轿处抬。

谁也没有管那去搀扶宋瑾之却落了空，只呆呆伸着手的沈慕青。

可是那老夫人走了几步，却突然回过头来，拭着眼泪，朝着她一指，对下人们说："没规矩的东西，怎么把少夫人落下了？"

……

沈慕青蓦然抬头，难以置信地看着宋老夫人。

『第八章 新生』

一个月之后，宋瑾之伤好上朝，端端正正地跪在大殿之上，领皇上旨意。他入狱之后，他那老母亲上下打点，方知道他在宫内出了事，那管事的太监告诉她——于宫中淫乱的大罪，必死无疑。

她却摇了摇头："瑾之和慕青本是夫妻，何来淫乱之说？"

多年前，他们二人，是有过婚约的，只是后来沈家大小姐出事，这才耽误多年。可那聘书和沈家老爷的回信俱在，自然是作数的。

然皇上大怒，怎么会让宋老夫人有求情的机会。谁知，那柳子阡和公主却在皇上面前下跪求情，这才让宋老夫人见了皇上，一番周折后才免了宋瑾之的死罪。

他如今能跪在这殿上，真是不容易。

"梨园主事宋瑾之因为品行不端，在宫中和未婚妻厮混，御前失仪，即日撤去主事之职。其妻有违妇德，着令解散沈家班，终身不得再入梨园。

"着令，原梨园名角柳佥熙之子柳子阡，精六艺，知礼仪，出任梨园主事，并指婚于倾绡长公主。择日完婚……"

宋瑾之跟柳子阡一起叩头谢恩的时候，他悄悄地打量了对方一眼。

柳子阡眉梢眼角天真之气已然消失，唯余满满的得意。

他心里冷笑了一声，不动声色地低下头去。

被撤职之后，宋瑾之去办公的衙门收拾私物。他个人东西不多，略略整理，便与小厮准备离开。待宋瑾之行至门口，看到那绝艳的少年站在大门中央，对方好整以暇地看着自己。

"柳大人。"他行了个礼。

"怎么，新身份适应得蛮快嘛，你看起来居然还挺高兴？"

身形修长的少年穿着得体华贵的衣裳，精致的眉眼，全然是盛气凌人的模样。

宋瑾之笑了："草民花了十多年时间不曾娶到的未婚妻，一夕之间回心转意，草民自然高兴。"

"你！"少年似乎噎了一下。

宋瑾之于是笑意更深，深深地行下礼去："草民不仅高兴，还要谢谢柳大人。”

“谢谢柳大人多次去宫中引起公主的注意，让我日渐被公主厌弃，毕竟那样尊贵冷艳的佳人，草民真的高攀不起。

“也要谢谢柳大人，正是柳大人那一晚的谋划让慕青不得不回到我的身边。

“草民还要谢谢柳大人，让我远离官场，一清柳宋两家多年宿怨。”

柳子阡的面色渐渐苍白如纸：“你什么都知道？”

宋瑾之颔首：“在天牢之中，我便猜到，你是梨园名角柳佥熙之子了。柳宋两家，原本京城名角，却因为一场赌局而造成胜者为官，败者离京。你做这么多，估计只是为了重树你柳家地位罢。”

柳子阡咬了咬牙，点头：“没错，我父亲告诉我，只有天下梨园尽归我手，方能一雪我柳家之辱。”

宋瑾之恭喜他：“是的，柳大人，恭喜您，做到了。”

“不过，不知道柳大人可否让让路？贱内尚在家中等草民回家吃饭，她脾气不好，若归家晚了，就少不得一顿唠叨。”

一顿唠叨……

那个人，是最喜欢讲大道理的了。可偏生，那大道理，都是句句为人着想，字字发自内心。

柳子阡有些失神，情不自禁地往旁边让了让。

宋瑾之就拱拱手，带着小厮大步离去。

后记

青阳城的天空总是分外的蓝，宋瑾之微笑着看着在院子里教个胖屁股小孩站梅花桩的温雅女子，嘴角扬起一抹得意的微笑。

“父亲，快吹个曲儿给大伙鼓鼓气嘛！”胖屁股发出甜糯的邀请。

他起身，走过去，直接将胖屁股抱在怀里：“宝儿累了吗？”

“不累！”回答他的是孩子甜甜的童音。

他亲亲孩子胖胖的脸颊，后背却被人用力地抽了一下。

“宋瑾之！你又让宝儿偷懒！”回眸，是她双手叉腰，怒气冲冲的样子。

他夹起胖屁股就跑：“就偷懒啦！你来打我呀！”

他身后，那人举起擀面杖就追过来，带着气急败坏。

一如十五年前，他们童稚的时光。

望月怀远

唐 张九龄

海上生明月，天涯共此时。情人怨遥夜，竟夕起相思。
灭烛怜光满，披衣觉露滋。不堪盈手赠，还寝梦佳期。

谁得珠光祭明月

文/韩八荒

『第一章 人鱼搁浅』

岭南道突发大水。海水翻滚，巨浪滔天。

而原本好生生在海底生活的我，不幸地从海里被冲上岸，搁浅在海边的某片空地上。顾不得疼痛，我手尾并用，奋力地扑腾回了海里。还没有游进深海，又一个海浪拍过来。

我再次搁浅了。

冷静如我，也忍不住爆出一句粗口，随即再次奋力挣扎。

三天时光过去，海水涨涨落落，我好不容易扑进海里，又被一个浪拍上来，扑进去又被拍上来。

这样反复的结果是，到了第三天晚上的时候，我跟一条死鱼一样，躺在村口那摊一尺深的泥水里一动也不能动了。

精疲力竭。

我索性闭上了眼睛，打算睡一觉。

这一觉睡得格外香沉，我甚至梦到了海里的水母和海藻。

可是梦还没有做完，就乍然惊醒。

当然，不是我自己愿意醒来的，我是被粗鲁地捅醒的。

我睁开眼睛，发现自己依旧躺在泥水里，远处传来海水拍打海岸的声音。

面前是一个模糊的人影，依稀是高挑瘦长未长开的少年身形，对方手里拿了根棍子，宛如我的手腕粗细，此刻伸到我的腰上，试探性地捅了捅。

力道不轻，位置尴尬，我顿时勃然大怒，当下一个挺身坐起来大喝出声："你干什么？"

对方似乎没料到我突然醒来，惊得几乎跳起，同时手中的棍子条件反射似的一扬。

下一秒，我两眼一黑，人事不知。

……

再次醒来的时候，头痛欲裂。

我睁开眼睛，对上一张放大的脸，对方小心地赔笑："你醒啦。"

我尽量平静："刚刚你对我做了什么？"

对方绞着手指："那个，我刚刚以为你是妖怪，不小心打到了你……"

我怒目而视。

对方往后缩了缩，片刻之后小心翼翼地望过来："这位姑娘，我看你人身鱼尾，大水涨潮而搁浅，你应该不是海妖，是鲛人吧？"

世传海妖邪恶，而鲛人与人类商人年年开海市贸易，关系十分友好。

我朝天翻了个白眼。

对方见我不反驳，立马面露欢喜："没想到我有生之年还能遇到鲛人！请问鲛人姑娘，你还好吗？"

是，你遇到了鲛人，然后一棍将我打晕。

我内心气愤，但是对方道歉的态度十分诚恳，又不好大骂出口，只好冷冰冰地回答："我不太好，如果你把我弄回海里我就原谅你刚刚的行为。"

"好嘞！"

少年答应一声，双手一抄，就把我抱了起来，朝着大海的方向走去。

此时已然月上中天，银月在海面上洒下动人的光辉，将我俩的模样照得格外清晰。

对方一边走一边跟我搭话："请问鲛人姑娘，你可见过一个特别美貌的女人？"

"没有听说过。"

他有点急了："怎么可能没有听说过呢？她是人族海市的领头人。她年年跟你们鲛人一族做买卖，而且长得特别特别的好看！你不可能没有听说过她呀！"

特别好看的女人，你手里正抱着一个呢，少年郎！我内心不爽，但低头看了看自己，却发现自己一身脏污，连脸也在泥水里泡得宛如乞丐，蹭得他衣裳尽湿，于是便再也说不出什么夸自己的话来，只能压抑着问："她是你什么人？"

"她是我未过门的娘子，可厉害了！我听闻这边遇上了大水，所以前来接她离开，但是一直找不到她。你知道她去哪儿了吗？"

"我不知道。"我冷漠道。

"你们鲛人不是什么都知道吗？"他有些急了。

是，我们鲛人一族，身强体壮，耳聪目明，知道的自然比寻常人要多一些。可我不一样，我是一个残疾。

但我不想解释，所以我闭上了嘴巴。

从我口中得不到什么消息，对方突然就生气了，将我往地上一扔："这里离海不远，你自己走吧。"

他转身就走，走了两步又回过身来："早知道你什么都不知道，我就不送你了！"

我气得眼前发黑。但是他走得非常快，一边走一边大声地喊："娘子！你在哪里？"

渐渐地，连声音也听不见了。

我带着怒气，奋力朝海的方向跳去。

我心里暗暗发誓："小王八崽子，可千万别让我再次遇到你。"

『第二章 少年郎，真是惨』

自从我回到海里之后，便十分小心，平日里尽力待在海底。故而虽然又涨了几次水，我也平安无事。

直到一个月过去，这片海才总算宁静了下来。

我又观望了几次，确定天气是真的变好了，才在一个有月亮的晚上再一次浮出了水面。

浮出水面不是因为贪玩，而是为了在礁石上修炼和思考。

我一直和别的鲛人不一样。

首先，我特别美。

其次，我是个残疾。

别的鲛人在海里都能十分迅捷地行动，而且善于纺织，可我不行。我的尾骨十分僵硬，无法游动不说，我的手也不灵巧，在同族之中显得格外笨拙，故而被族人驱逐在鲛群之外。

但是我并不是一个自暴自弃的人。

每个月夜，我都会爬上礁石，身残志坚地修炼，以便获得强健的体魄，好捕捞海产。

海产积累得够了，才能获得进入海市的资格，和人类换取新奇的玩意儿。

我从未参与过海市，故而对这次海市格外看重。我悉心准备，晚出早归，勤劳捕捞。

这也是我上次狼狈地被冲上岸的原因。

不过幸运的是，由于发大水，这次的海市延迟了。

我有了更多的时间准备海市的货物！

我把一个鲨鱼皮口袋铺在了礁石之上，默默地朝着月亮祈祷了两个时辰，吸满了月华之后，一个猛子扎入了海水之中。

我抱着鲨鱼皮口袋，在海底翻找。看到吐纳月光的珍珠贝就捡起来放进口袋，看到漂亮的珊瑚也奋力拔下来。

但是这方圆百里的海产并不丰富，我搜寻许久，也只捡了半袋，而且品相比起族人哭出来的珍珠，不知道差了多少。

眼看着天要亮了，我抱着袋子失望地回了家。

我的家在礁石下面的一个洞窟里，洞里摆满了我这几个月来搜集的珍珠和珊瑚。品相不甚好，但胜在好雕琢，我叹了口气，拿起石头打磨了起来。

突然，远处传来一声毛骨悚然的惨叫。

我手一抖，一块上好的珊瑚就此作废，来不及生气，就听到一个男人号啕大哭的声音远远传来。

我背后顿时汗毛倒竖。

可那男人哭得太惨了，我又忍不住悄悄地潜水过去，想看看到底发生了什么事情。

我趴在礁石后面远远地看，发现竟然是一群鲛人和一群人类。他们的中间，放着一具冰棺，冰棺里面，好似躺了一个女人。

那些鲛人不知所措地站在冰棺面前，看着那个男人扑在上面号啕大哭，而男人身后的人想去劝，却又不敢。

我眼睛盯着冰棺，心里想着这玩意儿值多少钱。

这样的冰棺，能保尸体数月不腐，是我们鲛人一族最好的工匠才能制作出来的上等物品。

能让鲛人一族用这样的冰棺装下，且送上岸，这冰棺里面的女人身份必然独特。

如果我能制作出这样的冰棺就好了……

不过现在似乎不是应该关心这个的时候。

我应该回去干活了，我想。

可我还没有走，那些鲛人就开了口："皇子殿下请节哀，吾等先走一步。"

那人号啕得都上不来气了，闻言也没啥反应。鲛人纷纷火速地跳入海中——我们这一族，其实不太明白人族的感情，更何况，他哭得挺难听的。

鲛人一族一离开，那男人就大吼："你们也退下！让我和娘子待会儿！"

他抬头大吼的瞬间……

我瞪圆了眼睛！

这家伙不就是那天给了本姑娘一闷棍的混蛋吗？！

『第三章 你竟敢得罪本姑娘』

那男人一声令下，他身后的人瞬间潮水般退了个干净。

他大概是哭累了，伏在棺材上只能哽咽着抽搐。

今日月光暗淡，映着他的身影格外凄惨。

我的心里好受了许多。

我躲在礁石后面，清了清嗓子："这位少年郎呀！何事在哭泣？"

我特意发出又尖又细的声音，只让他一个人听见。

他果然抬起头来："什么人？"

我轻笑一声："我是什么人不重要。重要的是……也许我能帮你。"

"你能帮我？"对方冷笑一声，"你能帮我让我娘子复活吗？"

咦？

他说这冰棺里的人是他的娘子？如果我没有记错的话，他的娘子是海市的主事人，刚刚其他鲛人称他为殿下……

脑子里许多的念头飞速地闪过，我骨碌碌地转了一下眼睛，再次开口：“当然能！只要你告诉我，你是谁，为什么要救棺材里的这个人，我也许就可以告诉你让她重生的办法哟。”

此话一出，那个伏在棺材上的人猛然抬起了头：“此话当真？”

我点头：“当然当真，吾海妖一族，从不撒谎！”

对方似乎噎了一下：“你是海妖？”

我发出怪笑声：“没错，所以，你敢不敢跟我做这个交易？”

世传海妖邪恶，是死在海里的人的怨气所化，拥有神秘力量，故而和海妖交易充满了凶险。

可没想到对方居然没有片刻犹豫，一口答应：“只要她能重生，你要什么条件，本皇子都允诺你！”

我微笑：“那，先说出你们的关系吧。”

那少年缓缓地直起腰身，站在了冰棺前面。“我的名字叫李千珺。”他开口道。

我点点头，这是人族皇帝最宠爱的第六子的名字。传闻他脾气乖张，却深受帝宠。

“这里面躺着的，是我即将过门的妻子——慕容乔。”说到这里的时候，他忍不住转头去凝视冰棺里面的人，那眼神温柔似水，看得我起了满身鸡皮疙瘩。

“她是一个非常强大的人！我五岁的时候，就听到人们说起她。慕容乔从十几岁就开始和鲛人做买卖，上运珍宝到朝廷，下治商贾于市井。因为她，鲛人族和人族才能互通有无。”

哦……听起来她似乎很强大。我在黑暗中撇撇嘴，并不接话。

“在我十五岁那年，她入宫觐见，带着许多珍宝，于是……我亲眼见到了她。

"然后，我就请求父皇将她赐婚于我。"

似乎是因为谈到过往，他脸上突然泛起羞涩的红晕。

我忍不住接口："听起来，这慕容乔大你许多吧？"

我这一句似乎戳到了他的痛处，他口气不善："那又怎样！你海妖一族竟然也如此肤浅，在意那世俗眼光！"

倒还真不是，我只是见不得他一个大男人，对着一具尸体含情脉脉的样子，忍不住拿话刺他。

"哼，不过我家乔乔这样的女子，从来就不畏惧世俗。她将那些珍宝献给了我父皇，应下了婚事，让我在年满十七岁时来此迎娶她。"

"哦……这么说来，你不过就见了她一面，何苦如此强求？你身为皇子，另娶一个不就好了吗？"

我自认为这个建议十分中肯。

那个少年却固执且倔强地抬头，用好听的声音说出全是死心眼的坚持："我年幼时期便对她钟情，更何况我心爱的人，是这天下最美的女子，娶她是我这辈子最大的心愿。"

呵，少年郎，你这怕是没见过世面。

若不是还在扮着海妖，我真想从水里露出个脸儿来，对着他妩媚微笑——你觉得她美，是因为你没有见过我的样子。

不过我机智地闭紧了嘴巴："行了。你这故事腻味死了，我听不下去。不过我可以告诉你，这个世界上，有一颗脱胎换骨丹，只要你找到它，就能让你的妻子重生。"

对方大喜过望，原本满是泪痕的小脸突然在月光下熠熠生辉："那丹丸现在哪里？"

"这就需要你自己寻找了，少年郎！"

天边渐渐地泛起了鱼肚白，太阳马上就要升起。不知为何，我一向畏光，所以不再流连，迅速离去。

『第四章 海市』

接下来的时光，我过得十分忙碌且兴奋。

我终于攒够了货物，获得了进入海市的资格！

八月十五，月圆之夜。在苍茫的海面之上，鲛人一族铺开了有方圆十里那么大的鲨鱼皮地毯，那地毯青黑光滑，反射着月光，浮在水面上，下面是密密麻麻的鱼将它稳稳地托起。

海市，就在这鱼皮之上举行。

我站在最末端的位置，羡慕地看着其他鲛人。

他们的海货被抢购一空之后，他们和人类的商人开始宴饮。人类舞姬翩翩起舞，年幼的鲛人们轻声歌唱，一起庆祝这一场完美的交易。

大家都十分高兴，除了我，因为我……一样东西也未曾卖出去。

我当然不甘心。

我决定等一个好的时机，亲自向那个最大的商人去推销。

夜色渐浓。

双方喝得酣畅淋漓，那群人类商人开始排队绕场喝酒，他们管这个叫流觞曲水。

我的心怦怦地跳，紧张到不行。

我戴好面纱，背着鱼皮口袋。

在那队商人走过来的时候，我唰的一下将整个口袋的珍珠摊开在他们的面前："爷！看看这海货吧！便宜卖啦！"

全场俱静。

我知道比起其他人的货物来说，我的珍珠小得可怜，珊瑚成色也一般。但是……

那些人类只是停了一下，然后，越过我，打算直接离去。

我失望地低下了头。

……

突然，商人之中传来喧哗之声，我闻声看去，突然不可抑制地睁大了眼睛。

居然是他！

那天那个少年！

对方被一群人围绕着，径直走到我的面前。

“多少钱？”对方看着我。

“五千两、一百两。”我开口。

周围的人倒吸一口凉气。那个少年也微微诧异了一下，问我：“你不是说便宜卖吗？”

“是的。”我回答，将口袋塞在他的怀里，“这些，便宜卖，只要一百两。”

然后，我拉下面纱，在他惊讶的眼神中指了指自己：“姑娘我……不便宜卖，要五千两。”

……

我大概是海市有史以来第一个卖身的鲛人了吧？

所以此话一出口，整个海市都鸦雀无声，而那个少年，盯着我的脸，仿佛失了魂：“你……”

他这才开口，其他商人就立刻反应了过来，竞价的声音此起彼伏：“我买！”

“我出一万两！”

“姑娘你跟我走！我出十万两黄金！”

我果断地一挥手：“我只卖给他！”然后，我直视着他的眼睛，“你买不买？”

许是我的脸孔实在是太过美丽，对方在我灼灼的目光之中，竟然无法拒绝：“好……好吧。”

此话一出，我一拍手：“好了，主人！现在我是属于你的了！请把我抱走吧！”

“……”他呆滞。

“主人，我是鲛人，不能走路。”我善意地提醒。

“哦……”他依旧回不过神来，机械地把我抱了起来。

在众多商人艳羡的目光之中，他苦着一张脸朝岸边走去。而他身后一个管事模样的人，却留了下来，跟鲛人那边的主事窃窃私语着什么。

我的听力格外好，却只听到了那么一句：“我出一万两，请告知脱胎换骨丹的下落。”

『第五章 鲛人』

我隐瞒了我是个残疾的事实。

所以当这个叫李千珺的少年，不远千里要将我放在他家后院的大水池中的时候，我委婉地拒绝了。

他看着我：“难道你不喜欢游泳吗？”

我道：“其实比起水中，我更喜欢待在人类的房间。”

他点了点头，将我抱到了后院的一处厢房，对我说：“以后，你就住在这里。”

我朝他灿烂一笑，恭敬地说：“好的，主人。”

他被我的笑容所惑，很明显地怔了怔，然后挥手离去。

我就在这个院子里住了下来。

院子很大，仆役如云。

据李千珺所说，这里并非皇宫，而是他未过门的妻子慕容乔在京城的住所。他将我和慕容乔一并带回，慕容乔被安置在新砌的地下宫殿。所有人都不得进入地下宫殿，包括我。

我当然……不会进去。因为我有更重要的事情要做。

李千珺买我回来之后，待我很好。他白日不管多忙，晚上也要过来看看我。偶尔特别疲惫，也要看着我的脸入睡。

很明显，他被我的美貌迷住了。

这小子，看到那慕容乔的容貌，就能痴恋十年，看到我这样的容颜，自然事事都依着我。

我内心窃喜。

因为，这就是我当初选上他的原因。

我没有名字，也没有父母，我甚至没有族群。鲛人一族因为我无法游泳和哭泣，认定我是残疾，驱逐我。我日夜修炼，却也无法成妖成魅。我是上天的弃儿。

可我又怎么是认命的人呢？

我听说，人类的世界里，有一种珍宝，叫脱胎换骨丹。天下仅此一颗，吃完能成妖入道，幻化万千。

可是我要怎么样才能在人界寻得这样的宝贝呢……

除非遇到一个帮手……

位高权重，为我所用。

所以，我筹谋数月，只为了傍上一个人类商人，让他将我带走。

一开始，我一直以为我花费十年，也遇不到这样一个人。可这个时候，李千珺出现了。他位高权重，而且，他也需要脱胎换骨丹。

而我，只需要在他将这玩意儿弄到手之后，抢在他喂给慕容乔之前，吞下就好。

以逸待劳，完美！

我听闻，李千珺已经寻到了脱胎换骨丹的下落，直接跟他父皇借了一队水师，在海边打捞，数月未归。

我仿佛看到了希望。

所以这日听闻他回来，我便学人类女子，穿了长裙掩去鱼尾，早早地跟着一干仆役在门口等。我靠着尾鳍站立十分艰难，故而身子轻摆，显得格外娇弱，楚楚可怜，惹得身边的婢女瞪了我好几眼。

傍晚的时候，他才风尘仆仆地归来。

远归的少年瘦了一大圈，显得那腰身越发瘦，下巴越发尖，故而黑曜石般的瞳仁格外大，看着我的时候，瞪得几乎要脱眶。

他眼睛里面散发的喜悦几乎要将我灼伤。

“乔乔！”

他从马上直接跳下，飞扑过来，将我紧紧地搂在了怀里。

少年身上尘土味道很重，一张脸却突然容光焕发。我的一颗心跳得几乎要蹦出来，我紧贴着他，也被那股喜悦震撼，微微感觉到眩晕。

他的手揽在我的腰间，热切有力。

我在这样的怀里，突然出不来声音。许久，我才记得推开他，轻声开口：“主人。”

……

他脸上的容光霎时退去，化作一片惨白：“鲛人？”

我点了点头：“是的，主人。”

他的手瞬间离开了我的身体，他后退两步，转身就朝着地宫的方向奔去。失去支撑的我站立不住，跌倒在地。

看着他离开，我居然莫名地觉得孤独。

是的。

孤独。

看来，不能只依靠他，我也要加快寻找那颗丹药了。我想。

我坐在地上，看着仆人和随从跟着他进门而去，谁也没有理倒在地上的我。我自嘲地笑了一下，艰难地撑着地面起身。长长的裙摆让我行动不便，起了几次，都失败了。

一个带着黑色手套的手伸了过来。

借助那只手的力量，我站了起来。

对方却在我站起来的时候，发出怪笑声：“小鲛人，冒充我们海妖一族的感觉如何？”

我惊得脑袋几乎要炸裂。

眼前一袭黑袍的人却转身迅速离去，跟着那群仆役进入了府中。

『第六章 斩尾』

回到厢房的时候，我整个人都是惊慌的。

从来没有想到李千珺会带回来一个海妖，更没想到的是，这个海妖居然还目睹了那天我冒充海妖的事情。

脱胎换骨丹可以延年益寿，也可以治疗百病，但是是否能使人重生，倒真没有这么一说。

若是这海妖拆穿我，我该如何是好？

我急得在房间里面团团转，偏生想不到什么办法，就在此时，房门被猛地一下推开了。

尚未换衣裳的李千珺面无表情地站在门口，而他的身后，跟着那个弯腰驼背一身黑袍的海妖。

我哆嗦了起来。

“鲛人。”李千珺喊我。

“啊？”我答应。

“我想问你要点东西。”他木着一张脸，眼神却是固执的，仿佛我拒绝，我的下场就会很难看。

我这么识时务，当下就讷讷地回：“好……好的！”

他却从身后摸出一把刀来：“我想要你的尾巴！”

什……什么！

我惊得跳起，毫不犹豫地朝着门口蹦去。门外……站着一排带刀的壮汉。

我愣住了。闭了闭眼，咬牙道：“主人，你能告诉我为什么吗？”

“刚刚我去地宫，发现乔乔的身体已经开始变坏了。海妖告诉我，如果能用鲛人身体的一部分熬成油，做成长明灯，就能守护她的灵魂，灵魂在，靠着冰棺，尸身就能不朽。而你们鲛人，愈合力很强，所以，请把尾巴给我吧。”

愈合力很强但是未必会不疼啊，李千珺！

我确实听说，鲛人遇险也会斩尾逃生，不久会长出新的尾巴，但是那种痛，谁能熬得住?

我看了一眼李千珺。他目露不忍，却坚定地拦住了我的去路。

也是，为了慕容乔，他什么都可以做的。

我惨笑一声，朝李千珺伸出了手：“主人，你抱住我。”

他伸出了手。我扑过去，一把掀开了长裙，把长长的，泛着金色的尾巴暴露在地上，咬牙道：“砍吧！”

他身后的海妖怪笑一声，从仆役手上接过了一把长刀。

李千珺紧紧地抱住了我，我仰头看着他。刀光闪过的那一刻，撕心裂肺的疼痛传来，我“嗷”的一声，亲上了李千珺的唇。他的唇柔软却干燥，抖得不像话。

我的尾巴剧痛无比，如万蚁啃咬，又似斧砍刀切。

我在颤抖中亲吻着李千珺。他瞪圆了眼睛，身体抖得不得了，却终究没有推开我。甚至，他握住我腰身的手片刻都不曾放松。

尾巴落地，那海妖径直就将它扔进了院子外面的锅里。我瞟了一眼，他们架起了火，在用那尾巴熬制鲛油。

那尾巴触锅即化作满满的一锅长明灯油，被那海妖小心捧着，送去了地宫。

那是我的尾巴……

所幸，伤口迅速地长出新肉，李千珺捂住了我的眼睛，我突然开始嗷嗷大哭。疼痛，悲伤，却突然带着羡慕和嫉妒。

那个女子，死了之后，都有人为她这般丧尽天良，丧心病狂。

我居然没有特别痛恨李千珺，我只是感觉到羡慕。

『第七章 入地宫』

接下来的一个月，李千珺发布了悬赏令，称只要谁有那丹药的消息，就重赏。

我想，他已经开始等不及了。或者说……那个躺在棺材里的人，已经等不了了。

我突然，很想看看她的模样。

毕竟那一次，李千珺抱着我喊乔乔的模样让我至今难忘。我总觉得，里面有什么玄机。

我的尾巴愈合得特别快。

据海妖所说，鲛人愈合，需要半年。而我，不到一个月，就已经长好了，但我依旧包着厚厚的布条，终日躺在床上。

因为只有这样，李千珺才会对我格外愧疚，以至于日日亲自伺候，无比体贴。

这日，听说有人揭了悬赏令，李千珺带着海妖匆匆离去。

我马上从床上爬了起来，迅速地跳入了厢房后面的莲花池，然后悄悄地潜入到了地宫门口，点了一支偷来的迷魂香，进入。

那冰棺放在地宫中央，冰棺前面点的长明灯里，盛满用我的尾巴熬成的油。

我一跳一跳地向前靠近，渐渐地将棺材里的人看得清清楚楚。

那冰棺里盛装躺着的女子……

赫然和我一个模样。

我怔住了，脑子里有什么东西咕噜咕噜地往外冒。

海边，鲛人，海市，主事的风华绝代的女子……

我情不自禁地伸手去触摸她的脸庞。

"你在干什么？！"身后传来熟悉的声音。

我转头，看到李千珺惊慌失措地跑过来，大声地喝道我："你别碰乔乔！"

我笑了，收回手，把手拢在袖子里，静静地等他过来。

他疾步跑过来，身后跟着那个讨厌的海妖。李千珺跑到我身边，皱着眉挡在了冰棺面前："你怎么进来了？"

我微笑："因为我想看看，什么样的人值得用我的尾巴来熬制长明灯油啊！"

提到这件事,李千珺的神色缓了缓,却在片刻之后,突然冷硬了起来。

"鲛人，我还想跟你要点东西。"

他神色不定，不敢看我的眼睛，我却心知肚明。

"你想要什么呀？"我声音柔软。

"我今天才知道，你原来不是鲛人，而是鲤鱼精！你的内丹，就是那颗脱胎换骨丹！"他抬起头来，一口气说了出来，带着质问，"你为什么不早点说？！"

"因为我也不知道我就是那鲤鱼精啊！"我理直气壮地跟他对视。

李千珺气冲冲地瞪我，却在看到我翻了个白眼之后，气势瞬间弱了下来："那个……你可不可以把内丹给我？"见我不说话，他又急急地补了一句，"海妖他说了，只要你给我内丹，他不仅能保你不死，还能让你维持人形。然后我们将你运到皇宫，让你常年吸取龙脉之气，几十年你就能恢复！"

你倒是想得好！可是那也是几十年呢！我默默地吐槽。

许是我看起来十分不情愿，所以对方急不可耐地挥了挥手。

我看着他身后的海妖掏出了刀子，只好做最后的挣扎："李千珺，我问你个问题啊。"

对方被我打断，十分不高兴。他忍耐着："你说。"

"话说，我和你心上人长得一模一样，你只见了她一次，跟我却生活了大半年，你为什么非要她不可？难道我就不行吗？"

这一问，我是出自真心。

这是我最不理解的地方，明明同样的脸，为什么一个要送命，一个却能重生呢？只是因为被他李千珺爱着吗？如果是，他为什么不能爱我呢？

我直直地盯着他，希望他能改变主意。

可是眼前的少年啊，他却格外固执。他抬起头来看着我：“不……你不行，我爱她因为她是慕容乔，天下无双的慕容乔，在未见她之前，关于她的故事我便已经听了十年，所以我爱了她十多年。”

他眼神坚定，口气果决。

我看着那闪光的刀子，突然觉得，今天这是非被剖心不可了。

李千珺不再看我，转身看向了那口冰棺。

两人一样的容颜。可是躺着的那个人，曾经绝代风华，笑傲四海，而面前的这个，却嘴巴毒小心眼。

如果真的说喜欢，他其实是都还喜欢的。只是生死攸关，容不得他想太多。取了她的内丹，她只是失去修为，如果不取，便再也不可能见到慕容乔。

眼前的鲛人还在喋喋不休，他却不能再动摇了。

于是，他捂住了她的嘴巴。

而我在被捂住嘴巴的一瞬间，突然就明白了他的选择，我张了张嘴巴，最终决定安静下来不再开口。

李千珺的手，颤抖，却坚定地接过刀子戳进了我的胸口，小心地避开了心脏，直取那颗内丹。

我居然不觉得疼。

可是，当他把内丹握在手里的那一刹那，我突然没有了意识。

我眼睁睁地看着自己飘离身体，眼睁睁地看着那鲛人垂死挣扎两下，然后瞬间消失了。

只剩下一条垂死的鲤鱼。

……

咦？

这下不仅是我，连李千珺也愣住了。

他抬头，恶狠狠地盯着一旁的海妖，怒道：“这是怎么回事？？”

海妖一脸惊诧。

『第八章 往生』

我的魂魄变得十分轻盈，飘在一旁，眼睁睁地看着眼前的李千珺激动地摇着我的身体。

他握着鲤鱼的鱼鳍，焦急且温柔地恳求："喂！喂！你醒一醒，你醒一醒好不好？"

"你醒一醒，我再也不问你要东西了！"

可是最后的最后，我还是醒不过来。

因为我根本不是鲛人，也不是什么鲤鱼精。

我其实是水鬼啊。

我其实……就是你说的那个慕容乔啊！

我于大殿之上，见到那被娇宠的小皇子，虽然年纪略小，但是一双眼睛里充满了爱意和崇拜，所以当他求赐婚的时候，我其实内心也是欢喜的。我不计较夫婿年纪小，毕竟除了这个他啥都好。于是就这样许下了婚约。

许下婚约之后，我就先回海边去准备出嫁。

我常年在海上和鲛人族做贸易，故而有很多奇珍。为自己准备的嫁妆是百年难得一遇的鲤鱼精内丹，可以生死人，肉白骨。而这条鲤鱼精，就养在我家的后院。然而就在我日日祭祀祷告，准备杀鱼取丹的时候，突发大雨，连下三月，接着发生了海啸。我安排所有的渔民和商人离开了那个海市村之后着实忧心嫁妆，就不顾一切地去后院看鲤鱼，我想带着鲤鱼离开。

鲤鱼已经成精，预感天气突变，借着海啸的力量拼命突破符咒结界。我去压制，结果被鲤鱼精撞飞，直接撞上远处的石头，被磕死了。

我堂堂慕容乔，居然是被一条鲤鱼撞死的？简直无法接受这事实的我，怒气一冲，也不管自己是人是鬼，扑过去就想将那鲤鱼斩于手下。可扑过去的那刻，鲤鱼的身体突然传来一股子巨大的吸力，我大惊之下赶忙收手，可魂魄轻飘飘的，哪里刹得住脚步。就这样活生生地，哦不，死翘翘地，被吸入了那条巨大的鲤鱼体内。

我两眼一翻，顿时人事不知。

等到清醒过来时，我发现自己已经莫名地变成了人身鱼尾的怪模样。我摸着自己的新身体，大惊失色。

莫非我变成了个妖怪？

记忆渐渐地模糊。

之后，我看到远处翻腾起巨浪，一群鲛人游过来，人身鱼尾，依稀和我长得一个模样。

我想，这也许就是我的同族。

想到这里我一头扎进水里，试图游走。

我一甩尾巴……

我居然在水中像人一样立起来了！尾巴僵硬得跟人的两条腿被绑在一起一样，根本不能游泳，可那群鲛人越游越远，我只好拼命沉下去，然后在水底一跳一跳地蹦跶。

我内心泪流满面。

我算是弄明白了。

我也许……可能……是个残疾的鲛人。

回忆结束，我站在地宫门口苦笑。

你看，我的小夫婿，就迟来了那么几天，我们就人鬼殊途。

这些，说起来十分可笑，可是我和他，都笑不出来。

我的灵魂离开地宫，突然回到了海面，朝着太阳走去。

离开的那一刹那，我想我应该是高兴的。

李千珺爱着的那个慕容乔，风华绝代，永恒不朽。那就让这个原本普通且坏脾气的自己，离开吧。

后记

离开不过三日，太阳越来越近。

我感觉自己已经开始消散了，那一瞬间，我失去了记忆。

等我再次醒来的时候，对上李千珺小心翼翼的脸。对方穿着喜袍，握着我的手，小心翼翼却又喜滋滋的："乔乔，你醒来啦！"

"我就觉得冲喜有用。但是我父皇觉得我脑子坏掉了。他说，如果一介皇子给一个死人冲喜，就当我母妃没有生过我这个儿子……

"所以乔乔啊……

"我……

"嫁到你家啦！"

我……目瞪口呆。

晚上，我被请出来，坐在院子里，吃着烤鱼，和李千珺一起赏月。

我伸出手，接住一捧皎洁的月光。

遣怀

唐 杜牧

落魄江湖载酒行，楚腰纤细掌中轻。
十年一觉扬州梦，赢得青楼薄幸名。

情浓似墨

文／逍遥红尘

『第一章 花主被劫走了』

瑜国，流城。

又是一年一度的花车公子游行的时候到了。

每到这个时候，每家花楼都会派出最具实力的公子参与竞争。而观看的每个人都可以向自己看上的公子赠上特殊标记的鲜花，花多者胜出，是为当年花魁。一朵鲜花一两金，唯有财大气粗的人才能捧得花魁归。

季苏墨端坐在花车上，盛装打扮，目光从各色人面上一一掠过，忽然顿了顿。

花楼之上，一名女子手中折扇轻摇，眉宇间带着潇洒恣意，一双妙目含笑扫过花车。在与他目光相对的瞬间，笑容突然僵硬了一秒，然后扇子迅速挡上面容，只能看到不断抖动的肩膀和笑成了弯月的眼睛。

她这是在嘲笑他？

季苏墨罩在袖子下的手握紧，压抑着怒气。

想他当年，可是魔教人人夸赞的美少年，这女人居然笑话他？

他忍不住怒瞪对方一眼。

可没想到对方毫不收敛，反而乐得更厉害，侧身不经意地撩起了一绺发，露出颈项间一抹朱砂印记——传说中水清浅的胎记。

是她！

季苏墨心里陡然一惊。没想到一下就遇到了自己想要找的人。

可这厢他还没有想到吸引对方的办法，就看到对方合扇下了花楼，身边的小童拎着满满十篓鲜花。

今日最大的金主，出现了。

显然，她将花送到谁的手中，谁就是今日的花魁了。

季苏墨脑子转得飞快，眼巴巴地朝着对方看去。

对方却似乎毫无觉察，悠闲地上了花车。公子们都是满面期待，她目光闪烁，却并不急于挑选。

终于……在季苏墨期盼的目光中，她一步步踱向他。

季苏墨心若擂鼓。

终于她停在了他的面前。

二人对视的一刻，他傻乎乎地瞪圆了眼睛，她含笑，伸出玉手，从花篮中抽出一朵花，递给了他。却在他抬起手腕的刹那，越过他，送到了他身边公子的手中。

那公子喜出望外，她轻佻开口："今夜……公子可愿相陪？"

季苏墨只觉得两耳轰鸣，眼前发黑，却是实打实地明白自己被调戏了。

他怒极反笑，伸手一揽，就将她抱入怀中，身形展开，带着她跃上楼台："今夜，你必须是我的。"

众人一片哗然。

流城中一年一度的花魁大赛，花主就在众目睽睽之下，被落选的公子劫持走了。

『第二章 竟然不是她』

寂静的夜里，烛光轻跳忽闪，照得屋里两人表情晦暗不明。

坐在椅子上的女人把玩着手中的扇子，“你要劫财，我身上的银子尽管拿去；你要劫色的话……在这女子为尊的社会，我反正也不吃亏。”

她大大咧咧无所谓，一副任人鱼肉的表情。

季苏墨双膝突然一软：“王爷，我有事恳求你，希望你……”

他话还没说完就被打断，她一脸莫名其妙：“什么王爷？”

他更莫名其妙：“你不是当朝王爷水清浅吗？”

女子失笑：“我名字中是有个水字，却是叫秋水，而不是水清浅。”

什么？

“你不是王爷？”

秋水摇摇头：“不是。”

他倏然上前，不甘心地扯着她的领子：“都说王爷这里有个朱砂印记啊？你想骗谁？”

都说女皇胞妹为逃婚而落跑江湖，他费尽心机买来的消息，得到的不过是对方独好男色和颈项间一点朱砂印记的提示，他才不惜放下魔教少主的身份甘为花楼公子，只为了能吸引她。

“王爷在江湖上行走，若不弄点障眼法怎么行？”她摇摇头叹道，“我不知道你从哪儿买来的消息，总之，我不是王爷。”

“怎么可能？”他变得有些失魂落魄，“天机堂千两黄金买来的消息，竟然是假的……”

三年了，他所有的赌注都押在上面，却是这样的结果。

“你走吧。”他默然转身。

“哦，我走。”她无所谓地举步，“只是，我走了你可能就再也找不到水清浅了。”

眼前一花，她猝不及防地一头撞进了某人的怀中。

“你说什么？”

面对他的紧张，她浅笑：“我既能成为王爷的替身，自然也能找到王爷。”她绕过他朝着门外走去，却被他一把擒住了手腕。

两人的目光，盯在他紧扣她的手腕上。

静默……

突然，窗外一点寒芒，直射向两人。

『第三章 合作？成交！』

季苏墨反应极快，伸手打落暗器，又一指点住秋水，将她扯入了怀中。

他一人逃离很简单，但她必然遭遇不幸。而这个女人，现在还不可以死。

耳边风声阵阵，眼前针影霍霍，他在千万杀机中狠狠咬着牙……护住怀中的人。

飞掠，远去。

小径旁，修长的人影踉跄两步，终于体力不支带着另一个倒下。

“喂，你怎么了？”秋水不过一推，他便软软地瘫倒在她的怀中，脸色煞白似已昏迷。她看了眼贴着他后背的手掌，那里湿漉漉的一片殷红。

扯下他的外衫，一个个血点浮现，密密麻麻地遍布整个后背。

为了保护她，他以自己的身躯抵挡下了一拨针筒发出的千百支暗器。

秋水毫不迟疑地扬指，止血拔针，手法熟练有条不紊。

月光下，血色的背后，渐渐现出一幅模糊的图案——月下狼啸。

她的手顿了片刻，轻轻用手描着他的背，不，是抚摸着那幅图。

季苏墨不知梦到了什么，皱眉发出低低的呻吟："哥哥……哥哥……"

她的指尖又倏然缩了回去。

当他再次睁开眼睛，对上的就是某人不正经的笑。

"真没用啊。"她毫无同情心地狠狠取笑他，"才几十根针，就成了这样？"

季苏墨却明白，这针威力虽然不大，上面却淬了麻药，所以他才会如此狼狈，只是面对这女人欠扁的表情，他才不想解释。

强自支撑起来，他掏出一枚烟弹，正要抖手抛上天，却被人轻轻握住了手腕。

"你什么意思？"他瞪眼前的女子。

"你在公子坊中假扮公子，这么快就有人追杀到，不是你昨日露了痕迹，而是你的手下中，本就有对方的人。"

她松了手，他到底没有动。

"而且对方的针上淬的不是毒而是麻药，证明他们要的是你的活口，只怕你身上有什么别人想要的东西。"

他不由垂眸，扫过胸口那枚钥匙型的吊坠："你到底是什么人？"

这种观察力和思考力，绝非常人。

清辉淡淡洒在秋水的眉宇间，恍若照出一缕愁绪："和我说说你哥哥的事吧。"

"不！"季苏墨一口拒绝。

她也不恼，而是径直起身："如今你受伤，再也困不住我，既然不肯合作，那就此别过。"

当真是一点不迟疑，走得干脆而坚决，直到她身形飘飘几乎要融入丛林的阴影，背后那人终于出声："好！"

那脚步，停住。

终是转了回来。

『第四章 原是故人情』

古宅，一团昏黄的烛光。

老旧的桌子上，放着几个小菜，还有一盆热气袅袅的鱼汤，乳白色的汤煞是诱人。

季苏墨一言不发，老老实实地吃着。他经过一日休息，伤势也大有好转。秋水不说话，静静地看着他吃，直到他停下筷子。

“我们父母早亡，是哥哥一手将我带大，他长我五岁，总说将来有一日带我游历江湖。直到那一日，他收到一封信，说是替人办件事，不日将归，可最后他没有回来。”季苏墨口气平静，捏着筷子的手指却发白，隐隐抖动，“我知道他是遭人陷害的，无论如何，我一定要找到凶手。”

“你知道是什么事吗？”秋水轻声问着。

季苏墨摇头：“我去换件衣衫，这青楼的衣服，穿得太难受了。”

他转入后院中。

看着他的背影消失，秋水展开手，掌心中一枚小小的松石坠子，发出阵阵幽蓝的光芒。

她的指尖抚过，一声轻叹：“长天……”

门帘忽然掀起，一道人影出现在她的面前。

黑色劲装，人影挺拔，带着几分漠然与冷峻，沉默地走向秋水。

秋水的面容刹那间变得有些迷茫，定定地看着眼前的人。当他与她的距离越来越近，近到彼此带着暖意的呼吸互相打在脸颊时，秋水情不自禁地伸出手，想要抚上他的面庞。

可刚伸起手，就被那人用力地握住；“你到底是谁？”

秋水神色一凛，吊儿郎当地笑着：“我？一个普通人。”

“我问的是你与我哥哥，到底什么关系？”

“没有关系。”她回答得很干脆。

“没有？”季苏墨冷笑，用力掰开她的手指，看着她掌心那枚松石坠子，“若无关系，你怎会知道我哥哥的名字，怎会有我哥哥的贴身之物？”

“这东西太普通，满大街都是。”她随口回答。

手腕上的力量更紧了，季苏墨的手慢慢从怀中掏出，掌心中赫然是另外一枚松石坠子，几乎与秋水手中的一模一样：“这是我母亲的遗物，一对耳坠我与哥哥一人一个，你觉得我会错认？”

秋水别开脸，躲闪着他咄咄逼人的视线，“你故意打扮成他的模样，就是为了引我失神？”

“我带你逃走的时候，看到了它。”季苏墨的手捏得紧紧的，不肯松开她，“哥哥死都不会离身的东西，为什么会在你身上？”

房中，静默。

两人犹如在进行无形的拉锯战，谁也不肯先低头。

良久……

秋水的眼皮垂下，轻叹着：“长天，是我的爱人。”

“什么？”季苏墨脚下踉跄，“我不信！”

“桌上的菜，是长天最爱的，若非多年相处，我怎会如此了解？”秋水的目光平静，“他拼尽最后一口气来见的人，是我。我为他送的葬，这坠子就当作他给我的最后纪念了。秋水长天，我这个名字本就是为了纪念他而存在的。”

季苏墨的表情扭曲、狰狞：“我哥哥怎么死的，为什么而死？”

秋水摇摇头：“我不知道，他只让我找到你，保护你。他让我告诉你，不准复仇，只要你安然活下去。”

季苏墨的手狠狠地捶上墙：“我不！”

秋水举起那枚松石坠子：“你哥哥的遗命，你听不听？”

季苏墨的脸上挣扎着，痛苦地闭上眼睛：“好。”

门外，衣袂声忽起，长剑破空而响。

季苏墨的手圈上秋水的腰身，秋水只有一个字：“跑！”

『第五章 你到底有多少秘密』

今夜月光清冷，季苏墨的身影如风，身后数十道人影紧追不舍。

“再往前，就是断崖了！”她在他耳边低声叹，“运气真不好。”

果然，前方一处天堑，阻断了两人的去路，只闻崖下的流水潺潺。

数十人从三方包围，将他们困在中间。

为首一人走出，对秋水喊道：“把这个男的交给我，保你不死。”

秋水摇头，握紧了季苏墨的手却被他轻轻拨开。

“你走吧。”季苏墨退开一步，扬剑。

“若不能保你周全，无颜以对长天，要死不如一起死好了。”秋水的发丝被风吹起，露出她淡然而秀美的容颜。

季苏墨不屑：“蠢货。”

秋水只是笑笑：“和你这么漂亮的人埋骨此处，也算求不来的艳福。”

她扬起脸，对着为首之人开口：“我将藏宝图给你，换我们两人性命，如何？”

藏宝图？

什么藏宝图？

季苏墨的目光喷火，狠狠地瞪着秋水，而她的双手间，正是那一对松石坠子。

两个坠子在月光下，并躺在她的手心里，黑色的铁线勾勒着奇异的图案。

“你，到底向我隐瞒了多少秘密？”他咬牙切齿。

秋水却不理他，冲那人抬起了手腕：“你不答应，我就把它们抛下去，你这一辈子都别想再寻找到宝库。”

为首之人沉吟了下，点头：“你给我送过来。”

“不准！”季苏墨抓向秋水，却被她躲开。

秋水脚步轻盈地朝黑衣人走去，一步、两步……

对方的眼中贪婪愈盛，死死地盯着秋水的掌心，越来越近，越来越近……

他终于忍不住劈手去夺，陡然一团粉末在空中炸开，顿时一片迷蒙。

秋水想也不想转身扑向季苏墨。当她人影入怀，季苏墨便点足飞身直扑山崖。

身后利剑破空，却是尾随而来。

可惜季苏墨人在半空，根本避无可避。

秋水忽然狠命一推，挣开了季苏墨的怀抱。

季苏墨大惊，只见那一抹寒光，穿透了她的身体。

两道人影，如流星坠下……

『第六章 恳请你帮我！』

漆黑的山洞里，秋水醒来时，只觉得自己被一双温暖的手臂环抱着。

她才动了动，就疼得倒吸一口凉气。

那手臂的主人也刹那惊醒："你醒了？"

熟悉的声音，让她不禁打趣："这是黄泉路，还是我没死？"

季苏墨怒了："你就不能正经点？"

"看来是没死。"她还是笑，"我要谢谢你的救命之恩了。"

"你知不知道你昏迷了三日？你知不知道你高烧始终不退？你知不知道……"他一个劲地骂着，宣泄心中几日来的恐慌不安。

山崖上，她握着他的手，在他手心中草草写过几字，让他跳崖后悬挂在山壁间，却不知道她竟然会选择以身相代。

"至少我们都活着，不是吗？"微凉的空气让她不自觉地埋进他的怀中。

过程何必再提，结局才重要。

"你到底还有多少事瞒着我？"三日，三日的焦心，三日的急切，都让他恨不能一把捏死怀中的女人。

"关于松石坠子吗？"她的气息那么虚弱，说话如在叹息。

"嗯。"

"那是长天的意思，他不想让你知道，不想让你复仇。"

"为什么？"季苏墨急了，手中一紧，秋水闷闷地哼了声。

他不自在地松了力道，却又怕她冷，虚虚环绕着她。

"因为这对你来说，太危险，"她轻叹，"我答应了他，护你安全。"

"可我有权知道真相。"他的声音充满火气，"你觉得我可能这样苟且过一生吗？你觉得他们又会放过我吗？"

怀中的人沉默了，长久的沉默几乎让他以为她又昏了过去。

"你知道炎国吗？"她忽然开口。

季苏墨一愣："百年前被灭国的炎国？"

"炎国本就是偏居一隅的部族小国。当年炎国内乱，后被他国趁机灭国。只是没有多少人知道，当年炎国的皇家并未被屠尽，他们逃出后将国库所有的珍宝沉入寒潭之中。这寒潭之水冰寒彻骨，即便是内功高深者也无法抵挡，唯有炎国皇家具有家传内功之人才能入这寒潭。而通往寒潭的洞口，需要这一对松石才能打开。炎国皇家的族徽，就是狼形图腾。"

季苏墨的身体颤抖着，声音嘶哑："你是说，我是炎国皇家后裔？"

"而后，炎国皇家后裔隐姓埋名，归于安宁平静，没有产生过复国的念头，所以这秘密也就逐渐消失。"

季苏墨急了："那为什么哥哥……"

"因为被沉入水中的，还有一个被封印在匣中的巫蛊秘籍，当年炎国人驾驭巫蛊的能力鬼神莫测，甚至能够操控人心为其所用。无论是举国宝藏，还是操控人心的巫蛊之术，都是各色势力觊觎的目标。有人一直想找到宝藏并不稀奇。"

所以，哥哥当年是为了这件事才遇害的。哥哥不让他寻仇，是担心炎氏后裔一旦再度现身，必将引来更多的追捕，一生不能停歇。

“长天要的，是你的安宁！”她在他怀中轻叹。

他拥着她，半晌静静地开口：“我要毁掉那些东西，这样就不会再有人觊觎。秋水，我恳请你……帮我！”

回答他的，只有她平静而均匀的呼吸声。

『第七章 双手奉上甜栗子』

某花楼里，秋水正左拥右抱。

“姑娘，喝杯酒吧……”

“来，吃块鱼。”

“讨厌，你都不亲人家。”

几个公子围着秋水百般殷勤，某人也是一边吃一边喝，不亦乐乎。

忽然间，大门猛地被人踹开，俊朗的身影出现在门边，手中的剑寒光烁烁，顿时引起一片惊呼。

季苏墨恶狠狠地瞪着秋水，冷冷开声：“滚！”

几人连滚带爬，奔出了屋子。

秋水抚额无奈：“季苏墨，你要干什么？”

季苏墨冷着脸坐下：“鱼带发性，你伤未痊愈，不能吃。”

秋水的手刚拿起一杯酒，就被他拍翻在地：“酒伤身，不能饮。”

秋水挑眉：“那公子呢？”

季苏墨隐忍着：“你是哥哥的爱人。”

“你哥不在了，难道要我守身如玉一辈子？”她道，“我大难不死，找个公子压压惊不行吗？”

“行！”季苏墨往她身边一坐，脸凑了上去，“我陪你！要怎么亲，随便。”

秋水恰巧转过脸，她的唇擦过他的唇，温软轻柔，两人同时一呆。

“你到底想要怎么样？”

“我要你带我去寒潭，哥哥一定告诉你了。”

“我不带！”

“那我就跟你一辈子！”

“你该不是因为我救你一次，就想以身相许了吧？”

季苏墨面上一红，默默转身取出一袋热腾腾的栗子：“那日你在山洞里说想吃糖炒栗子，刚给你买的。”

“手疼，剥不动。”

季苏墨手指轻捻，一个个剥好的滚圆的栗子落入秋水的手心里。她慢慢咀嚼着香甜的栗子：“如果，就这样安静地过一辈子，也挺好的。”

他的手停了停。

“比和哥哥在一起，更好吗？”

她无奈地收了笑，沉默。

他却轻笑：“不过是开个玩笑，你也不必当真。”

秋水妙目轻转，他始终不曾抬头，只能看到她唇角僵硬地翘着，倔强顽强一如初见。

如果这性格似火的男儿，跟着她一辈子鸡飞狗跳地闹腾，余生似乎也挺有意思的。

“当真跟我一辈子？”她看到他英俊的脸庞上，刹那掠过的一抹赧然殷红。

“你想得美！”他冷哼着，却将栗子小心地撕去皮，递给她。

“我帮你这一次，但以后你必须退隐江湖，不准复兴魔教！”这是她妥协前唯一的要求。

『第八章 你在这里等我』

那夜之后，两人的行程变得古怪起来，越行越偏。

“季苏墨，我要吃白糖糕。”

“好！”

“季苏墨，我要绿豆酥。”

“好！”

“季苏墨，给我剥松子。”

“好！”

“季苏墨，我要去找公子！”

“你休想。”

吵吵闹闹中，两人进了一处深山，山路越发难行，走到最后就连小兽出没的山径也找不到了。

“季苏墨，背我。”

他也不争辩，俯身由她跳上。

荆棘挡道，他们一声不吭地跋涉了半日。直到季苏墨衣衫褴褛，手背上划了数不清的血道子，秋水喊了停。

她细细端详着眼前的山壁，半晌，伸手拨开了一处厚厚的藤蔓。

山壁上，露出两个小小的洞。

秋水伸手抚上了季苏墨的耳垂，这亲密又自然的动作，让他不禁僵了身体。直到两个松石的坠子被塞入山壁的凹槽里，他才恍然回神。

轧轧声中，厚重的石壁缓缓升起，露出了里面漆黑的山洞。秋水刚要举步，却被他挡在了身前。

看着面前伟岸的身影，她脸上闪过一抹复杂。

泥泞的路上，他始终快她一步，而手也是紧紧地拉着她，不肯放开。

直到洞口的光线越来越亮，两人站在洞边，望着前方的风景。

白云飘飘，清风阵阵，碧水幽幽，竹叶沙沙，一派安宁祥和之色。

“这里，好美。”她感慨着。

他侧脸看向身边的人，微笑：“是啊，好美。”

当她侧首，两人目光相对，他立即不自在地转过了脸，看着脚下的碧水：“这里就是寒潭所在？”

秋水点头。

季苏墨小心地叮咛着："我下去，你在这里等着。"

确认秋水安然，他一跃而下，直入寒潭中。

冰冷的潭水刹那间淹没他的身体，寒气直入他的肌肤筋骨中。季苏墨体内的功力流转，驱散了寒意。

清澈的水波中，依稀可见水底的白骨，也不知道发生了多少人为财死的悲剧。

一个个巨大的箱子，静静地沉在水底，斑斑锈色显示着岁月的痕迹。而他并没有靠近，他寻找的，是其他东西——和他颈项间项链匹配的东西。

他在水底慢慢地摸索着，终于在两个箱子之间，发现了一个精巧的匣子，匣子上刻着古怪的花纹，正中心有一个小小的锁眼。

季苏墨毫不犹豫地拿起那个匣子，朝着水面上浮去。

才出水面，他就举起匣子，兴奋地叫着："秋水，你看我找到什么了……"

兴奋犹在他脸上，就倏然僵住。

一柄剑，横在秋水的颈项间。

一双如狼的眼睛盯着他，准确地说，是盯着他手中的匣子。

『第九章 谁说你不是我的女人？』

"把它给我！"蒙面人嗓音低沉。

季苏墨跃上洞口，蒙面人立即带着秋水后退两步。

"不能给他！"秋水挣扎着，"苏墨，快点毁掉它！为了你的哥哥，为了你的心愿，毁掉这个东西。"

蒙面人的手微动，秋水的颈项间立即多了一道血痕。

"你不给我，我就杀了你的女人！"

秋水挣扎着："我不是他的女人！"

季苏墨盯着蒙面人，“我只问你一句，我的哥哥可是你杀的？”

蒙面人冷笑着，“是又如何？”

“好！你承认就好。”季苏墨点点头，“要宝盒自己去取。”

说话间他的手已扬起，匣子朝着一旁飞去，蒙面人想也不想，松开了秋水，飞扑而上。

季苏墨身形闪动，蒙面人得手的同时，秋水也入了他的怀抱。

“谁说你不是我的女人？”他冷着脸，“一路上我都听你的，这一次，听我的！”

“你这个愚蠢的男人！”她骂。

他也不解释，推开她飞身而上，剑光直逼蒙面人。

寒光烁烁冷冽，刹那间已将蒙面人笼罩其中。蒙面人骇然，竟开始左支右绌连连后退。

剑光一闪，蒙面人的面巾被挑落，露出一张仙风道骨的脸。

“任白？”季苏墨一怔。

眼前人，不是现任的武林盟主任白又是谁？

所以，当年哥哥是信了这个道貌岸然的武林盟主，带他寻宝最终却遭无情杀戮？

季苏墨不禁恍然：“是了，若非武林盟主，又怎么骗得了哥哥，还煽动武林中人四处灭我魔教教众。”

任白更是心惊：“你，你的武功……”

季苏墨冷笑：“你算计这么多年，却不知道我的武功始终在我哥哥之上吧？我今日必为我兄长报仇。”剑如灵蛇人如游龙，他恨得招招夺人魂魄。

任白使尽浑身解数折着密集如雨的剑招，艰难喊道：“你杀了我，全武林的人都会追杀你。”

任白做的事没有人知道，但他若杀了任白，武林中人却不会放过他。

季苏墨已是杀红了眼：“我不在乎，我只要你的命！”

季苏墨再度挺剑而上，背后忽然传来一道指风，冷不防刺入了他的穴道之中。

耳畔，是秋水气定神闲的声音："任盟主，你也太大意了吧。"

季苏墨跃起的身形跌落，目光所及之处，是秋水那甜美的笑容。

『第十章 好一个计中计！』

"你……"季苏墨难以置信，所有的话到了嘴边，却又说不出口了。

秋水笑着："这么多年你刻意躲着，要找你真是不容易啊。若不骗你，如何能让你亲自去捞这东西？"

骗？

"你所有的话都是假的？"

秋水点头："假的。"

"你与我哥哥的事？"

"假的。"

"你救我的事？"

"假的，苦肉计而已。就连你从天机堂得到的消息，也是假的。因为……"她嫣然如花，"我本就是天机堂的堂主。"

所有的一切，都是假的，不过是为了让他乖乖交出匣子而编出的谎言。

任白捂着胸，冲着秋水一抱拳："秋堂主，多谢了。当年我以撤销武林追杀魔教令为由让季长天为我捞这匣子，不料他却欺骗我，给了我一个假的。只怪我一时手快，杀了季长天，再要找这季苏墨却是难寻踪迹，幸亏秋堂主足智多谋，我终于得偿所愿了。"

说话间，他就要拧开匣子。

"等等！"秋水拦住了任白的动作，伸手摘下季苏墨脖子上的钥匙，"那匣子有机关，强行打开只会毁了里面的东西。这钥匙是季长天给他的，你试试。”

季苏墨彻底绝望了，他不该，不该在秋水问及这个钥匙的时候，将真相告诉她，如今最后一个毁掉匣子的希望，都没有了。

任白快手快脚地打开匣子，匣子里卷着一张羊皮纸，百年过去，竟未受半点水渍浸染。任白疯狂地大笑着：“我拿到了，我终于拿到它了。”

“恭喜任盟主了。”秋水抱拳，“我已帮盟主达成心愿，盟主是否也该履行当初对我的承诺了？”

任白喜不自胜：“秋姑娘找上我的时候，我本半信半疑，不料姑娘居然真的做到了。”

“我如何做不到？天机堂虽说是情报机构，却是我蒙国安插在瑜国境内的。这几年瑜国兵力不断壮大，我蒙国不得不委屈求全。如今有了这笔宝藏，我蒙国何愁他日不能反攻？任盟主，你将这连城宝藏捐献，我蒙国也必将许你以高官。江湖盟主虽有地位，也不过三五载就要换成他人，盟主为自己寻了一个好后路，聪明之举。”

任白掩饰不住满脸的笑意：“那是，那是。”

他的手从怀中掏出，递给秋水一个信封：“这是我写给君上的奏本，依照姑娘所说，将前因后果都说清楚了，也将诚意写明，帝君那儿就劳烦姑娘美言了。”

季苏墨看着任白的嘴脸，满脸不屑：“你贪财好利，竟然还卖国求荣？”

任白狂笑着：“这些年，武林人士被我拿捏于股掌之间，一个武林盟主我早已不放在眼中。谁许我将相之位，我就听谁的。”

话音才落，洞口边出现了影影绰绰的一片黑影，任白表情疑惑，不明所以看向秋水。

“他们是瑜国的皇家护卫，每一个都堪比武林一流高手，这里有几十人，不知道任盟主能打过几人？”

任白的表情僵住了。

秋水抬起手腕，手中令牌十分抢眼：“我水清浅以王爷之名，令你们将这叛国之徒拿下！”

“什么？”任白脸色惨白。

水清浅轻声笑了起来：“任盟主，我用了三年的时间让你相信我，相信我说的所有都是真的。天机堂真的是朝廷安插的机构，只是不是蒙国的，而是瑜国的。如今你投敌叛国的奏本在我手中，只怕朝廷要恩赏你一个凌迟处死了。”

“为什么？”任白不敢相信自己的耳朵，却已没有时间再多问，皇家护卫一拥而上，将他拿下。任白犹自挣扎着：“你是朝廷王爷，你我之间本无冤无仇，为何要设计引我入局？”

水清浅脸上掠过一抹冷笑，却不答话，伸手拍开了季苏墨的穴道：“对不起，利用了你。”

季苏墨表情复杂：“你真的是水清浅，我原来没有找错人。”

人没有找错，却有很多东西错了。

“我知道，一切都是你的计中计，所有的故事都是假的，我只想问你……对我说的那句话，也是假的？”

水清浅沉默了。

——“季苏墨，你性格如此别扭又臭脾气，他日如何嫁得出去？”

——“要你管！”

——“不如我大发善心，娶了你得了。”

她第一次躲闪了他的目光，沉默不语。

季苏墨脸上露出一抹牵强的笑，咬着牙：“我明白了，季苏墨多谢王爷相帮之恩，今日之后，江湖不见！”

他转身，飞掠出山洞，转眼不见。

『第十一章 今生我想许给他』

桃花树下，花瓣如雨。

水清浅翻转手腕，一杯酒洒落在小小的坟冢前。

“长天，我终于为你报仇了。”她的脸上露出欣慰的笑容，“我用了三年的时间，找出了任白的破绽。只是很可惜，我利用了苏墨。不过他真的如你所说，俊美而又倔强，是个特立独行的男儿。如今任白的罪状由朝廷公布，宝藏也公之于天下，规定由朝廷打捞。如此一来，我相信再也不会有人去打扰苏墨了，你应该放心了。”

桃花飘散，往事如烟。

——“长天，这纹身真漂亮。”

——“季家的男儿，都有这么一个纹身，我弟弟也有。”

——“你啊，口口声声离不开你弟弟。”

——“我们自小相依为命，自是分不开的。”

——“那以后，我替你照顾他。”

她忽然扬起了笑容:“长天，我有件事需要告诉你。我对苏墨动了心，纵然没有你的嘱托，我也会好好守护他。”

桃花翻飞，纷纷扬扬落满了她的肩头。

她拈起一枚花瓣在指尖把玩着：“长天，与你之约来世必践，今生我想许给苏墨……”

远远地，一个护卫飞掠而来，跪下：“王爷！”

水清浅拧眉：“什么事？”

“您让我们盯着苏墨公子，他去了平城，参加花魁大赛，说要做公子接客！”

“什么？”

水清浅手一松，花瓣飞起。

这个倔强的死脑筋，脑袋里装的都是什么东西，好好的魔教教主不做，要去做公子接客?

“王爷，还有三日。”护卫尽心地提醒着。

水清浅立马转身 :“走，去平城！”

『第十二章 这个客人我接了！』

平城。

花车巡游，载着十余名公子，在人们的视线里缓缓而行，不断有鲜花被掷上花车，掷到公子的衣衫间，间或夹杂着某种议论的声音。

“那是谁家的公子，好丑。”

“就是，脸搽得跟猴子屁股一样。”

而端坐在花车上的某人，却完全无视了这种言论，他含着笑，看向高台。

高台之上，有殷商富贾，有达官显贵，却唯独没有他记忆中的那个女子……

季苏墨咬着牙：“臭女人，不是号称最风流的王爷吗，这么盛大的节日都不来？”

马车缓缓停下，高台上却没有人动。

今年的花主呢？

人人翘首期盼着，四下张望。

一匹马儿远远奔驰而来，马背上的人发丝微乱，额上冒出几颗汗珠。距离花车尚有数十丈远，她跃身而起，飞掠向花车。

人影，带着衣衫间凛冽的风，落在了季苏墨的花车上，呼吸犹自急促：“你这是干什么？”

“与你何干？”他冷哼着扭开脸，却掩饰不住眼眸中的喜悦，“我就要做公子，我就要接客，你管得着吗？”

她表情似笑非笑，手指勾上他的下巴：“就你这化妆的本事，谁敢要你？”

季苏墨拍开她的手：“说不定有人不长眼呢？”

街两边忽然出现了无数拎着花篮的花童，朝着花车而来，绕开了其他的花车，径直停在了季苏墨面前，他们将手中的鲜花扬起，抛上他的车。

在花瓣雨中，水清浅握上他的手：“没错，是有人不长眼。花魁公子，今日你是我的。”

季苏墨抽开手：“不是！”

“你上次的债，似乎还没还。”某人打趣他，“强掳了我，却没有伺候。”

“少爷不乐意。”他冷哼着，“带着你的花，走。”

水清浅摊开手：“你的定情信物都给了我，如何能赶我走？”

手心里，两枚松石坠子熠熠闪耀。

“还不够吗？”她问着。

他却不吭声。

“我当初有一句话，是真的。”水清浅的声音忽然认真了起来，“苏墨，我喜欢你。”

季苏墨的嘴角，轻巧地勾了起来，目光中浮起了温柔，在纷纷扬扬的花瓣雨中，吻上她的唇：“好，我接了你这个客人。”

无题

唐 李商隐

重帏深下莫愁堂，卧后清宵细细长。
神女生涯原是梦，小姑居处本无郎。
风波不信菱枝弱，月露谁教桂叶香。
直道相思了无益，未妨惆怅是清狂。

养蜂人

文／明末卜

『第一章 暗夜流萤』

我早已察觉到营帐外有状况。

但见两处光点正忽明忽暗地闪着，然后缓缓贴近，想必是流萤？

我好奇得很，趁着主人熟睡，猫腰爬出了营帐。山间杂草丛生，我借着杂草掩护匍匐前进。我看清了前方，那是两个重叠的人影……

好个会发光的臀！

我看得眼珠子都直了，又觉惊奇又感困惑。

前方，被牵制的人奋起反抗，我借着他臀部发出的微光看清了他的脸庞。

嗯，和主人差不多好看呢。

而另外一人，尖嘴猴腮，简直丑！

“漠北，不曾想过你的手段竟卑劣至此！”

“希决，大家都饿了，你在猎艳，我在觅食，各取所需而已。”

“啧，你为充饥不惜吞食同类！”

话音未落，美美的希决奋勇直上，和漠北厮打，可惜他功力不高，被漠北击中胸膛，一连退去好几步，眼看着就要倒下，沦为盘中餐。

哎，如此花美男，被同类吃了多可惜？

我这人没什么优点，就是怜香惜玉。我从后方突袭，利用蜂须刺向漠北的脖颈，他尖叫一声，吃痛回头狠瞪我一眼。但见我着一袭青纱罗裙，体态虽与寻常人无异，只是脸颊两旁长出细长尖锐的蜂须，状似猫脸。

说来，这几根蜂须是我容颜的硬伤，我本算得上是个清秀女子，可惜这蜂须就像胎记似的，即便我以人形示人也无法掩去。

“何方妖孽。”漠北狐疑打量着我。

我昂首挺胸，迈步走去：“你们折腾出的声响太大，妨碍我睡觉，我不高兴。”

我笑着走到希决身边，忍不住送了他一个秋波，但见他脸色微红，在我身上流连的目光愈发炽热：“是女人……”

他受了伤，说话时难免气短。

漠北盯着我脸上的蜂须左右看了两眼，不屑冷笑一声：“不过是只不谙世事的小蜜蜂！我劝你别多管闲事，我若不吃他，他早晚要吃了你。”

我听不懂。流萤的世界太复杂了，总之，这闲事我管定了！

我琢磨着要怎样在不惊动主人的情况下和漠北畅快淋漓地斗殴一场，可是不巧，主人已然惊醒，此刻，他正从山坡下朝我快步走来。

他剑眉紧蹙，抬头朝我呼喊：“玄儿。”

我暗道一声不好。

我家主人对我管教很严，从不准我与外界接触。若他知道这夜我竟企图参与流萤之间的斗殴，必定会痛揍我一顿，这可如何是好？

可是转眼间，希决和漠北已不见踪影。

我高兴还来不及，很快便发现不远处，一个绿点正向西而去。我暗暗松了口气，主人应该没发现他们吧？

“玄儿。”

我回过神，主人已来到我身边，上下打量着我，确定我无恙，才柔声责备：“以后，离开营帐前要让我知道，莫让我担心。”

我顺从地点头。

主人四下看了看，并没有发现异样，才又回过头来问我：“你何以半夜在此？”

“乘凉而已。”我不假思索，底气却不足。

主人审视我的目光愈发犀利：“可是……方才我明明听到了交谈声。”

“那是我自言自语。”

“哦？”主人逼近一步，俊俏的脸在我瞳孔里放大，他深邃的眸子能叫天上的星星都失色，“玄儿，我不知道你有自言自语的习惯？”

每次主人这般贴近我，便会让我紧张恐慌，心脏也跳动得飞快。

生怕说出流萤的事后，主人会责难于我，我便顾左右而言他：“主人在睡梦中把我搂得可紧了，闷得我难以入睡，我心里有些乱，便到此处来……静一静。”

主人一怔，神色略显复杂纠结：“你说……我把你……”

“嗯嗯！”我双手抱住自己，向主人示范，“主人睡着后，对我这样那样，我都快要窒息了！”

“……”

“主人的气息呼在我的额间，痒痒的，玄儿想入非非，怎么也睡不着了。”

“够了……”主人没好气道，“你描述得非常具体，我能想象出那是个怎样的画面。”说着，主人犀利的双眸看似不经意地扫过我的小胸脯，他飞快地背转身，“你长大了，我们不能再同睡。”

“不！我不是这意思！同睡也没关系，真的！玄儿不怕热！”

“我怕。”

“……”

『第二章 养蜂人』

我主人可不是寻常养蜂人，他原是点苍河的河神，掌管阴阳两界，法力极高。因看倦生死，便向玉帝辞去神职，从此退出仙班，当一个无拘无束的养蜂人。

主人在凡尘没有家，自养蜂以来四海漂泊，以天地为家。

午后，主人照常开启蜂箱，工蜂蜂拥而出，向着漫山艳红飞去。我尾随在后向山坡爬去，我察觉到，蜂群中混入了外族，那是流萤！

我玩心大起，追随流萤来到了一个洞穴前。我没有犹豫，壮着胆子走进去，竟看见了希决。

“果然是你！”我备感兴奋。

希决浅浅一笑，似是鉴赏奇珍异宝，那打量我的目光愈来愈贪婪：“是我不错，没想到你还记得我。”

“那是当然。”因为希决帅得像个好人，所以对于他的突然出现我也没有妄加猜想。

他道：“谢谢你那晚出手救我。”

“不客气。”

“你愿意再帮我一个忙吗？”

我没有犹豫：“当然，怎么帮？”

希决笑了笑，拉起我的手把我带到洞穴前一片空地上。他随手捡起一块石子，蹲在地上耐心地刻画。

我仔细一瞧，他画的东西有点儿眼熟。那是两个模糊的人像，一个在上，一个在下，与那晚漠北与希决搏斗的情景颇为相似。

“漠北和你？”我问。

希决的手一顿，不悦地扔掉石子：“不是。”他沉默了一下，似是在斟酌措辞，“这是《男欢女爱图》。我想……利用它和你生动地讲解一下我的诉求。玄儿，春天了，我是汉子，我需要女人。”

哦，这样，我茫然。

希决耐着性子跟我解释，所谓男欢女爱，是相爱之人灵肉结合的一种神秘仪式。

我似懂非懂地点头：“所以……那晚你和漠北正在进行这种神秘仪式吗？”

“呸！”希决一口唾沫吐到地上，“那晚是我大意。漠北模仿雌性流萤的发光暗号诱我入局，他想除掉我，因我族人想推举我当一族之长，可惜我法术不如他，谋略也不如他。”

这次我听懂了：“既然你样样不如他，你的族人怎么还推举你呢？这不是太强人所难了吗？”

希决噤声，那哀怨的眼神似是在控诉我不太会聊天：“玄儿，当族长，最重要的是人品。”他定睛看了看我，摇摇头难以置信道，“若不是这些天我一直潜伏在营帐附近暗中观察，很难相信你就是女王蜂玄冥。”

玄冥，确是我的全名不错。至于女王蜂，我从未听主人提过。

“女王蜂很了不得吗？”

希决猛点头：“女王蜂有号召万蜂之力，所到之处无坚不摧。”

听着好厉害的样子，然而希决才说到重点，主人便沿着小径寻来。好在希决反应快，先一步蹿进了洞穴。

好险，我暗暗替自己捏一把冷汗，以为就此躲过一劫。

主人阴沉着脸来到我面前，一眼便注意到我脚下的画，驻足看了好一会儿，终是欣赏不来希决的画风，扭头径直向洞穴走去。

我心下一慌，便顾不得那么多了，冲上去拉住主人的衣袖："主人，我饿了。"

他挑挑眉："我这就进洞穴看看有没意外惊喜，若是运气好，或许能捉两只老虎陪你玩呢。"

"……"

我死不肯撒手，扑上去从后头抱住了他。

主人扣住我的手腕将我推开，目光再次落向我时，多了一分警惕："玄儿，我问你，洞穴里可是有人？"

我硬着头皮摇头："没人。"

主人分明不信，指了指地上希决画的糙到不行的《男欢女爱图》："这你怎么解释？"

我急眼了："这、这、这是……"实在想不到别的，我两眼一闭，猛地低下头，破釜沉舟道，"这是玄儿……和主人。"

"嗬。"主人挑起我的下颌，笑得高深莫测，"这是我和你？我可不记得我对你做过那样的事。"

我答不上话，"扑通"一声给他跪了下去。

主人仍不肯罢休，紧紧地盯着洞穴口："玄儿，我再问你一次，你仔细想清楚再回答我，里头可是有人？"

"真的没有！"

"昨晚撒过一次谎，我已放过你一马。"话音未落，主人从衣袖里抽出鞭子，狠狠往我身上抽打了一下。

火辣辣的痛传遍全身，我痛得倒地哆嗦，充满畏惧地看着主人。

这是这些年以来，他第一次责罚我。他竟然没有手软，连眉头都不曾皱一下。

主人好狠心！

我心里委屈，便红了眼。

主人撇下我，径直向洞穴走去，他算准我会扑过去拉住他，便回头狠狠踹开了我。

那一脚直中我心口，好痛！

“玄冥，从什么时候开始你的胆子变得这样大？”

『第三章 守株待兔』

洞穴里光线暗淡，估计希决早已变回一只流萤躲在巨石缝隙中，主人想要发现他怕是不太可能。

尽管一无所获，主人走出洞口时仍是一脸气愤。他认定我对他隐瞒了事实真相。

那日之后，主人便不允许我进入营帐。

我每晚守在外头，再冷再倦，他都不肯心软。

“主人，我想回里头睡觉。”

“那你进来，换我到外头睡？”

“就不能一起睡吗？”

“不能，除非你承认那画绝非出自你之手，否则我有理由相信，我的贞操受到了威胁。”

“……”

我对主人那样敬重，哪里舍得让他睡在营帐外，可我又不能说实话，便只好抱着膝盖睡了。

到底出于何种原因，主人要禁止我与他人接触？

这晚，我又被抛弃在营帐外，孤零零地在不知不觉中睡去，不知不觉靠上了一个厚实的胸膛。

我机警地睁开眼，希决不知何时已来到我身边，正神情专注地看着我。他的目光里忧心有之，愧疚有之，怜爱有之。

“你怎么……”

“嘘……”他打断我，不安地瞅了营帐一眼，我知道，他是不想惊醒主人。

希决二话不说把我抱起，向着一个方向快步离去，尚未走远，主人便从营帐里追了出来。

希决哪里是主人的对手？转眼间，我便从希决怀里回到主人怀里。

好啊！这些天的晚上，主人只是假寐？

他这是守株待兔？

我尚未开口，主人便狠瞪我一眼："真是一只养不熟的蜜蜂，才和别人认识多久，便想随他去了？"

"不是……我只是想找个肩膀靠着睡觉。"

"谁的肩膀都可以靠吗？"主人目光阴沉，杀气渐浓。他双手一松，我便从他怀里垂直掉落。

希决生怕我摔伤，想要扑过来接住我。这一举动彻底惹怒了主人。

为了阻止希决接近我，主人长袖一挥甩出了那条我极度厌恶的鞭子，希决竟没有就此退却，勇敢地向我冲来，那根鞭子不偏不倚地落在他的脊骨上。

希决修为不高，这一鞭子足以要了他半条命，他痛得浑身发麻，双腿一软倒在地上。

"希决！"

我心口一紧。

他强笑着安慰我："这一鞭我早该受了。我在洞里全看见了，你为了我苦苦哀求，我却像个胆小鬼，没有挺身而出，害你白白受苦。"

我的谎言终于得到了证实，主人铁青着脸，鞭子又要落下。

这一鞭若是再打在希决身上，他恐怕就要一命呜呼了。所以我毫不犹豫地飞奔过去，趴在希决背上生生替他挡了这一鞭。鞭子抽打在我身上发出极其响亮的声音，所谓剥皮削骨之痛，也不过如此。

我直冒冷汗，痛得十指发麻，抬头向主人解释："主人，希决和我只是……"

“说什么都晚了。”主人厉声打断我，他的脸上有种隐忍的愤怒，他将我从希决身上拽下来扔到脚下，却不愿意看我一眼。

他冷冷地看向希决：“我就知道，只要我足够耐心，总能等到你原形毕露，你想利用女王蜂登上族长之位？你打错了算盘，玄儿只是一只普通的蜜蜂。”

“嗬。”希决不屑地笑了笑，“玄儿对我来说不是蜜蜂，她是我喜欢的女子。”

主人缓缓转动鞭子，像是随时要出手。

我看着形势不妙，立即抱住主人大腿，不住地哀求。可我越是悲戚诚恳，主人便越是冷酷无情。

一旁，希决似乎下定决心要以卵击石，他忍着鞭痕带给他的疼痛，对我道：“小蜜蜂，不必求他，我只想你知道，我是真心实意地喜欢你，从前不是，但现在是，我再也不要你为我受苦。”

说着，他瞥了主人一眼：“李暮白，我比你待她好，至少我当她是女人，而你只当她是家养的蜜蜂。”

“是，她只是一只雌性蜜蜂，女人又怎会长出胡子？她是我养的蜜蜂，谁都别想带走。”主人一手按住我的头，止住了我想要叩头的动作。

原来，不论主人如何宠爱我，我在他心里不过是一只蜜蜂。

主人无心再与希决周旋下去，拽起我扭头便走。我放心不下希决，不舍地频频回头。主人看出我有所留恋，冷冰冰地威胁道：“我有个一了百了的法子，玄儿想试试看吗？”

“不……不要杀他。”我知道，主人从不开这种玩笑。

『第四章 河神遛“狗”』

为了避免我与希决藕断丝连，那晚，主人连夜带我离开了月露山。

我们继续向南方赶路。我背上有伤，因此走得很慢。有时候疼痛难耐，我便索性一屁股坐下休息。

这天走着，我感觉到背上的伤口有种撕裂的痛，我经受不住，痛不堪言，忍不住原地蹲下。

主人看我脸色苍白，弯腰问我："我背你好不好？"

我淡淡别过脸，不愿与他说话。

他若无其事，在我身边坐了下来："怎么？为了一只流萤要与我决裂？"

"希决是我的朋友。"

"玄儿不需要朋友。"

"玄儿需要，玄儿不明白。"

"不明白什么？"

"为什么玄儿只能与主人说话。"

他挑挑眉："我认为这很好，我也不与玄儿之外的任何人说话。"

我赌气："玄儿又不是人，玄儿只是一只家养的蜜蜂。"

"别胡闹。"主人神色一沉，不再多言。彼时，他总算注意到我的衣衫后渗出血迹，不由剑眉一紧，二话不说将我横抱起来。

主人带我走进附近一片僻静的林子，然后轻手轻脚将我放下，小心翼翼地替我解开了衣衫。

我脸上一热："主人……"

他低下头，正努力管住自己的双眼："不该看的，我尽量不看，我要替你上药。"

我尴尬了，什么叫尽量不看啊？

主人在我身后分外沉默，也分外小心，我能感觉到他的指尖掠过我后背的肌肤时，明显在微微颤抖。

"主人，希决说，男女相爱时会灵肉结合。"

主人不语。

"主人，过去你可曾和别人……"

“没有。”

“这么巧，我也未曾有过呢。”我莫名兴奋地笑了。

主人从后头伸过手来，轻轻捏了捏我的脸颊：“这不是你应该考虑的事情。”

我不满地努努嘴：“玄儿只是想知道，蜜蜂是不是也需要和喜欢的人灵肉结合……”

主人又沉默了。

我怯怯地回头，发现主人脸部微红，神色纠结，大抵是被药酒的味道熏着了？

这些年，我随主人上山下山，越过的山峰数不胜数，这还是头一回，他没有绕过小镇，带我穿梭于繁华的闹市间。

我的外形虽与寻常人无异，可我脸颊上长着标志性的蜂须，不想凡人当我是鬼怪，主人特意用手帕蒙住了我的脸。

虽然憋屈，但难得可以到小镇上玩耍，我心里还是欢喜的。

闹市上贩卖着各种小玩意儿，我目不暇接，恨不得尽收囊中，可主人完全不懂女儿家的心事，竟狠心告诉我：“我们家穷，身上没多少银子。”

我心中大有不满：“主人，既然你啥都不给买，为何还要带我到这小镇上来呢？”

主人说：“因为我要给我自己添置一些必需品，你只是陪我来。”

我气结。

主人带我走进一家裁缝铺，尽管他衣着朴素，但店小二见他气宇轩昂，且身边又跟着我这么个见不得人的小跟班，便认定我的身份是丫鬟，礼待主人有如大户人家的公子。

“公子，有何需要请尽管吩咐。”

于是主人便真的不客气了：“我需要十根红线，大概……这么长。”主人比划了一下。

店小二本是指望能干点儿大买卖，闻言都变得神色黯然了，然而主人当了河神千年，身上有种与生俱来的威严，凡人说不清为什么，就是不敢忤逆。

店小二灰溜溜地剪下了十根红线交给主人，连银子都没收，假惺惺笑着把我和主人两个臭穷酸请出了裁缝铺。

主人似乎很满意，也不计较旁人冷眼，只顾低头将十根红线编织成一条红绳，然后将红绳一头捆在我的手腕上。

“主人……你这是要作甚？”

“没事，你走你的。”

主人拿着红绳另一头，自得其乐地遛“狗”……

对，遛狗。

这也罢了，重点是这红绳过于粗大显眼，捆在腕上实在有辱形象，于是我冒死进谏，问主人可否修改下尺寸。

他毫不犹豫拒绝了：“粗的好用，不容易断。”

我只能无声啜泣，默默垂泪。

从此，每晚就寝，主人便会将红绳缠在我和他的手腕上，防止我再半夜偷溜出去，与山间田野的妖魔鬼怪结党。

显而易见，主人对我的管教比从前更严了。

『第五章 篝火』

我们行至洛溪，前方一座山峰映入眼帘。

临近黄昏，主人打算先在溪边度过一宿，明日再上山。

我坐在岸边戏水，看着黄昏在泛黄的溪水里渐渐淡去，再次抬头时，天色已经全暗了。

主人在我身后搭起了营帐生好了火，树枝燃烧的声音在我耳边回响，那火光让我想起了希决。

“主人，希决会死吗？”

主人正往篝火堆里扔树枝，闻言手一顿："不会。"他语气清冷，"我下手虽然重，但不足以致命。"

我自然知道，主人不愿听我谈起希决，便按捺住心中忧愁，独自坐在溪边发呆。

身后，主人的脚步声骤然逼近，我尚未回头，便被他一把拽起。

他将我拉到眼前，目光阴郁，眉头紧皱："不要想了。"

我茫然。

"不要想他。"

"我没有。"

"你有，你在思念他，就那么喜欢他吗？"

我不由得一笑："我不能喜欢他吗？玄儿不可以有喜欢的人吗？"

主人却开不了这玩笑，阴沉着脸道："不能，你不能喜欢他。"

"为什么？"我竟有些期待。

主人默然，出神地凝视我良久，竟又看似轻松道："蜜蜂和流萤是不会有好结果的，正如人和兽。"

"那神和妖会有好结果吗？"

一阵更沉重更长久的沉默。

我想，必定是我的问题让主人为难了。可我是真的很想听到主人的答复。

然而主人只是轻轻叹息一声："玄儿，不要胡闹。"

"知道了。"我失望地别转脸。

对主人而言，蜜蜂和养蜂人是一场胡闹。我记住了。

我走到篝火边坐下，火焰被晚风吹得左右摇晃，我怔怔出神。直到一个人影在我瞳孔里逐渐放大，他的模样逐渐清晰。

我霍地跳起，漠北怎么找来了呢？

当我注意到他手上提着的那颗头颅时，顿感一阵恶寒，我血气上涌，尚未来得及开口，便已腿软跌坐在地上。

“希决……”

一阵悲戚猛然涌上心头，我歇斯底里地大喊：“为什么？！”

主人想将我扶起，我抗拒地推开他的手，自己从地上爬起，疯了似的冲到漠北面前：“你为什么就是不肯放过他？！”

漠北残酷一笑，拍了拍微隆的肚皮：“他都要死了，还不如为族人做点贡献。说起来我还得谢谢河神大人，若不是他把他打伤，我哪能有机可乘呢。”

我一把从漠北手上夺过希决的头，回过头，有些不知所措地看着主人，嘴唇颤抖着：“你说过……他不会死……”

主人飞快地走过来，扶稳摇摇欲坠的我，我心中有恨，愤然从他怀里挣脱开。我将希决的头放在篝火边，然后起身站定，一动不动地看着漠北。

我要给希决报仇！

漠北无视我，沾沾自喜走到主人面前，恭敬地鞠了一躬：“河神大人可还记得那日，是我通风报信，才让女王蜂免于受辱？”

我明白了，原来在希决带我到洞穴那天，他们便见过？难怪那天主人会心血来潮地走到洞穴！

我看着主人，主人似是有意回避我的目光，冷冷问漠北：“你想怎么样？”

漠北飞快地扫了我一眼，继而笑眯眯向主人讨赏：“ 我想要女王蜂的一根蜂须。”

我懂了。

我曾为了希决用蜂须蜇伤过漠北，这厮是想要报那一刺之仇！

这正好，我要和他决一死战！

不等主人应允，我便不再按捺满腔怒火，冲向漠北。漠北向右一闪，我扑了个空，扭过头想要撞过去，漠北又一个跳跃躲到了我身后，我猛一回头，正对上他，他伸手便要扣住我的喉咙。

说时迟那时快，主人以迅雷不及掩耳之势挡在我面前，将他推出好几步远。

“不许碰她！”主人厉声喝止。

漠北顾忌主人在场，意欲收手，可我报仇的意念太过强烈，希决的头颅此刻就放在不远处，那晚他被主人抽打后倒在地上苦苦挣扎的面容历历在目，我怎么能放下！

“主人，你别拦我，我要杀了他！”

“你还不是他的对手。”主人无情对我道，他的声音不含一丝温度。他扭头看向漠北：“你还不滚？”

『第六章 你可以恨我，但你绝不能离开我』

我一夜未合眼。

我打算将希决葬在洛溪边上。

我一言不发，走到溪边，跪下，双手疯狂地往泥土里深挖，主人走过来紧紧扼住我的手腕，左右看了看我破损的十指：“让我来。”

我冷笑：“不必了，玄儿请不动河神大人。”

主人一愣，神色一沉，不再说话。

我甩开他的手，再次扑到泥土前。

主人再也没有来打断我，直到我用双手的血在墓碑上写完了希决的名字。

“玄儿，你还有我。”主人冷不丁道。

我双目呆滞地跪在希决坟前：“没有了，我什么都没有了。”

“玄儿……”

我满脑子都是希决的脸，满脑子都是对他生前最后一刻的猜想，被同类一口一口地吞噬，他必定死得相当痛苦。

“河神大人，你自己走吧。我不会再跟随你了，我要报仇。”

他愕然，没料到我会有离开他的一天。

我抬眸充满怨恨地看着他：“你一直不喜欢希决，他死了，你心里是不是痛快了些？你为什么要放走漠北！”

“我说过了，你不是他的对手，你和我，都不应该卷进流萤的内族斗争。”

“可是希决对我很重要！”

“只有我对你才重要。”他冷冰冰道。

我气得眼角噙满了泪：“你对我不重要，一点都不重要！从今以后，你我只是陌路人，你当你的养蜂人，我报我的仇。离开这里后，我是生是死是福是祸，皆与你无关！”

没有了我，他还可以养别的蜜蜂，而我再也找不到第二个希决。

我去意已决，便伸手解开缠在腕上的红绳。习惯于对我发号施令的河神大人连忙出手止住，这次，我怎样都甩不开他。

“李暮白，我真恨你。”这是我第一次直呼他的名字。

他不为所动。

我无计可施，心一横，狠狠地朝他臂上猛咬一口。

他的布衣渐渐渗出了血迹，我胸口一痛，不甘心地放开他，急忙移开了视线。

明明我已对他恨之入骨，却还是舍不得让他受一点点痛。

我还需要时间，学会不爱他。

“玄冥，”他的声音在我耳边低沉地响起，“你可以恨我，但你绝不能离开我。”

『第七章 笄礼』

大概是从埋葬希决那天起，我不再眷恋李暮白的温柔。

他是神，瞧不起也无法理解妖之间的情谊。而我要打败漠北，唯一的办法是成为真正的女王蜂，才能摆脱李暮白的纠缠，才能战胜漠北。

如今我正面临一个大难题，该如何完成蜂族的笄礼。

我报仇心切，不得不放下某种执念。

我暂且向李暮白妥协，又与他同行了一些日子。

这晚，确认他已然熟睡，我拿出事先藏好的刀片，小心翼翼地割断了红绳。

我不止一次回头，李暮白睡得很死，我放心了。我蹑手蹑脚走出营帐，摸黑找到了蜂箱，里头有数百只工蜂可以助我完成笄礼。

好不容易摸黑找到了蜂箱的开关，我的手腕忽地一紧，紧接着，我的后脑撞上了李暮白的胸膛，他用双手将我紧紧揽在怀里。

“为何要在深夜开启蜂箱？”

“我心里堵得慌，想找几只同类谈谈人生。”

“嗬，我看你是长大了，想深度了解灵肉结合？”

被他一语道破心事，我的脸热得滚烫。

李暮白放开了我，将那截断了的红绳举到我眼前：“玄冥，你竟敢割断红绳，就不怕我杀了你？”

我还能说什么？是我明知故犯。

而我也无法直视那样一双眼睛，它让我心动，也让我心痛。这双眼睛的主人是我的全部，也夺去了我的全部。

我的沉默终于耗尽了李暮白的耐心，他紧抿着唇，一把将我扛上了肩。

“李暮白！”

他不睬我，稳稳地将我带回了营帐，狠狠地将我摔在了竹席上：“玄冥，你就那么想报仇，那么想成为女王蜂？”

“我是！”

“你不后悔？”

“我不后悔！为了希决，我什么都愿意……”

“够了。”李暮白冷冷打断我，“我成全你，你大可不必找一群工蜂糟蹋自己！”

李暮白说到做到，毫不犹豫地在我面前脱下了衣衫。

我心乱如麻，头脑发涨。箭在弦上，我竟有些不知所措。

李暮白靠过来，将我放倒在竹席上，他的目光是那样灼热，他的唇霸道地落下，那么急促那么热烈，仿佛是压抑已久的意念在一瞬间得到释放。

我被他咬得生疼。

他吻过我的唇，我的脖颈，我的耳根，我的肩膀。若是我流露出半点想要退缩的情绪，他的齿便会在我肌肤上加倍地用力。

对他而言，我真的只是一只蜜蜂吗？

『第八章 守蜂人』

趁着李暮白未醒，我偷偷溜出了营帐。临行前，我没有再回头看他一眼。

我知道，那一眼会夺去我毕生的勇气，我知道我会舍不得。

我日夜兼程地赶回月露山。大多蛰族的小妖都藏匿在此，漠北觊觎族长之位已久，希决已不在人世，再没谁可以威胁到他，此刻他必定已回到月露山称王称霸。

我要在此将他碎尸万段。

可我没想到，李暮白竟赶上了我，随我一同回到了月露山。

我找到当初希决带我来过的洞穴，那片空地上，希决曾用石子胡乱画下的《男欢女爱图》早已被风吹散了。

我怔怔出神，李暮白脚步很轻地来到我身旁，循着我的目光将视线投到地上，他大概领会到了我的缅怀。

“若我与希决互换，那此刻你想着的人，也许会是我。”

他的声音虽然低，却像是控诉。

我愣了愣，随即摇头：“你是河神，谁也伤害不了你。”

我很想不通：“你为什么不再阻止我了？”

李暮白仰头凝望天际，似是已经下定了决心：“仇恨让你煎熬，正如……妒忌吞噬了我。”

我没来得及细想他的话，便有大量狂蜂涌入月露山，场景极其壮观，可对于黎民百姓而言，这无疑是一场蜂灾。

我攀上月露山顶峰俯瞰苍生，接受每一位蜂兵的膜拜。

我是女王蜂，万妖之王，坐拥百万大军。

蜂兵布满整个月露山，它们给我带回了漠北。

我挥挥手示意，漠北便被扔到了我眼皮底下。再次看到这张丑恶的脸，我心里有多痛，对他便有多憎恨。

“你想要我一根蜂须，嗯？”我微笑着问漠北，仿佛这是一件好玩的事儿。

他忙不迭向我磕头告饶：“不敢……”

我示意他闭嘴，然后我把手伸到脸颊，没有犹豫，我狠绝地扯下了我的一根蜂须，很痛，可我眼睛都没有眨一下。我的脸在滴血，可我已经不在乎了。

在我身后，李暮白眉头皱了皱，似是被什么刺痛了。

我向百万蜂兵发出命令，漠北在被蜇九百九十九下之前不得死去。

蜂兵群起而攻之，我背转身，只听见惨叫声接连不断地传来，我觉得差不多了，摆手示意蜂兵退下，继而回头，看着血泊中的漠北，他尚有一丝呼吸。

我走过去，用被扯下的蜂须勒在他的脖颈上，结果了他罪恶的一生。

而我，以我的罪恶换回希决的安息。

我不在乎，我只痛恨当初，竟没有在他危难时施以援手。

是我撇下了重伤的他，因为我选择了另一个人。

是我弃他于不顾，才让他沦为他人鱼肉，屈辱地死去。

大仇已报。

我心里更唏嘘了，从今以后，我又该以什么样的理由活下去？

狂风骤然袭来，雷声轰鸣，苍穹毫无预兆地暗淡下来。

我皱了皱眉，抬眸遥望苍穹，李暮白再次走到我身边，冷不防握住我的手，拉着我一并跪下作叩拜礼。

我再次抬头时，眼前出现一个白发苍苍的年轻男子，他手持一剑，英姿飒爽，在他身后，竟是十万天兵天将。

“太白星君。”李暮白上前迎接。

太白星君却没有与老熟人叙旧的好心情，对李暮白惋惜道：“河神何以糊涂至此？你可记得当年是怎样与玉帝承诺？如今怎能与这妖女结合？你看管不力，玉帝龙颜大怒，派我缉拿你回天庭受罚。”

原来，当年天庭流传着关于我的预言，众神众仙深信我是三界祸害，他日必先乱妖界，导致生灵涂炭，后祸人间，导致天灾不断死伤无数，最后必与天庭有一场不亚于孙悟空大闹天宫的恶战。

玉帝为保三界太平，命河神李暮白将我打入阴间，生生世世不得轮回。那时我还是个婴儿，河神对我心生恻隐，认为预言不可尽信，便向玉帝请求，愿当我的看护人，保证我不给三界添乱。

玉帝被他的真诚打动，准了。

只可惜方才我号召百万蜂兵，闹得凡间人心惶惶，也惊动了天庭。玉帝顾忌我身后那百万蜂兵，急派太白星君前来将我就地正法。

太白星君对我道：“玄冥，你在儿时我便看出你是个灾星，当初若不是河神一念之仁，执意要保你一命，你早被困在点苍河下。河神心慈，可你不知感恩，冥顽不灵！今日，你难逃一死。”

说着，太白星君举起降魔剑。

“且慢！”李暮白趁其不备，夺过了剑，那个当初向我挥鞭的人，如今却执着地挡在我面前，不肯让他人碰我一下。

太白星君震怒：“河神，你竟敢抗旨？”

“星君莫急，我有一事相求。”李暮白后退一步，谨防降魔剑被夺回。

缓兵之计，太白星君只得暂且妥协：“河神且说来听听。”

“谢了。”李暮白拱了拱手，“我对玄儿动了欲念，因心中妒忌间接害死了希决，这一切皆因我而起。如今若要处死一人，那必定是我，不必带我回天庭，我活够了。”那不经意间向我瞥过来的一眼，竟流露出淡淡眷恋。

话音未落，降魔剑已经出鞘，剑尖直刺李暮白头颅。

“主人！”任我反应再快再激烈，一切为时晚矣。

他极力维持着最后一口气，直到倒在我怀里，才舒眉一笑，笑声清浅，透着一丝诀别的意味。

“玄儿。”他轻呼我的名字。

我浑身战栗。

我怀里的人正拼了命地睁开眼：“仇恨和妒忌都害人。我妒忌他，妒忌得发狂。”

“玄儿，守住你怎会比守住点苍河还难？不过我不后悔。”主人拼尽全力地挤出一笑，“直道相思了无益，未妨惆怅是清狂，玄儿，希望有一天，你能懂得……我的心。”

“我当然懂！我爱你，像你爱我一样爱你！”

可他再也听不见了。

我才开口，李暮白便在我的哽噎声中永远合上了双眼。他的嘴角带笑，仿佛这就是他想要的，最好的归宿。

我看着那安详的脸庞，不怒，不争，从容，淡然，仿佛这是他留给我的最后的念想。

我紧扣住他的肩膀，冲天一声怒号。

数百万狂蜂纷纷涌来，在我头顶高高盘旋，与我作最后的道别，然后四散而去。我多希望我只是它们。

从此，世间再无女王蜂。

再无守蜂人。

我背着李暮白来到点苍河边，河流淙淙，夕阳如血，我终于放开了他的手。

他安然东去，我在河堤岸边怅然相送。

我再没离开过这里。

我将用我的漫漫余生来缅怀他，他的音容笑貌，他与我相处的往昔，他责罚我时皱眉的样子，他抓紧我时愤怒的样子，他拥抱我时深情的样子，他亲吻我时依恋的样子。

就算再痛苦，就算再悔恨，我都不愿忘记他。

孤寂，使我着魔似的想念他。

多年之后，传言点苍河下，河神之魂仍徘徊在阴阳交界。听说，是河岸上有他不愿忘记的人，此处他离她最远，也离她最近。

登科后

唐 孟郊

昔日龌龊不足夸，今朝放荡思无涯。
春风得意马蹄疾，一日看尽长安花。

绯雪少年心

文／陈痴

『第一章 归来』

谷雨将至，一场小雨悄无声息地趁着夜色潜入长安城，路边不知名的野花受到滋润纷纷盛开，富贵人家园中的芭蕉叶子绿得宛如翡翠雕成。天刚蒙蒙亮，已经有人察觉到了这不一样的生机。

老管家哈欠连天地打开大门，片刻之后踉跄着朝着内院一处幽阁跑去。

"大小姐！不好了！"

一只素手缓缓拈起桌上一个白玉耳坠对着铜镜慢悠悠地比划，朱唇微启，声音清脆好听，"什么事？"

"三娃回来了！"

屋内女子冷哼一声便不再答话，屋外管家双腿打颤，眉毛几乎皱成了川字，哭丧着脸道："三娃他……半死不活地回来了！"

门吱的一声被拉开，自内走出一白衣女子，神情比月亮上的嫦娥还要冷艳几分。她一言不发地朝着门口走去，老管家只得踉跄着跟在其后一路小跑。

“我一打开门就看见那小子横趴在黑风身上，那个血呀滴滴答答地往下流，幸亏黑风认识路，不然他还不死在道上……”

黑风是花家自小养大的一匹黑马，此时此刻昂首立于园中等待褒奖，黑衣少年浑身是血地横趴于马背上，一动不动，如此惨状令人怀疑他是否还活着。

老管家看看那少年又看看大小姐，觍着脸开口：“大小姐，我看八成是不行了，要不……埋了吧。”

他话音刚落，只觉得两道犀利的目光自马背上射来，那声音懒洋洋道：“就算要埋，也得在埋之前让我看一眼大小姐……”

老管家捋着雪白的胡须冷哼一声，抬脚便在马腿上狠狠一踹。黑风受到惊吓高高跳起，将那少年摔了个狗啃泥，浑身伤口裂开，疼得他龇牙咧嘴，趴在地上动弹不得。

这时一双白色绣鞋出现在他面前，他吃力地抬头勉强微笑：“小花……”

大小姐仍旧面无表情回道：“三娃。”

少年趴在地上嘿嘿一笑，大眼睛认真地盯着大小姐眨啊眨，大小姐眉头微蹙，缓缓开口道：“你为什么伤成了这个样子？”

那少年的神情蓦然变得严肃，吃力地爬起，从怀中掏出一块沾满泥土的玉佩道：“有人委托我把这个送给你，只是中途莫名有蒙面人出来劫镖，小花……我身负重伤，差点就见不到你了。”说罢便要伸手去触碰大小姐的脸颊，但他的手被一旁的老管家一掌拍下，老管家冷嘲热讽道：“身负重伤？我看你是好得太快了！”

大小姐则是十分淡定，宛如已经见怪不怪。

她伸手接过那月牙形玉佩沉思，良久转身离去：“既然回来了，好生休养吧。”

那少年直起身子伸手抚摸黑风柔亮的鬃毛，在老管家鄙夷的目光中感动得热泪盈眶：“好生休养……小花还是这么关心我……”

『第二章 吹雪』

若不是花家，他可能至今还是长安城中一个不起眼的小乞丐。

花家是长安城中第一皇商，做的是皮毛生意，每年冬季都会进贡最新的皮毛给皇宫赶制御寒衣物。

江邪宝被花家捡回来那年才八岁，当时他赤脚走在雪地上的模样说不出的可怜，已经好几天没吃过一顿饱饭了。当花家的马车停在他面前，花家老爷冲他伸出手时，他郑重地跪在花老爷面前稳稳地磕了三个头，满脸的乖巧和感激。

花老爷膝下无子，看到江邪宝这么乖巧便十分感动，伸手一指身边的管家道："这孩子这么乖巧，你便收了他为义子吧，以后跟吹雪做个伴。"

管家左右为难道："可是老爷……我家中已有二子了……"

花老爷的目光渐渐冷了下来，管家宛如被人在领口塞了冰块，接着做了一个令他后悔终生的决定，"罢了罢了，以后你就叫三娃吧。"

"谢谢老爷，谢谢义父。"

就这样，没人过问他的身世，没人过问他的姓名，他在道过谢后便被下人引到了一架豪华马车里。车内一小女孩正趴在桌上熟睡，只一眼，江邪宝便被深深地吸引。那精致般的小脸贴在雪白的羊毛毯子上，长长的睫毛微微颤动，樱唇微启，柔软的黑发垂在肩上，那幅画面美得让他移不开眼。

小女孩很快被惊醒，被马车内莫名多出的邋遢少年吓得怔住，但她没有惊叫，而是用抱有敌意的目光小心打量着对方。

江邪宝嘿嘿一笑，露出一口比雪还要白上几分的牙齿道：“你叫吹雪，名字真好听，我叫江邪宝，你救了我，我以后会好好报答你的，以身相许也可以！”

大小姐娘亲去得早，从小便养成了孤僻的性子，从不轻易与人交谈，她注视着眼前眉飞色舞的少年，听着她从未听过的话，一时间竟也忘了生气，反而得到了一种前所未有的新鲜感。

然而好景不长，江邪宝很快原形毕露，那顽皮的性子令全府的下人直到今日仍心有余悸。被他拜作义父的老管家几次欲施加惩罚，都被他一脸无辜的样子顶了回去。几次下来，老管家已筋疲力尽，苦不堪言。

若说府中还有人能降得住他，那便只有大小姐花吹雪了。

江邪宝在花府真正的欢乐时光只有七年。七年后在管家的强烈推荐下，花家以让他做学徒的名义，从马厩里寻了一匹弱不禁风的黑马给他，将他送到了距离长安城十分遥远的万通镖局。

就在管家长叹一口气认为终于可以彻底摆脱这小煞星的时候，隔年春天江邪宝却骑着当年那匹黑马大摇大摆地回来了。如同那匹黑马一样，人也脱胎换骨一般意气风发，精神抖擞，就连大小姐都盯着马背上英俊潇洒的少年微微失了神。

自那以后，江邪宝每年春天都会骑着黑马回到这里。年年复年年，但谁也不晓得他今年会以半死不活的方式登场。他不正经，但从不说假话，大家都是了解他的。

『第三章 玉佩』

对于江邪宝来说，在花府的日子甚是舒坦。尤其自己有伤在身，睡觉成了目前排在第一位的大事，几天下来身上多了一圈膘，江邪宝抱怨不已。

月上柳梢头，春风透过窗户缝隙悄然拂上少年沉睡中的英俊脸颊。

迷迷糊糊半睡半醒之间，江邪宝只觉得床前站了一个人，正面无表情地盯着他。

江邪宝瞬间惊出一身冷汗，多年来走镖的经验使他立即翻身坐起，在看清来人后反倒松了一口气："小花，你什么时候进来的？"

花吹雪托着香腮坐在床边，一双大眼睛写满了好奇，她见江邪宝醒来微微一怔，皱眉沉思片刻开口道："三娃，我有事与你商量。"

江邪宝望着花吹雪那惆怅的神情再度失神。

两人自小一块长大，小花性子孤僻没朋友，唯一的玩伴便是他，常常不分昼夜来找他。记得有一天晚上电闪雷鸣，狂风将院子里的树吹得张牙舞爪，吓得小花只着小衣便跑来了他的房里，逼得他无奈只得打地铺。半夜雨水顺着门缝流进来浸湿了棉被，次日他便感冒了。

江邪宝还沉浸在童年的美好时光里，花吹雪微微不悦："三娃，你在听我说话吗？"

"在听，只是没听进去。"江邪宝一本正经道，"小花你刚刚说要与我商量什么终身大事？"

花吹雪缓缓摇头起身走至窗前道："前阵子我进不归山狩猎，发现一只十分罕见的玄狐，那紫色皮毛简直漂亮极了。我跟着它跑到了一处隐蔽的山洞口，我进入不得，便令人将那山洞凿开来。未承想内部已然被人掏空，里面全是金银财宝，简直是让人目不暇接富可敌国。"

江邪宝结结巴巴道："那是好事啊……恭喜……"

花吹雪摇了摇头道："非也，我是凿开了山洞才发现在大山的另一侧有一处隐蔽入口的，而入口上锁孔的形状与你带给我的玉佩不差分毫，是月牙状的。"

江邪宝沉思片刻道："这么说来托我将玉佩送给你的人便是那宝藏的主人了。"

花吹雪点头道："此事在城内已然引发了轩然大波，百姓听说有宝藏藏在山内都跃跃欲试。怕惊扰到边塞的那股叛军，皇上已经下令封山，在未寻得主人之前，那宝藏仍归我花家所有。你可知那叛军的首领从不露面，整天戴着一张鹿头纹皮面具，人称鹿将军？”

“连皇上都惊动了？鹿将军？”江邪宝一怔，枕着双臂再次躺下道，“罢了，明天带我去看看再说。”

当清晨的第一道阳光照进窗子，江邪宝便一个鲤鱼打挺从床上跳了起来。一袭黑色劲装衬得身材愈发结实挺拔，洗漱完毕后的他走进马厩一脚踹在正在睡觉的黑风的屁股上，接着一声嘶鸣惊醒了府中不少人。

花吹雪早已等候在门口，一袭白衣将原本便曼妙的身材包裹得玲珑有致，她身后背一长弓，微笑着冲江邪宝点头示意。江邪宝打量着大小姐吞了吞口水：“小花，才一年不见，你真是愈发的美了。”

花吹雪不气不恼，调转马头朝着不归山飞驰而去，江邪宝只得催促黑风追赶上去。

即使幻想无数次，在亲眼看到山洞内那层层叠叠宛如小山那么高的宝藏的刹那，江邪宝还是吓了一跳。他伸手擦去额头的汗珠尴尬地笑道：“啊哈……小花这下可发财了。

花吹雪眉头紧蹙，低头沉思片刻后叹了口气道：“我只希望不要引来什么麻烦。”

两人在不归山巡视一番，再回花府时已是正午。刚到门口黑风便警觉地竖起了耳朵，四只蹄子也不安分地刨来刨去，江邪宝还未仔细琢磨，便瞧见管家一溜小跑到大小姐身边耳语一番。

花吹雪听完微微一怔，随即飞快地翻身下马，朝着大厅跑去。那副匆忙的样子令江邪宝目瞪口呆，他眯起眼睛冷笑一声便跟了过去，心想，老子看你搞什么猫腻。

『第四章 白衣』

大厅内静得有些不可思议，正座那男子一身白衣，面如冠玉，修长白皙的手指托着精巧的茶盏送到嘴边轻抿一口便放了下来，无视躲在门外探头探脑的江邪宝，对着迎面而来的花吹雪微微一笑。

“吹雪，好久不见。”

吹雪？江邪宝只觉得浑身汗毛都要竖起来了，他暗想还是叫小花好听。

花吹雪此刻脸颊微红，微微俯首还礼：“民女花吹雪参见皇上。”

江邪宝盯着那抹明黄皱起了眉头，那人居然是皇上。再看花吹雪那略带娇羞的神情，一股无名火直冲脑门，这人也许是他的竞争对手中最强的一个了。江邪宝看着那两人谈笑风生，郎情妾意，干脆在气晕之前先醉倒在了街上一间小酒馆里。

江邪宝很久没这么痛痛快快地喝过酒了，他将头深深埋在胳膊里，无视酒馆内的嘈杂睡得十分香甜。忽觉得肩膀上被人拍了一下，他迷茫地抬头，盯着戴着斗笠的人影不确定地开口道：“杜总镖头？”

斗笠被拿下，露出一张满是络腮胡的面容，来人坐在江邪宝对面，自斟了一杯酒道：“听闻你身负重伤，如今看来好得差不多了，既然如此尽快回去交差吧。”杜总镖头打量了一圈酒馆里形形色色的人，又叹气道，“这几年长安颇不太平，赵明渊年纪跟你一般大便当了皇帝，要不是他八岁那年大皇子被无缘无故暗杀，岂能轮得到他？面对边塞那股叛军还不是束手无策，指不定哪日鹿将军便要进军长安取而代之了。”

江邪宝面无表情，缓了良久才开口道：“他此刻正在花府。”

杜总镖头放下酒杯沉思道：“赵明渊吗？也难怪了，花家如今富可敌国，是个人都想去分一杯羹的。”

江邪宝冷笑一声，将杯中酒一饮而尽：“哪有那么好分的。”

回到花府时已是深夜，江邪宝走过石桥时停下脚步仔细打量着水中的自己，水中少年一袭黑衣，身材宛如青松般结实挺拔，虽比不上赵明渊的玉树临风，但眉眼间也是说不出的风流倜傥。他将手背在身后，清了清嗓子故作沉重道：“吹雪，好久不见。”

噗嗤一声轻笑从不远处的假山上传来，江邪宝冷哼一声视而不见，转身朝着房间走去。

“三娃！”那抹白影从石头上跳下飞快地拦到了江邪宝面前，对着他笑道，“我等了一下午都不见你回来，猜你也是喝酒去了。”

江邪宝翻身靠在一株桃树上，双手抱在胸前直视那娇俏的身影道：“你有皇上同行，找我做什么。”

花吹雪缓缓走至黑衣少年身边，神情略有不解：“你怎么闷闷不乐的，我花家是长安第一皇商，与皇上交好不是很正常吗？”即使是在夜晚，江邪宝还是借着月光看到了花吹雪脸上的两道红霞。

他微微一叹道：“小花，无论如何，我都希望你过得很好。”

花吹雪盯着黑衣少年怔了怔，思索一番后笑道：“明天皇上邀我去狩猎，你一起来吗？”

『第五章 狩猎』

江邪宝比花府的任何一个人起得都要早，在花吹雪哈欠连天地牵着枣红色的马出府时，江邪宝已经收拾妥当。黑风一声嘶鸣再次吵醒了府中所有人，有起床气的管家摔碎了他屋里最后一个花瓶。

花吹雪将头发梳成堕马髻，一身劲装，身后背着一张镶有金玉的大弓，眉眼之间透露着一股英气，看得江邪宝赞叹不已。

此次狩猎的地点在长安城边缘的烽火山林。这处山林地势险峻，内有野兽无数，处处险境，山林深处树木遮天蔽日宛如黑夜，至今无人敢前往。等他们赶到时皇家侍卫已全副武装在整理狩猎用具，赵明渊骑着一匹白马站在不远处擦拭弓箭，看到两人微微点头示意。

“黑风呀黑风，今天你可要给老子争口气。”江邪宝拍了拍黑风的脖子，挑衅地看了赵明渊一眼。

除了花家，被邀请的还有城中其他富家子弟和高官权贵，赵明渊言简意赅地说明了规则，大致是各家玩得尽兴，最后猎物最丰厚的一家会得到奖赏云云。

江邪宝看了看一脸认真的花吹雪道：“小花别怕，我会一直跟着你的。”

花吹雪并未答话，只是报以微笑，新月般的眸子里全是信任。

狩猎的鼓声一响，马匹嘶鸣声此起彼伏，大家纷纷冲进山林寻找着猎物。赵明渊策马飞奔到花吹雪身边，两人相视一笑，竟完全无视了江邪宝。

不远处草丛微微晃动，然而此刻并无风吹。三人心生疑惑之际，忽然一体形硕大的白色老虎冲了出来，满嘴獠牙怒气冲冲地盯着搅了它清梦的三人。花吹雪吓得脸色煞白，不由自主地往后撤了几步。

江邪宝看看那白虎又看看赵明渊，冷笑一声道：“小花别怕，看我扒了它的皮给你做个褥子。”说罢一鞭子抽在黑风屁股上，黑风吃痛，仰天长啸一声便朝着那白虎冲了过去，那白虎一怔，转身朝着山林深处跑去。

“吹雪等朕回来。”赵明渊神情满是不屑，丢下一句话后策马扬鞭也跟着冲了过去。他们两人就这样消失在山林深处，独留花吹雪一人不知所措地站在原地。

从日上三竿到夕阳西下，花吹雪哈欠打了无数个，她不记得自己在这里等了多久，甚至暗暗猜测那两人会不会已经被白虎吃掉了。

身后草丛微微晃动，想起那只白虎，花吹雪立即高度紧张，一下翻身上马一支箭搭上了弓。片刻后，一只小鹿缓缓探出头来，那是一只出生不过两三天的小鹿，在看到花吹雪手中的弓箭时明显受到惊吓，立即转身跑开。

花吹雪觉得有趣极了，收了弓便跟着小鹿钻进了密林之中，她本无心伤它，只不过是独自一人太过无聊。那小鹿十分灵活，在灌木之中来回跳跃，花吹雪紧随其后，不知不觉中周围风景突变，处处是参天大树遮天蔽日，小鹿消失得无影无踪。花吹雪停下脚步，已然彻底迷失了方向，她尝试着吹口哨唤来她的疾虹，可是除了惊起了树上的鸟，再无其他动静。

枯枝在脚下被踩得咔嚓作响，她不由得握紧了手中的弓。自十五岁及笄，她便同父亲一起进山狩猎了，但是独自一人被丢在这深林之中，还是第一次，她已经有点想江邪宝那个讨厌鬼了。

花吹雪茫然地走着，直到左脚传来一阵刺痛才有些清醒，原来是荆棘牢牢套住了她的脚踝。花吹雪尝试挣脱，荆棘反而越缠越紧，她蹲下身来尝试解开，反而被荆棘划破了手，望着满手鲜血，她第一次尝到了恐惧的滋味。荆棘越缠越紧，她无奈地想，难道自己真的要被困死在这里吗？

不知过了多久，花吹雪已精疲力竭，她眼前的景象变得有些模糊。她瘫倒在荆棘堆中却全无痛感，白色的衣衫早已血迹斑斑。

在花吹雪模糊的视线中，一个高大人影缓缓走来，接着他手起刀落砍断了荆棘，一把将花吹雪捞起扛在肩上朝着林子深处走去。

花吹雪大惊失色，拼命想要拉开自己的弓，却没有一点力气，她低声道："送我回皇家狩猎区那里，我有重金酬谢……"话未说完她便怔住，因为那人并未露出真容，而是戴了一张鹿皮头纹面具。

『第六章 逐鹿』

鹿面人并不打算为她的一番话停下脚步，他穿着黑色的盔甲，身形高大宛如一尊战神，扛着花吹雪一言不发地向前走，那些恐怖的荆棘被他踩得稀烂。

花吹雪盯着他的面具，仿佛想到了什么，迟疑道："你……你是鹿将军？你怎么会出现在这里？"

想到边塞的叛军，想到如今紧张的局势，想到自己可能成为人质，花吹雪大惊失色，用尽全身的力气拼命踢打着对方："快放我下来！皇上不会放过你的！"

"啪"的一声，便有一巴掌不偏不倚地打在了她浑圆结实的臀部上。花吹雪惊呆了，她从未被一个男人如此对待过，她双手紧握成拳，泪水在眼睛里不停打转："我要杀了你……"

花吹雪再次醒来时是在一个隐蔽的山洞之中，她身上的伤口已经被仔细包扎过，疼痛大为减轻。不远处生了一堆篝火，鹿面人坐在洞口处纹丝不动，像是睡着一般。花吹雪悄悄走至他身边想要伸手揭开那神秘的面具，手却被一掌拍下，吓得她一声惊呼，悻悻然坐回原地。

分不清现在是什么时辰，鹿面人守在洞口始终未接近她一步。花吹雪望着那背影逐渐放松了警惕，再也支撑不住，昏昏睡去。迷迷糊糊之中，花吹雪觉得仿佛有什么东西在自己手腕游走，像是在写字，她皱了皱眉，并无反应。

花吹雪是被鸟鸣声吵醒的，她发现周围的环境不再是漆黑的山洞，身上不再是潮湿的衣衫，身下是铺着锦缎的软床，映入眼帘的是一脸焦急的赵明渊。他十分关切地握着她的手道："吹雪，你终于醒了，昨天是朕大意了。"

花吹雪艰难地望了眼四周，开口道："三娃呢？"

"三娃？"赵明渊皱皱眉道，"你是说你那个黑衣服的侍从？昨日你莫名失踪，大家分头去找你，他还未回来，倒是朕发现你昏倒在溪流边了。"

"溪流边？"花吹雪怔住，吃力地抬起右臂，将袖口捋上，胳膊上面赫然有一个暗红色月牙印记。赵明渊见她久久不语便开口道："吹雪，你可是遇到了什么事吗？"

花吹雪放下袖口淡淡道："没有，谢皇上挂念。"

赵明渊还想再说些什么，突然一道黑影飞快地冲到床前，神情之中满是急切："小花！你昨天跑哪里去了，我抓了老虎回来你就不见了，我问了疾虹，可是我听不懂它说什么！”

花吹雪艰难地抿了抿嘴道：“黑风能听懂。”

“可是黑风说话我也听不懂。”江邪宝怔了怔，随即便露出一个灿烂的笑容，“不管这些了，咱们回家慢慢说！”

花吹雪只是笑，只字未提鹿将军，也未提那月牙状的印记。江邪宝扶着花吹雪走至门口，不经意地回头，恰好与一脸若有所思的赵明渊对视，江邪宝很快移开了视线。赵明渊盯着他们两人离开的背影，一丝落寞飞快地消失在眼底，他自嘲地笑了笑，映入他眼帘的是被风带起的满院飞花。

转眼间在花府已经耽搁了很多时日，江邪宝的伤已经好得差不多了，而劫镖的事仍无丝毫头绪。杜总镖头数次派人来催江邪宝返程都被他用各种借口拖延。

正是百花争艳柳絮飘扬的好时节，长安城也因为一则通告变得格外喧闹，年轻的皇上要选秀了。

这几天各大布庄，胭脂水粉及首饰店的生意都格外火爆，每天都有各色俏丽女子为了接近皇上来回奔走。花府一如既往的静谧，黑风与疾虹在马厩里耳鬓厮磨，江邪宝躺在不远处的树杈上晒太阳，一条腿耷拉在半空来回晃悠，花吹雪到来时看到的便是这样一幅放荡不羁的浪子图。她沉思片刻开口道：“三娃，不归山里的宝藏也许是属于鹿将军的。”

“哦？”江邪宝微微睁开双眼道，“为什么这么说，你见过他了？”

想到那火辣辣的一巴掌，花吹雪的思绪有些飘忽不定，不由自主地垂下眼睑道：“只是猜测。”

江邪宝懒洋洋地翻了个身，俯视着恬静的花吹雪眉开眼笑：“小花，你这么关心那宝藏做什么，我明天便要回镖局了，等我赚足银两回来再……”

江邪宝话还未说完便被打断，他喉咙里再也发不出任何声音，灼目的阳光变成一片惨白，他脑海中不断回响着刚刚花吹雪说的一句话。

“三娃，我要进宫了，给皇上做妃子。”

『第七章 花嫁』

江邪宝离开花家的那天破天荒地没有吵醒任何人，就连黑风也安静地跟在他身后，连个鼻响也不敢打。一人一马在花府门外站了很久，直到天边一束霞光穿透云彩，太阳即将升起之际，那黑衣少年才咬咬牙翻身上马疾驰而去，眼中满是绝望与不甘。

“三娃走了。”

花吹雪听到门外老管家的禀报，涂胭脂的手微微顿了一下，她看着镜中貌美如花的容颜，恍惚间觉得自己苍老了近十岁。一个月之后将是她入宫的日子，花老爷特意从隐居的山林中回来为她置办丰厚的嫁妆，凤冠霞帔撑在屋内最显眼的位置，珠宝首饰堆满了整个书房。想到赵明渊清俊儒雅的面容，花吹雪怎么也不敢相信，自己会成为他的妃子。

明明是儿时便深深喜欢的人，真到了这一天，为什么会高兴不起来呢？那日在大厅，当赵明渊深情款款地望着她的眼睛下聘书时，她几乎毫不犹豫便答应了。她本想将这件事告诉三娃，然而当她看到他站在桥上滑稽地模仿赵明渊时便没能说出口。

一阵风夹杂着丝丝细雨潜入长安。转眼江邪宝已离开一月有余，少了他放肆的大笑和黑风的嘶鸣，府里变得寂静了许多。

花吹雪彻夜未眠，穿着凤冠霞帔立于镜前，她仿佛看到了小时候，看到了美丽的娘亲，还有那年寒冬马车上嬉皮笑脸的三娃。

一声鸡鸣划破夜空，车队整整齐齐地排在门外，被这不合时宜的春雨淋得湿透。今天真不是什么娶亲的好日子。

花吹雪安然走在伞下，偌大的凤冠霞帔没有被淋湿一角，富丽堂皇的马车缓缓移动，朝着长安城最神秘最庄严的殿堂走去。雨水噼啪地打在轿檐上，这时马车猛地顿住，外面逐渐嘈杂起来，夹杂着兵器碰撞的声音，下一刻便有一只手伸进轿子直直地将她拽了出来。

花吹雪宛若一只红蝴蝶一般从轿子里飞了出来，紧接着便被扛到了一个有力的肩膀上。她正要惊呼，却看到那冰冷的鹿头纹皮面具，震惊良久才结结巴巴道：“鹿将军……”

鹿面人一言未发，只是将右手放到唇边吹了一个口哨，一道黑影从远处疾驰而来，一声嘶鸣后便稳稳地停到了两人面前。鹿面人翻身上马，载着花吹雪飞奔，顷刻间便只留下马蹄溅起的水花。

众人都惊呆了，在缓了好一会儿之后才纷纷开始惊呼。

“花大小姐被鹿将军抢走啦！”

花吹雪庆幸自己没吃早饭，她被鹿面人牢牢禁锢在他的胸前动弹不得，不知道究竟飞奔了多久，直到长安城变成一个小点，她才意识到自己已经在山上了。

一路的无言，花吹雪终于强忍着眼泪开口道：“三娃……你为什么这么做？”

江邪宝腾出一只手将面具拿下，十分疑惑道：“你怎么知道是我？”

“我不认得你，还不认得黑风吗？”花吹雪咬牙切齿道。而黑风听到自己的名字更加亢奋，欢快地嘶鸣了一声，仿佛在回应大小姐。

“哦。”江邪宝淡淡地回了一声，一鞭子抽在黑风臀部促使它加快了奔跑的步伐。

花吹雪无论如何也未能把那个清瘦挺拔的少年跟眼前威武强壮的鹿将军联系到一起，一时间久久没有回过神来。良久后她才开口道：“这到底是怎么回事？”

江邪宝一声闷哼，一言不发地往山顶上插有鹿字旗的山寨飞奔，就连黑风的喘息都逐渐粗重了起来。

花吹雪仿佛察觉到了什么，努力回过头朝着那宽厚的肩膀看去，但，只是一眼便惊讶地捂住了嘴。

无数支箭插在黑风的屁股上，另有几支深深地陷在江邪宝的盔甲里，鲜血不断涌出，一滴在草地上便被雨水冲刷干净。

花吹雪惊恐地看着密密麻麻的追兵，结巴道：“三娃……你快放我下来，皇上会杀了你的……”

“哦？”江邪宝不屑地一笑，“那就让他来啊。”

山脚下数万皇家士兵中，一身明黄衣衫的赵明渊再无往常的清秀模样。他将双眼眯成一条缝，近乎咬牙切齿地将大手一挥，就着漫天大雨，指挥军队与山上积怨已久的叛军展开殊死搏斗。

花吹雪站在山顶望着这一切，眼神之中满是惊恐，江邪宝从身后将她轻轻拥入怀中，在她手臂上画了个月牙，轻声在她耳边呢喃道：“小花，宝藏可以给他，江山可以给他，唯独你，我不给。”

『第八章 断水』

大雨下了多久，这场战争便持续了多久。从白天到黑夜，叛军终究是因为补给不足节节败退，溃不成军。

江邪宝带着花吹雪躲到了一个隐蔽的山洞里，与其说是带，不如说是扛。之前为了防止花吹雪逃跑，江邪宝将黑风身上的马绳取下牢牢地捆住了她的双手双脚。他在卸下沾满鲜血的盔甲的刹那，终于不堪重负地在花吹雪惊恐的眼神中直直地倒了下去。这一仗他是彻底输了，他唯一感到庆幸的是，他的小花还在。

不知过去了多久，当赵明渊悠闲自在地踏入洞中的时候，他看到的便是这样一幅苟延残喘的画面。他直直地站在江邪宝面前，缓缓开口道：“邪宝，在你掳走花吹雪的那一刻，朕就知道是你了。”

江邪宝微微睁开双眼，无力笑道：“你是要感激我，还是杀了我？”

赵明渊喉咙哽了一下，眼神之中满是不解：“非要如此吗？”

时间仿佛静止，江邪宝默默垂下眼睑。毫无疑问，八岁之前是江邪宝一生中度过的最无忧无虑的一段时光。他的家是一处很大的庄园，庄园里有很多能工巧匠还有许许多多的兵器，那时候提到断水山庄可谓是无人不知无人不晓的。

断水山庄打造的兵器，以之划水，水开而不合，故名为断水山庄。每天来求神兵利器的江湖人士络绎不绝，八大门派三十六帮七十二岛，每个人都在做着天下第一的美梦。那时年幼的江邪宝作为少庄主每天无所事事，终日闲逛，结识了隐居在山庄附近被皇后陷害出宫的惠妃和年幼的二皇子赵明渊，他与赵明渊很快打得火热，建立了深厚的友谊。见赵明渊终日闷闷不乐，江邪宝百般逼问终于得知实情，由此，两名少年开始了秘密的筹划。

借着皇家祭祀的机会，江邪宝从库房中偷出一个剧毒暗器交由赵明渊："把你哥杀掉，你不就是太子了吗？"

这个计划毫无疑问是十分成功的，大家谁也没有怀疑到弱不禁风的二皇子赵明渊头上来。没过多久，惠妃和赵明渊便重返宫廷。临行前赵明渊拉着江邪宝的衣袖不住地抹眼泪："邪宝，我一定会回来看你的……"

送走赵明渊，日子并没有什么不同。

直到某日他回家吃饭，看到了这辈子再也无法忘怀的一幕。朝廷军队正在山庄大肆屠杀，无数个鲜活的生命就那样直直地倒了下去再也没有站起来。他顺着密道跑到父亲的房间里，老庄主早已奄奄一息，临死之前将脖子上月牙状的玉佩钥匙交由他，并告诉他断水山庄世代积攒宝藏的所在地，嘱咐他跑得越远越好。他怀揣富可敌国的宝藏上街乞讨，凭借狡猾，成功地被花府收养。他在十五岁那年利用那笔财富收购边塞的一支叛军队伍，自封将军，终日骚扰着赵国边境。

他并没有想过报复，而是觉得有趣。

他从未想过那笔宝藏会被花吹雪在无意之间发现并被全城皆知。他自导自演了一出戏，佯装被劫镖将月牙佩送给她，狩猎时以鹿将军的身份来到她身边，这一切她都毫无察觉。

原本以为她迟早会与自己结为夫妻，那笔财富当聘礼也就罢了，然而她却提出要嫁给皇上。这是他万万不能接受的。

成为太子后的赵明渊被各种功课缠身而再无出宫的机会，直到某一天无意听到太傅提起断水山庄为叛军打造兵器，遭皇上下令灭门的消息。

明明是炎炎夏日，他却如坠冰窟，大病三日。

十年后他光临花府，一眼便认出了躲在门外探头探脑的江邪宝，一颗心快要跳出胸腔却仍旧要故作平静。他需要那笔宝藏来做军队的饷银。他在看到江邪宝对大小姐眼中的爱意时竟无缘无故产生了妒意，他想江邪宝喜欢的女人，他便夺走好了。

“这么多年来，朕一个朋友也没有。”赵明渊望着山洞外的峭壁惆怅道，“今日不为别的，只为问你一句，我们……还能不能回到那时候。”

花吹雪蜷缩在角落，一双大眼睛显得也没那么惊恐，只是迷茫地在他们两人之间来回打量。忽然手上的绳子被人划开，江邪宝缓缓挪了过来，将头枕到了她腿上，半闭双目道：“小花，你可曾见过红色的雪吗？”

花吹雪没有答话，江邪宝笑道：“每年你狩猎之后的那片山林，雪都会变成红色的。你从不离身的那张弓，是我父亲亲手打造，我八岁那年，我们家的雪也是红色的。”

赵明渊背对着两人，双手紧攥成拳，身体微微颤抖，只听得身后那人又道：“但红色的雪终归还是雪，迟早会化掉的……阿渊，你错就错在不应该拿吹雪来胁迫我。”

江邪宝抬头望着花吹雪茫然的神情继续道：“我是愿意为了她去死的。”

赵明渊再无回头的勇气。

大雨不知何时停止，经过一夜奋战的将士们精疲力竭，东倒西歪地睡着，没有人留意到他们的皇上早已骑马远去。

花吹雪缓缓伸手抚上怀中少年带血的脸颊，泪珠大颗大颗地落下：“三娃，你原是这般喜欢我……”

『第九章 一日看尽长安花』

长安城内锣鼓喧天，百姓夹道欢迎着他们凯旋的皇帝。传闻皇帝一鼓作气剿灭了边塞叛军并亲手斩杀了鹿将军，从此边塞地区可常年无忧。

花家大小姐也被皇上以不吉为由悔婚而成为长安笑柄。

春风过境，柳条抽新，一红一黑两匹骏马于城外田野之上欢快地嘶鸣奔跑。红马上的女子面容冷若冰霜，开口道："江邪宝，你到底什么时候对我讲你的事？"

那黑衣男子良久后才挥舞着花环气喘吁吁地赶来，露出一排银牙笑道："也没什么讲的，你若真想听，洞房那天我告诉你。"

"无耻！"那女子冷哼一声，快马扬鞭飞驰而去，将这长安城的美景尽收眼底，黑衣少年爽朗大笑紧随其后。

而他的眼中，只有她。

诉衷情·永夜抛人何处去

唐 李商隐

永夜抛人何处去？绝来音。香阁掩，眉敛，月将沉。

争忍不相寻？怨孤衾。换我心，为你心，始知相忆深。

唯愿卿心似我心

文/韩易水

『第一章 丑陋的乞丐婆』

镇上的早市已经开了，点心铺的老板正在大声吆喝："刚出炉的包子、酥儿烧饼，还有豆花喽！"

谭映雪拂了拂身上被路过的马车溅上的泥水，小心翼翼地在人群间钻过，趁着人多手杂飞快地摸走一只包子揣在怀里，转身就跑。身后传来老板的叫骂："你个讨饭丑婆娘，三天两头来偷包子，小心被噎死！"

"哧，神气啥！我当年吃的是山珍海味，喝的是琼浆玉液，若不是时运不济，哪里稀罕你的这只烂包子！"她扭头嘴硬地嚷了句，便闪进一旁的巷子里。

包子果然是刚出炉的，这一会儿工夫就烫得她胸口一片通红。她顾不上查看自己的肌肤有没有被烫伤，迫不及待地咬了一口，随即被烫得张嘴连连吸气。

人倒霉起来，连只包子都不待见自己。

包子滚烫的汁水流了出来，顺着手臂一路往下淌。她也不再像从前养尊处优时那样有洁癖，赶紧用舌头去舔腌臜的手臂。

身后隐隐传来一声叹息，一只修长白皙的手递过来一块绢帕。她浑身一僵，失手将包子掉落在地上，她却没顾上捡便头也不回地就往前跑。

江南的小巷极深，在小镇中纵横交错。层叠的青砖灰瓦间，攀着枯干的藤蔓，幽凉古朴中带着落寞，仿若从前那人的笑。

那一夜的月下花间，他就这样笑着替她斟了最后一杯茶。那杯茶饮下腹，自此凉凉地在她心腹间徘徊，再难忘却……

她埋头从这巷子拐进那巷子，方跑到一个巷口，便冷不丁被当头一棍敲下。她痛呼一声跌倒在地，眼冒金星地看见有几名喽啰正围着她，他们后面被数名仆从簇拥的是本城巨贾史恒翔。

“这不是谭少城主吗？怎的像只丧家犬般狼狈？”史恒翔一度被她鄙视为油头粉面的脸上，露着有些扭曲的笑，“还真是冤家路窄！”史家的喽啰附和地猥琐笑着，举起手中棍子慢慢围上她。

这史恒翔当年谄媚讨好自己的恶心嘴脸还似在眼前，如今却一副盛气凌人的模样。

这些年来，她不断地逃，不断地躲，却一次次地被追上，每次被追上就是一顿羞辱和毒打。这史恒翔是真当在痛打落水狗吗！

她向后退着，心头一股气忽地冲上来，挺直身子大声道：“史恒翔，你连坨屎都不如，当年从我手里捞了多少好处，现在竟恩将仇报把我往死里逼！你这个下三滥！”

史恒翔鄙夷地打量她两眼：“你这骗尽全城人的前少城主，还好意思说我是下三滥？爷从前也是瞎了眼讨好你这假货，现在收回点补偿又如何！”说着他一挥手，一干喽啰纷纷扬起棍子往她身上招呼，“嘴这么硬，就不知道有没有我家的棍子硬！”

乱棍间，她没有还手之力，只能拼命用双手护着头。

潮湿的青砖唤起了她的记忆——曾几何时，自己似乎也曾这般带着一班手下毒打那人……

『第二章 她绝不言悔』

青州城曾有个不可一世、纨绔风流的少城主。

“五陵年少金市东，银鞍白马度春风。落花踏尽游何处，笑入胡姬酒肆中。”

当年因家中没有男性继承人，而从小被当成男孩养大的谭映雪，身为青州城唯一的少城主，容颜如玉，身份尊贵，何等的风光体面。那时的她任性妄为，肆意地挥霍着钱财与年华，浑然不把他人放在眼中，以为除了无法光明正大地承认自己是女子外，世上万事都可如自己的意。却不想，她有日突然发现，自己竟让一名被城主父亲收养在府中伴读的少年周月庭给比了下去。

青州城是位于边境的一座繁华大城池，每隔几年便有场文武比试，决出新一代少年俊杰。而她在自己以为十拿九稳的比试中，却当众落败。

令人意外的是，那名默默无闻的少城主伴读周月庭，却夺得了魁首。更令人气愤的是，她父亲竟打算借此对外公布她的真实身份，并将周月庭收为女婿，有意将来把青州城的城主之位交给他。

她为家人辛苦隐瞒真实性别十余载，到头来付出诸多，却还不如一名身份低下的贱奴。不但少城主身份从此要拱手他人，甚至自己的父亲要无视自己多年的牺牲，将自己嫁给这个低贱之人。

那个贱奴……自己怎能当那个贱奴的妻子？光是想到让他知道，平日里在他面前逞威的自己，其实是个被世人认为应该关在家中安分守己相夫教子的女人时会有的表情，就已经令她恼羞无比，恨不能立即剜了他的双目。

比试回来当晚，她用鞭子劈头盖脸地抽了周月庭一顿，然后将他丢给手下毒打。

那少年没有反抗，只是在雨后潮湿的地面上痛苦地翻滚着，脸上满是淋漓鲜血，模糊了秀逸的面容，一双漆黑的眸子却始终紧盯着她。她坐在紫檀雕花木椅上心头没来由的一阵烦躁，皱眉挥退手下便转身进了屋，留他浑身是血地倒在屋外整夜。

待到天明她推门出去，看到他依旧坐在湿冷的青砖地面上，一身的血变成了紫黑的颜色。他的面色苍白憔悴，眼中本是充满哀伤，却在看到她出来时透出了一丝光亮："少主……"

"周月庭，你还活着做什么？为什么要让我看到你！"心头未消的气使她冷冷地丢下这句话。周月庭闻言似乎怔住，她不再多看他一眼便出了府。

经过一整日夹杂着气恼的放肆快活后，她烂醉而归。在屋里等待她的，是少年单薄的身影。

她只记得那夜的周月庭笑得分外落寞，从家仆手中接过醉醺醺的她，对她落寞地笑道："少主又醉了，月庭已为少主准备好了解酒茶。"

他脸上深可见骨的鞭痕没有包扎，只是洗去了血迹，发白的伤口仍有血渗出，俊逸的眉攒着若有若无的忧伤，眼中则是一片死寂。

她昏沉沉地躺在榻上，就着周月庭的手喝茶，只喝了一口便睡着了，有些没咽下去的茶水自嘴角流出，湿湿的，凉凉的。朦胧间，她觉得脸上似乎也有什么湿湿凉凉的液体落下，有个声音轻轻地唤她："少主……"

再醒来，桌上唯剩半杯冰凉的茶，而周月庭，不见了……

那一日至今，过去多少年了？

她不知何时昏了过去，又不知何时从浑身疼痛中醒来，混乱地想起在那之后，城主父亲生平头一回痛责了她。她负气离家出走，却一时大意丢失了城主令。

第二年，青州城被不知何时潜至附近的敌军，用城主令扰乱守军乘隙而入。在她闻讯赶回来时，城主父亲已力战而亡，青州城被破。

第三年，她偶遇当年极会讨好自己的青州城巨贾史家的史恒翔，还想如从前般指使他出资为自己纠集父亲的剩余势力，打算收复青州城。却没想到被早有预谋的他当众揭穿女子身份，与众多富绅一同指责她以女子之身冒充青州城少城主，欺骗世人难容于世。

第四年，她被仇家关在点燃大火的房中，虽然最终脱险却烧伤了脸也失去了全部财产。

从此她身无分文，信用尽失，不但再也无法谈收复青州城，更成了过街老鼠，到处流浪，风餐露宿苟活于世。

这样算起来，到现在，竟有八年了。

谭映雪苦笑着翻了个身，发现自己正躺在一间华室内的大床上。她已经有许多年没有这样舒服地躺在大床之上了，尤其还是这样的好床。

而窗边正坐着个人，身着华丽的杏色衣衫，腰束玉带，神情不知是怜悯还是无奈地望着她。她感到一阵僵硬，慢慢坐起了身。

“谭映雪。”他嘴角微撇，发出清冷的声音，“我只是来问你，你现在肯说那个字没有？”

她倔强地扭头：“休想。”

“你自小娇生惯养，这些年的苦头也该吃够了，难道还想继续受苦？”

她闻言望向周月庭：“你自小勤奋刻苦，历尽千辛万苦有了如今的身份地位。这些年却不好好享受，在这里陪着我这一介贱民折腾，也太屈尊了些。”

周月庭的目光闪了闪，却很快恢复冷淡的态度：“你知道就好，我只等你将那个字说出口便于愿足矣。”

“于愿足矣？”她喃喃着闭上眼睛没有答话。

屋内是良久的沉默，谭映雪再度睁开眼时，发现周月庭不知何时已经走到了她的身前，正俯首认真地看着她，漆黑的双眸那么专注，仿佛在分析她的表情。

八年的时光，将他脸上一度深可见骨的鞭伤几乎抹平，只能隐约在他挺直的鼻梁上窥见一丝淡淡疤痕。这样一个曾经秀逸纤瘦的少年，在经过岁月磨砺之后，也变得成熟深邃起来。难怪他如今能得到青州城众多闺秀的爱慕，哪怕她与乞丐们一同躺在街角晒太阳时，都能听到路过的少女们娇羞地偷偷讨论他。

谭映雪低下头，不再看他，只是依旧倔强地重复："我，绝不言悔。"

——我怎能让你如此轻易地"于愿足矣"？

『第三章 写悔字』

那一日，在她再度拒绝后，周月庭再没说过别的话，只是静静地坐在窗边。

院里初开的梨花有几瓣随风落在他肩头，如霜似雪地覆在杏色衣衫上，他却未曾伸手去拂一下，只是望着远方清浅的天空出神，不知在想着什么。

墙角的香炉轻烟飘荡，漾起一室清幽。谭映雪在这满室幽香中不知不觉又睡了过去，再醒来时窗边早不见了周月庭的身影。而后准备离开的她发现自己被禁足了。

管家领了侍女将文房四宝一一摆放进屋中的桌案上，对着她皮笑肉不笑地说："我家主人说了，既然你不肯言悔，那么近段日子就请你好生待在这屋里写'悔'字，写到你能说出口为止。至于在此期间嘛……就便宜你再吃上几天饱饭，睡上几天高床软枕。不过，虽然我家主子心善多次搭救你，但还请你千万别因此生出什么妄念。"说到这里，管家意有所指地扫了眼谭映雪满是疤痕的脸和肮脏破烂的衣衫，毫不掩饰鄙夷之意，显然后面这些话是出自他自己的意思。

这样的人，连在当年的谭家做奴才都不够格，也配给她脸色！

“笑话！你以为我会稀罕你那主人？”谭映雪冷笑一声，待要站起身离开，赫然发现门外已经站了两名守卫，似乎随时准备拦下她。她心念一转，下意识摸了摸自己肩胛重又坐下，懒洋洋道：“不过，在你们这儿能白吃白喝，傻子才会走。”

无视管家脸色变难看，她又笑道：“怎么？都看到我醒了，你个没眼色的还不知道上早膳？饿着本姑娘可没力气写什么‘悔’字。”

谭映雪丝毫不顾忌仆从的目光，大大咧咧地坐在床上吃了早膳。许久没有吃这么新鲜冒着热气的食物，哪怕只是清粥小菜，她都吃得津津有味，一副恨不能将碗都舔干净的模样，令旁边不时掩鼻的侍女眼里更添了几分鄙夷。

她舒畅地一把推开空荡荡的碗碟，仿佛没看到侍女鄙夷的眼神，颐指气使道：“愣着做什么，去磨墨，本姑娘还要赶紧写字呢！”

“姑娘不先沐浴更衣一番？主子有让奴婢送来换洗衣物。”掩着鼻子的侍女终于忍不住开口，随即又快速闭上嘴，似乎怕谭映雪身上的味道传进嘴里一般。也是，谭映雪流落街头连个栖身之地都没有，又哪有条件洗什么澡，身上的酸臭味与街头乞丐没两样，也亏了同样有洁癖的周月庭昨夜竟能忍住。

“沐浴更衣？我等一向崇尚天然，沐浴都是浮云。”谭映雪将嘴角一咧，反而向捂着口鼻的侍女靠近些，看她向后退了几步，才眯眼道，“要不然，你来帮我洗刷一下？”

侍女抖了抖，逃也似的收拾了空碗碟，竟跑了出去半晌儿没再回来。

谭映雪坐在床上抖了会儿脚，终于忍不住看向桌案上的纸笔——不就是写几个悔字嘛，难道周月庭以为写多了悔字她就真的能心中有悔了？天真……算了，写就写，权当食宿费吧。

她站起身走到桌案边，拿起墨块在砚台上磨了两三圈，手便开始无法控制地抖了起来。她烦躁地丢下墨块，冲着外头大喊：“来人！来人！

快来人！”外头的守卫在喊声中却是纹丝不动。

等了许久，才终于进来个小厮，同样掩着鼻子一脸不屑：“你要做什么？”

谭映雪也没管他语气如何，双手掩在袖中，下巴冲桌案轻点示意：“磨墨，不磨别指望本姑娘写什么字！”

小厮嗤了声，嫌弃地掩鼻走到桌案前，只用一手捏着墨块草草地磨了一下，便不耐烦地丢下道：“那，墨磨好了，小的告退了。”说罢竟不等谭映雪说话，只管自己去了。

谭映雪走上前，提起笔随意蘸了些那一点看不出浓稠的墨，对准了纸张要下笔，手却比方才抖得更厉害了。她用左手抓住了握笔的右手，这才将笔尖落在纸上，勉强写了几笔，还未成字额头已冒出了冷汗。

直到午间侍女来送饭打开门时，谭映雪才换回了一只手握笔。屋中已堆了不少写了字的纸张，却张张都背面朝上让人看不到内容。

侍女放下碗筷，趁谭映雪不注意抢过一张来看，但见上面满是横七扭八的线条，竟没有一个字，禁不住小声嗤笑：“一个破落臭乞丐婆，丑得让人不忍目睹，连字都不会写……真不知道主子为何如此善心，换作我早就把人扫地出门了，留下真是浪费粮食……”

虽然是小声，但安静的屋子里听来仍是十分清晰，分明是故意要说给谭映雪听的。

早就汗如雨下的谭映雪索性将手中笔一丢，挑眉道：“我就是不会写字又怎么了？老娘不写了！我还真就不稀罕这里的吃饱睡好！”说罢她就向外走，却被门外的守卫拦下。

不过区区两名守卫而已，换作当年哪里会是她的对手？

她冷笑，双手一伸一翻：“就算我如今落魄，也不是你们这些狗奴才能随意欺上头来的！”她招式变换间，守卫只觉得眼前一花，发现她已从两人中间闪过到了门外，不由得大惊。

谭映雪轻易闪到门外，正要避开守卫的追击举步向前，蓦然眼前一黑，原本就在作痛的旧伤处猛地一阵剧痛，双手不由自主垂落。下一刻，她无力地坐倒在地，在剧痛中昏了过去。

『第四章 意迟迟』

等她再醒来，周月庭又出现在她的床边，神情却有些复杂："你的身体到底怎么了？"

谭映雪冷笑着坐起："我的身体如何，与你何干？"说着她掀被就要起身，却被周月庭一把抓住手臂，她忍不住抖了一下，却随即装作若无其事。

周月庭皱眉，却转了个看来毫不相关的话题："你为何不肯洗澡？"

虽然听来毫不相关，谭映雪却愣了愣："我洗不洗是我的事，用得着你管？"

"我带你去洗。"周月庭越发怀疑，伸手去拽她。

他的神情带着担忧，仿佛仍是许多年前陪伴在她身边的那个小小伴读，却又有所不同。毕竟八年过去，时过境迁，但凡听说过曲宓侯的，都不敢小觑出身低微却凭才能获得圣上青眼的他。

"不用！"谭映雪很想拍开他的手，但她已经使不出力气，尽管已经用尽全身力气去控制，身体仍有些轻微的颤抖。但周月庭向来心细如发，越发看出不对劲，放松了抓住她的手。下一刻，他突然一把拉开她的衣襟。

谭映雪一惊但已经来不及遮掩，拉开的衣衫间露出了她的肩，原本匀称的琵琶骨呈现着畸形的扭曲。

"怎么……会这样？"周月庭的唇微微颤了下，"你的琵琶骨……是怎么回事？"他一向清澈的眸子瞬间红了，其中仿佛酝酿着澎湃汹涌的浪潮。

习武者的要害之一便是琵琶骨，一旦被打断便会有力使不出，一身武功再难施展，甚至影响上半身的正常活动。

而她的琵琶骨会扭曲成这样，似乎是曾被打断过又没有接好，任凭自行恢复之后便成了如今这般模样。自从再度找到谭映雪，这些年来他一直暗中注意着她，保持着疏远的态度，万不得已时才施一次援手。他却想不到竟到此刻才发现她身上有过这样严重的伤。

谭映雪扭过头去，回避了他的目光。

虽然她没有回答，但周月庭早已猜出一二，不由得低声自语："难怪你被那些宵小追打，却无力反抗，我为何没有早点发现……"他的声音里多了几分痛惜、自责和不解，"这样的酷刑，就算官府都只用于对付罪大恶极之人，为何你会……"再如何……她也曾经是青州城养尊处优的少城主。

"罪大恶极？我……可不就是罪大恶极！"当年欺瞒世人，冒充男子当了十多年的青州城少城主。又丢失青州城城主令，害死自己父亲，害全城百姓陷入战火。到现在能活着就不错了，谭映雪苦笑几声。

当年那史恒翔带了众多乡绅当众揭穿她身份后，众怒之下虽然没有当场要了她的命，却暗中遣人打断了她的琵琶骨，令她再难有反抗之力。之后史恒翔又一次次追打她，她一路从青州逃出，不知走过多少地方。琵琶骨本就是练武之人的要害，被打断之后她连好生调养的机会都没有，只能任凭那伤处自行愈合，从此非但无法用武功，甚至连用力过度都会引发旧伤。

"我不该强令你写那么多字……"写字虽然不用大力气，却要用些巧劲，她这样的状况又怎么可能使出巧劲，强行写字的后果就是引发了旧伤处的疼痛。可是……他忍不住伸手抹去她额头的冷汗，顺便抚向她脸上的疤痕，这还是第一次他能够碰触到她，在她无力反抗的时候。

一瞬间心中不知是极度的痛意还是极度的快意，他的声音也变得冷硬起来："谭映雪，让你说一声悔，就那么困难？你就不能暂时放下你的骄傲？”

只要她肯暂时放下她的骄傲，收起她满身的刺，对他说一句悔，他愿意将所有她在意的东西都替她夺回。

哪怕她只是像别的女子一般，低下头柔顺地看他一眼也好。

『第五章 桃忆』

周月庭没有再将她关起来逼着写悔字，她也再没看到过那日的下人和守卫，不停有各处延请的名医轮流来给她看诊。然而只有一人提出了治疗的方案，那就是打断琵琶骨重新接骨。

这样的做法不单病者会痛苦万分，成功率更微乎其微，稍有差池，后果便是半身不遂。一般人遇到这种情况都会考虑再三，但谭映雪没有，她没想承周月庭这个情。

她只是站在大片的桃树下发怔。终于觑到守卫的空隙，她本打算偷偷溜出时，却在半路看到了这片桃林。

记忆深处，似乎有那么一个日子，她曾经也这样站在桃树下，对着仍是青涩少年的周月庭痞痞地笑：“什么桃之夭夭灼灼其华，真是无聊的东西……还不如桃子，至少还能吃。”然而一向温顺的周月庭那时却没有附和她，手中持着一枝尚未来得及送出的娇艳桃花，神情有些担忧地盯着她的笑容看，仿佛他能窥见她心底一直深藏着的隐秘。

这样的眼神令她极为烦躁，她猛地挥出手中鞭子抽向桃树。顿时桃花瓣飘落如雨，她的笑也在这如雨花瓣间狠戾了起来：“看，长得再好看，只要本少主不喜欢顺手便能毁了，所以好看在其次，讨人喜欢才最要紧。”说罢，她不屑地丢下鞭子，便头也不回离去，没有给周月庭留下开口的机会。

“桃之夭夭，灼灼其华。之子于归，宜其室家。”这是一个她想都不曾想过的梦，当年的她不怕天不怕地，骄奢跋扈，却唯独不敢有这样的奢望。这个贱奴怎么敢企图窥探自己的内心？他的眼中是洞察还是怜悯？不管哪个，都不是她想看到的。隔日，她便下令拔除了城主府所有的桃花树。

想不到此处会有这样一大片艳丽的桃林。正值桃花盛放的时节，从林中经过时几乎能迷了人的眼。谭映雪吸了口气，揉揉酸软的四肢，正要继续前行，却听到附近传来隐隐的说话声，竟似提到了她。

“那个丑陋的乞丐婆？大人只是可怜她而已。听说她以前还假扮男子，妄图继承青州城主之位，幸好老天都看不过她这样欺瞒世人，让她身份败露。何况大人寄住青州城主府时没少受她的气，又怎么会看上她这种丑陋卑贱的人？”

“听说大人在京城早已有未婚妻，瞧今日大人吩咐我等将府内上下打扫干净，便知道他有多重视这位京城来的小姐。听说还是朝廷重臣的掌上明珠，真正的大家闺秀，对大人有过救命之恩……”

“肯为大人千里迢迢来此的女子，必然对大人也是一片情深……”

话题渐渐从贬低她，转到夸赞另一位女子。别人对她的观感如此，她早已习惯。谭映雪没有听下去，静静地穿过桃林。

没走出几步，便望见一行人正远远过来，周月庭赫然在内。而他的身边果然有名少女，被众多侍女簇拥着缓缓而行。依稀能听到她浅笑着对周月庭道：“月庭，你不必那么远来迎我的……”虽然这样说，她却微微低头满脸数不尽的娇羞，显然为意中人远远迎接她的举动而欢喜着。

这些日子周月庭经常不在府中，原来是大老远地去接她了。

隐约间还传来周月庭温和的声音，她却无心听到底说了些什么。

渐渐一行人走近，能看到那名女子果然一副冰肌玉骨的模样，身着轻绸披纱翩翩然若九天仙子，首饰搭配得恰到好处，果然是大富大贵人家才能养育出来的仙苑奇葩。那样贵而不俗的美丽打扮是她从不敢奢望自己能拥有的，不管是现在潦倒如乞丐的她，还是从前身为青州城少主的她。

唯有与那些狐朋狗友在外胡混时，她会坐在画舫上，看着花魁翩翩起舞，假作风流地轻吟：“正漠漠烟波五湖春，待买个红船，载卿同去……”她的双眼却紧紧盯着花魁身上绚丽的纱裙和精美的花簪，别人只道她是急色，却不知在那样的时候，哪怕是锦衣玉食富贵泼天逍遥快活，她的心也似有个永远不能弥补的空洞，正嘶嘶地漏着风。

谭映雪出神间，那一行人已走到跟前，她避让不及也没打算避让。刚才走那些路早就令她四肢酸软，更别提走出侯府还有个史恒翔等着收拾她，于是她就那样杵在原地。

那位大家闺秀已经先开口：“月庭，这是……”见谭映雪抬起头来，她顿时惊得向后退了几步，显然被谭映雪脸上的疤痕吓到了。

周月庭皱眉：“你怎么在这里？”方才还温和的声音如今有明显的不悦，看来是嫌她擅自乱闯到此处，唐突了佳人。

谭映雪嗤笑了声，话到嘴边，却变成：“我只是想来找侯爷说一声，我想接受治疗好早日行动自如。”然后早日远走他方，不用再与此人有任何纠葛。

周月庭看着她这样的笑容，眉头皱得更紧了。

『第六章 发泄』

打断了骨头重接，比当初断骨要更痛苦上数倍。谭映雪当年养尊处优之时，从未想过自己将来经历的苦痛，竟会一次比一次深切。

每当她痛昏过去时，总会想起当年被困在大火中，眼睁睁看着火烧到身上时的恐惧，以及被人追着打断琵琶骨时，那种武功骤然尽失的凄惶……

她就这样每日里痛到昏过去，再从剧痛中醒来，迷乱得眼前什么都看不清楚，只觉得人影幢幢。一忽儿好似回到了从前城主府中，白玉为堂金作马，仆婢如云正来来去去。一忽儿像是又在被人追打，前路昏茫失魂落魄，不知何处能栖身，何处又是归途。

这一生的劫难竟似没有尽头般……痛到厉害的时候，连续发烧数日不退，她终于再也忍受不了痛哭出声，大喊了出来：“周月庭！周月庭！”就算肩胛处犹如被劈开般剧痛，她也忍不住伸出双手胡乱地挥舞起来，试图在那片昏茫中抓住点什么，然后她摸到了另一双手。

那双手及时地握住了她的手，制止了她那会牵动肩胛伤处的动作，然后替她拭了拭脸上的泪，又重新握住她的手。朦胧中，仿佛仍是当年那名纤瘦青涩的温顺少年，正紧紧握着她的手，趴在她耳边轻声道：“我在，我在这里。”

这声音温和中带着丝心疼，却反而让神志不清的她心头有股火焰燃起，她一边哭一边高声怒骂了起来：“你在？你什么时候在？青州城被破城主自杀时，你在哪里？我被困在火中命悬一线时，你在哪里？我一身烧伤溃烂，在泥地里痛得打滚时，你在哪里？我被打断琵琶骨，求生不得求死不能的时候，你又在哪里？”

她每问一句，就感觉到握着自己的手跟着抖一下，似乎身边人也正随着她的话心潮剧烈起伏，却未发一语，由着她继续骂下去。

但是迭声骂到这里，她已经没有力气再大声说话，只哽咽着轻声道：“我知道，是我把你赶走的，你这个贱奴一向听话。可是当初我喊你去死，你这个贱奴……你这个贱奴怎么不真的去死！你要我说什么悔，写什么悔？青州城从来不是你的，我丢就丢了，关你何事？我害死的是我自己的父亲，又关你何事？我凭什么要对你说悔？你发达了逍遥了，自去过你的娇妻美妾富贵日子，来管我做什么？已经有太多人不肯放过我，你就不能放过我……”

在高烧和剧痛中撑到此时的她，说到这里又一次昏了过去，她隐约觉得握住自己的手颤抖着越握越紧，好像要将自己的指骨嵌入他的掌中般。

等她退烧清醒过来时，已经又过了三天，她睁眼望见的又是一处陌生地方，唯一相似处在于这依旧是一间华室。只一眼，她就能断定，这里不是周月庭的府邸，哪怕室内陈设的习惯如出一辙。

“周月庭呢？”她出声问，数日的高烧令她的嗓音一时嘶哑难听。

一直在旁守候的大夫和仆婢互相看了眼，陌生的婢女斟了杯茶上前喂她润过喉，才恭敬地答复：“主子，侯爷已在两日前出发回京，与相国之女完婚后会定居京城。此处的屋子是侯爷从前置办的，现在连同我等数人一同赠予主子，请主子你放宽心住下。至于外头一些宵小，侯爷早已解决。侯爷说，这些也算是最后全了当年的一番主仆情分。”

全了最后的情分？最后？

谭映雪费力地支撑起身子，朝窗口望去，没有望见那熟悉的杏色衣衫，以及修竹般的身姿。曾经许多年里，她生病时，他都会守在窗边等她醒来，保持着不近亦不远的距离。因为她曾在幼年时厌恶地说过不准他离她太近。不过，今后大约再也见不到了吧。

忽然，她眯起了眼睛。临窗的小几上，摆了一个晶莹剔透的物件，在阳光下反射着微光。

“把那东西拿过来！”她的声音带着颤。

『第七章 九连环』

那是一件玉制的九连环，制作精巧的九个环儿，一环扣着一环，套在同是玉做的环柄之上。在谭映雪的摆弄间，发出清脆的叮咚声。

一时间，她仿佛回到了十多年前的那个夏日，自己就是这样无聊地摆弄着这件九连环。那名爱穿杏色衫子的少年捧着几本书敲门进来，催她一同念书。

她却回头神秘一笑，做了个噤声的手势：“月庭，温书过会儿再说，先来看我手里的东西。”

“这不是个九连环吗？”那时的周月庭眉宇秀美，漆黑的双目，虽然青涩但浑身已散发出一种书卷气。

“这可不是个简单的九连环。”她故作意味深长地望着周月庭，将九连环递过去，“且放下你手中书，来听我讲讲这九连环里的故事。”

周月庭将信将疑地放下书，坐到她面前。

她清了下嗓子，郑重其事道：“是这样，前儿我做了一梦，梦见神人交给我一个九连环，告诉我说，这九连环环环相扣代表了我同你的九世因缘。我当时就奇了，怎样的九世因缘？神人当时就道，这九连环本是当初女娲补天所用的五色石做成。女娲当年有五色石三万六千五百零一颗，实用三万六千五百颗，尚余一颗，便将自己的万年修为注入其上。此石就是后来的上古十大神器，成为天界的至宝，等闲不得擅动。而我们俩当时便是负责看守这颗五色石的神将，在瑶池深处看守这神器千千万万年，却有一日不慎被大闹天宫的弼马温窃去，做成了一个九连环来玩耍，虽后来找回，但神器的法力已因之丧失。因此失职之罪，我们被褫夺神格打入凡间，需历经九世轮回之苦方能返回天界。在这九世中我们死而复生生而复死，就如同这九连环的模样回环往复……”

她顿了顿，看眼周月庭，发现他已经认真在听，满意地继续说道：“听神人讲，我们第一世时，你是女我是男，你是妻我是夫。当时我是一代君王，你则是我的后，起初大婚时极恩爱，但没过几时，我便又喜欢上了新来的美人。自此日渐冷落了皇后，直至最后听信谗言废后。一道圣旨将后印收回，将你打入冷宫，寂寞到白头。”

“我们第二世，你又是女，我又是男。你是富家千金，我是贫穷的才子。某日隔帘听琴，互生思慕，便相约私奔，当垆卖酒，倒也恩爱。但某日我发达了，当了大官便嫌弃糟糠，一纸休书写给家中原本与我举案齐眉贫贱相依的妻子，另娶了宰相的千金。

“第三世，我是个善妒的将军，你则是个悲春伤秋的才女。一个五大三粗，一个心思细腻，终日话讲不到一块儿，终于把你给活活憋死了。

“到了第四世上，我便发善心在司命星君面前请求让你做了男，我换作女。不承想这世的我忒泼辣，是个远近闻名的悍妇，你则是个唯唯诺诺怕老婆的窝囊废。这也就罢了，至少相安无事。偏你家兄弟看不惯，硬是撺掇你休妻。我一气之下，便抄了把刀子杀了你们全家，最后被凌迟处死。

“第五世，我是个倾国倾城的美人，换你这次当君王。我整日愁眉不展，你急在心里。便有一天点了烽火戏了诸侯，引出我万金一笑，却害得自己江山倾颓，失却了项上人头。

“就此到了第六世，我满怀愧意，好歹劝了司命星君别让我俩一男一女，司命星君便让我俩都做了女人。在两处太太平平长到二八年华，不想一日入寺庙上香碰见顿时彼此倾心，做成了一对磨镜的伴侣。几年后，我被家中父母做主嫁了远方，你日夜思念不多时香消玉殒。

“巴巴儿地挨到第七世，便是此世了。司命星君终于法外开恩，让我们都当了男子。我是青州城的少城主，而你是我的伴读……”

说到都是男子，她忽然觉得有些心虚，转头见周月庭听得入神没有什么异样，于是放下心来，叹口气故作深沉：“那神君说了，其实我们注定了九世都要受苦，若要改变，除非想法子解出这个九连环。可惜，看来我是没本事解开了。”

“……少主，你最近话本看多了吧？”周月庭俊秀的面庞升起红云，侧头望向她的床头，“子不语怪力乱神……”

她赶忙抢前几步，将枕头边丢着的几个话本塞进怀里藏好，掩饰地笑道：“月庭，可听说，这圣贤书该读，只是读多了人容易痴。这人若一痴便痛痒不知，爱恨不清，所以偶尔看个话本调剂一下也是应当的。”说罢便向门口走去，“我忽然想起史恒翔今日约我一同去游湖，时辰差不多，我这就去了。”刚跨出一步她又回头，“对了，今天这身衣裳的色泽倒是挺衬你的。”说着便径自出了门，留他在屋中发呆。

——傻子，这也信。

她摇摇头走出门去，径直上了马车。

看这傻子的反应，自己编的故事应该有进步了……回头再略改动一番，准保能迷死花魁盏盏，让史恒翔那几个蠢货干瞪眼羡慕。

最后一眼回望间，她依稀望见那个被自己暗中叫作傻子的杏衣少年，正拿起桌上的九连环缓缓抚摩。他身后窗外锦绣的雕花栏杆外百花竞放，似映得他白皙的面颊也染上了春色。

一片融融春光间，他温润的眼底溢出难言的光华，口中似在低语喃喃："九世吗……"

那一声低回缠绵，竟令她的心中也有了片刻的萌动。

想不到，他竟会留到现在。

手中的九连环比从前更光滑，上面精雕的花纹却有些模糊，显然是常被人摩挲的结果。谭映雪顺着那已经模糊的纹路慢慢摸了一会儿，有些困倦地想将它放在枕边，却意外地摸到了一封信和一块令牌——青州城的城主令。这块城主令，自她遗失之后便一直在守着青州城的敌军手中，此时出现必然是青州城已被收复。

他不声不响却连这事都替她做了。

肩胛刚有所好转的她，虽然身上的痛止住了，却猛然觉得心口有块一直被刻意忽视的地方，不可遏制地疼了起来。

直到此时，她才倏然觉得自己终于有些摸清了周月庭的心。

『第八章 应有悔』

谭映雪在养好伤后，用最快的速度赶往京城。

到达那日，正是曲宓侯大婚的前夕，满京城喜气洋洋，传说着曲宓侯的新娘将红妆十里风光大嫁。谭映雪找到了曲宓侯府，却在府门前却步了。

这种时候来找他，算什么？他终于从寄人篱下的卑微之身，一路努力有了今日威风八面的曲宓侯封号，有了金碧辉煌的侯府和令人不可小觑的势力，如今还会有如花美眷，将来更是前途无量。

她此时此刻来这里找他，又是以什么身份呢？凭了什么去打扰他的生活呢？

“谭映雪，你纵然骄傲不改，但任性也终究要有个限度。”她对自己低语了句，抬头最后望了眼侯府朱门，向后退了几步，转身又向京城的城门方向走去。

眼看日落之前就能离开京城，在走进城门的前一刻，她却冷不防被一双手用力地拉进了路边的一辆马车。正要挣扎，眼角掠过一抹熟悉的杏色，她停下了动作：“怎么是你？”

“为什么不能是我？”周月庭倚坐在马车内，手却仍牢牢抓着谭映雪，“既然来了京城，为何到了侯府门前不入？难道……你不是来找我的？”说到此处，他竟有些黯然，似是想起了自己从前就不曾被谭映雪放在眼里过。

谭映雪这才看清他的模样，比之前瘦了几分：“我确实是来找你的，但又发现我的事实在太微不足道，还是不打扰你比较好。”

“微不足道？既然来了，不妨先说说。”

是啊，既然碰上了，不妨就将自己的来意说清。

她低下头去，咬了咬嘴唇终于还是下定决心，抬头对他道：“你不是一直希望我能说一声悔吗？我此番来，就是来同你说，我悔了。我悔不该当年任性妄为，丢失了城主令，害青州城被夺，害自己父亲战死。我二十多年来好事没做，却只做了这些蠢事，我真的是悔不当初。”

“我知了。”周月庭靠在车壁上，闭了闭眼，似忽然松了口气般，又似还有什么牵念着，“还有吗？”

“有……”谭映雪看看始终未被放开的手，索性又道，“我也后悔当年赶你走，那时的我任性愚蠢又无知，直到后来才发现身边唯有你，才是我最惦记的。你说只要听我说一声悔，便于愿足矣，我现在就是想告诉你，我真的好悔。”

这句话一出口，她觉得浑身骤然都轻松了。

曾经他要她言悔时，她不是不悔，不是真的不想言悔。

悔这一字，似轻，轻得她每时每刻都想对他说出口，却又重比泰山，每到唇边便沉重得让她再难张口。

重遇他之后，她真的不想让他听到自己言悔而后得偿所愿，从此再度离她远去，天涯海角永隔一方。

因此纵然心中有悔，她也永远不愿说出口。

然而，终究光阴如逝水，将一切都改变了。哪怕她闭紧了嘴，不肯说一字，他最终也还是走了。

也许她该早一点说出自己的悔恨。

周月庭的神色在她说此番话时，变得无比复杂，最后却深深地叹口气：“为何你到此时才说，在我终于决定放过你的时候。谭映雪，你依旧任性愚蠢又无知……”

虽然自己承认过，然而听到周月庭这样说，她依旧难受，忍不住冷笑了声：“是啊，我总是如此脾性，已经改不了了。”说着用力抽出自己的手，就要跳下马车。

“谭映雪！”身后蓦地传来一声怒喝，随即谭映雪被狠狠搂进一个怀抱里。

“你以为我真的只是为了求你一声悔？我不过是为了有个能留在你身边的理由罢了！”向来说话温和的周月庭露出从未在她面前有过的愤怒模样，以及那话语中透露的意思，令她怔住了，“那时我衣锦还乡，原本是想让你知道，我不再是那个屈居于他人之下，寄身城主府的孤儿。我也早察觉你是女子，并且如今有了保护你的能力，我要一向目中无人的你，正视我的存在。然而却没想到我回来看到的，是一个物是人非的青州城，而你女子身份暴露，已经不知流落何方……”

“你知道我费了多少人力物力才终于追查到你的下落吗？可是你那日高烧不退时，还哭喊着要我放过你！”他吸了口气，手里越发用力，眼中流露几分失望，但随即又被愤怒掩盖，“而在我终于决定放过你离开你的时候，你却又对我说后悔——你是打算满足我的愿望，从此便可以互不相干了是吗？”

“我……”谭映雪想辩解，然而她心底深处何尝不是这样想的，“我现在容貌不堪，身份低入尘埃，能得你帮助收复青州城，你又赠房赠仆，我怎么也该来表示一番……但也许你并不需要，我，那么我就只表达一下祝福……”

周月庭打断了她的话，十分缓慢而明确地说：“你以为的婚礼，新娘是你，我原本打算若你还不来，我便去强抢。”

在谭映雪震惊时，这位一向在她面前温和温顺的男子，继续说道：“谭映雪，你始终不曾真正懂我对你的心。我恨不能将自己的这颗心同你换换，好让你知晓我心中究竟将你摆在了怎样深重的位置。不过，没关系，我有一辈子时间同你耗着，总能让你明白过来。”

谭映雪呆呆地望着眼前的周月庭。她没承想有一日，他会说出这样的话来，她曾以为一辈子也听不到的话。

在年少之时的桃树下，面带青涩的少年递来的那枝桃花，其实她心底那么渴望接过，却顾忌自己的身份，最终只能借着发怒来掩饰激动后失落的心情。那些青涩无知的往事，在经历岁月之后再回顾，依旧能让她依稀忆起那肆意之下潜藏的心酸。

她低下头，眼里却有什么在掉落，她终于哑声说出了实话：“其实，我也是……”

换我心，为你心，始知相忆深。

苏小小墓

唐 李贺

幽兰露，如啼眼。无物结同心，烟花不堪剪。
草如茵，松如盖。风为裳，水为珮。
油壁车，夕相待。冷翠烛，劳光彩。
西陵下，风吹雨。

流年尽处梦成灰

文／高轩过

楔子

每年七夕，景南珩都会喝很多酒。

顾敏之坟前的松柏葱葱，松树是他在弘正元年亲手种植，听尽他的思念，所以长得比其他树更沧桑些。

夜幽深，月弯弯，风更冷。景南珩心中深埋着对自己的恨，下手便狠了些，只见他苦笑着抬手，一壶酒眼看就要当头浇下。

却被一人攫住手腕。

沈忘朝跑得太急，一头长发凌乱，被汗粘在腮边。她夺下他手中的酒，缓了三轮气才说："陛下交待的案子，臣已经查清了。"

景南珩垂下眼帘，死灰样的眼睛动了动，唤道："沈爱卿。"

刑部侍郎沈忘朝，心细如发，为人机警，是他的股肱重臣。

三年前，景南珩弑君登上了帝位，爱人顾敏之却在兵变当晚，离奇暴毙。

开国之主，很少有做暴君的。但在顾敏之死后，景南珩陷入了长久的癫狂状态。他曾举全国财力，为顾敏之修建长生祠，甚至想将沧江的水抽干，只为找到她丢失的一块玉佩。

景南珩对顾敏之的死久久不能释怀，让沈忘朝调查的，正是顾敏之的死因。

微风送来一丝清凉，景南珩睁开迷离的眼睛，费力地看了看沈忘朝："呵……抛开案子不谈，沈爱卿穿上官服，跟敏之可真像啊。"

沈忘朝看不得他痴狂的模样，长叹一声，开口说道："陛下和皇后初遇，是在乾元十年……"

『第一章 初遇』

乾元十年，顾敏之作为南湘国的圣女，入周朝朝拜。

南湘作为周朝属国，传言人人拥有异术。景南珩就因为这玄之又玄的传言，而多看了顾敏之几眼。

那少女一身红衣白裤，总是一副似笑非笑的表情。她眼角微微发红，像点着一抹多情的胭脂，长发极黑，皮肤极白，眼神极妖媚，身体的每个部分，仿佛都显得格外极致。

然而景南珩作为皇帝的表哥、周朝上将军，从小阅尽美人，对于这样的绝色，倒也并未觉得有多新鲜。

直到那次国宴。

宴会的气氛开始还算和谐，以至于让景南珩昏昏欲睡。谁料半路有大臣出言不逊，竟对南湘国使者顾敏之顾成良举起酒杯，讽刺南湘国传说中的异术不过是在故弄玄虚。

顾敏之的叔叔性子急，加之喝了太多酒，神志十分不清楚。他看着龙座上病歪歪的姬佑安，冷笑三声道："故弄玄虚？老夫自幼拥有预知能力，这就敢断言，你们的皇帝活不过二十四岁！"

此话一出，满座哗然。

姬佑安时年二十二岁，从小体弱，带着一股病态的瘦削。比起其他帝王，他少了许多霸气，却多了三分慈悲，不仅废除了前朝殉葬的制度，待下还格外宽容。人人都道，皇上是个温柔好心的人。

这样可怜，这样病弱的姬佑安，竟然被一个小小的使臣诅咒了！

顾敏之心中一紧，自知顾成良闯了大祸。她赶忙从座位上站起来，故作妩媚地笑道："我叔叔喝多了发昏。我们南湘国人，只是擅长歌咏啊，舞蹈啊这些雕虫小技。不如就让敏之舞一曲，为皇上和各位大人赔罪吧。"

她眼波流转，笑吟吟地看着姬佑安，皇帝本着以和为贵的原则，沉默地点了点头。

少女眼睛里仿佛有暗潮涌动，再一开口，就把景南珩卷入是非："皇上都允了，那上将军，可以帮我撑一方舞台吗？"

顾敏之慢慢解下腰间绸带，看似姿态极低，实际很高傲地说："南湘国弹丸之地，没有这么宽敞的大殿，敏之只在这一尺宽的绸带上跳舞，就足够了。"

景南珩向来低调，那天却像着了魔似的，被顾敏之牵着鼻子走。红绸轻软，还带着她腰间的温度，少女媚然一笑，还未等他拒绝，就绷起足弓，扶住他的肩膀。

少女自顾自地哼起小调，是一曲没人听过的古老山歌。她的嗓音那么清亮，身段又那么娇柔，游走在天真和妩媚之间，肆意蛊惑着所有人。

紧接着，她像轻盈的蝴蝶足尖一点，跃到他两手撑着的绸带上。

众臣都看呆了，但谁都无法体会景南珩当时那份心情。他与她呼吸共存，与她肌肤相贴。顾敏之的笑容是一剂太毒的药，景南珩明知她在利用他的权势，却又不得不，如她所愿。

一曲将终，景南珩被歌舞感染，猛然丢掉手中的红绸，而顾敏之正巧唱完最后一个高音，稳稳落在他的掌中。

他平复了心中激荡的情绪，顿了很久，终于开口道："南湘国人人奇异，果真名不虚传。"

皇帝也温和地笑道："上将军和圣女的舞，足以让人铭记一生。"

被那支舞横插一道，顾成良无心的预言，就这么有惊无险地混过去了。

一个月后的七夕，景南珩破天荒地邀请顾敏之去放河灯。

少女仍是红衣白裤，美丽得灿烂耀眼。景南珩不善言辞，半天只有一句寒暄："你很喜欢红色？"

顾敏之歪着头笑："将军没什么话跟我说，为何还约我出来？"

西陵河的河水清凉，正如景南珩冷然的眼神。顾敏之不乐意看他太正经，故意撩拨道："既然问了，那说说也无妨。我喜欢一样东西，自然要久一些，比如说红色，还有……将军。"

眼前的她小女孩似的，带一点无伤大雅的坏，还有不胜风凉的娇羞。景南珩却仍然一副木头心思，煞风景地说："快将河灯放了吧，握在你手里都快烧着了。"

顾敏之脚下一僵，只觉得万千情思都被那人当成粉丝，切一切拌黄瓜吃了。

她气鼓鼓地将莲花灯甩在河里，灯晃了三晃，眼看要沉，又被景南珩伸出大手，稳稳地扶住了。

与此同时，天边烟火盛开，景南珩立在漫天的烟花下，认认真真地对她说："这盏灯底盘很结实，是我挑了三个摊子才选的，灯放得越远，你许的愿越能实现。"

顾敏之一愣，紧接着扑哧笑开："哈！幸亏刚才没被你气走，否则就猜不到，这是你第一次陪人放河灯了！"

景南珩微微皱着眉问："你怎么猜到的？"

"因为将军至今未娶妻啊。"她仰起脸来，促狭一笑，"任何姑娘听了刚才的话，都会想嫁给你吧……"

景南珩的眼中映满烟火，让她忍不住踮起脚来吻他。只要顾敏之想要的，任何人都无法拒绝，景南珩薄唇轻启，与她沉沦于缭乱情思。

将顾敏之圈在怀中时，他忍不住期望，期望烟火永不坠落，黑夜永无尽头，他们将彼此的怀抱作为皈依，永远都不分离。

可惜那一日，就在他许愿的瞬间，南湘国的行馆，燃起了一场大火。

『第二章 祸起』

景南珩救过顾敏之两次。

顾成良不祥的预言，令太后十分忌讳。御林军暗自行动，一场火将南湘人都烧成灰烬，可见太后恨得入骨。

那天深夜，顾敏之在他怀里哭得撕心裂肺："为什么！"她大声吼道，"我问为什么！八十人千里迢迢地来了，难道只有我一个人能回去？"

景南珩抱着顾敏之的腰，阻止她向火里冲："顾成良说皇上活不过二十四岁，缘何算不出自己的死期？人生多有意外，不能太过执着！"

"不是意外。"

顾敏之双眼映着火光，显得格外骇人："你知道行馆会失火，所以才会约我出门，难道不是吗，景南珩？"

少女的怒火要将人世屠为灰烬，他只能拿出更强硬的语气与她相对："所以，你在怪什么呢？怪我不该救你，还是怪我没有救所有人？"

景南珩的眼睛十分幽暗，他知道顾敏之和皇家的矛盾无法调和，如果自己还不抽身，只有被牵连的份儿。

他并非不想脱身，可身上被顾敏之盯着的每一处，都一动也不能动。

"预言只是先知，却无法改变命运。"景南珩说，"顾成良他，逃不出一个'死'字。"

使臣被烧死，皇帝连夜宣景南珩进宫。

太后是景南珩的姑姑，牵动着整个景家。他故弄玄虚地查了七八天，最后认定是烟火坠落，引燃了行馆堆积的稻草。

等再回到将军府，顾敏之已经不辞而别。

"她没留下任何东西吗？"景南珩揉了揉太阳穴，疲惫地问，"一封信，或者几句话？"

管家一口咬定了说："没有，圣女没给将军留任何东西。"

那就是还在怪他了。

景南珩心下怅然，长叹一声道："知道了，你下去吧。"

事态慢慢平息，顾敏之惊世之舞，还有行馆离奇的失火，总有一天会完全被他忘记。可景南珩不想忘，他一直怀着执念，以至于在给太后请安时，他隐约听到了顾敏之的哭声。

太后有座私牢，他向来是知道的。但他没想到自己有一天会在众人惊呼中闯入私牢，更没想到会在那儿看见顾敏之。

顾敏之被关了七天，水米未进，人已奄奄一息了。而太后端坐在牢中，不怒自威地问："珩儿这是在忤逆本宫？"

景南珩双目微凉，扫了一眼浑身伤痕的顾敏之。之后他手腕一抬，做了一个让所有人都惊讶万分的动作。

地牢里热，所以四周都摆着冰桶，景南珩随手抄起水瓢，一瓢水兜头朝顾敏之浇了过去。

之后他转身，吩咐在场的十余个侍卫："你们刑讯，要时常泼点冷水，省得她在这儿装死。"

顾敏之狠狠打了个寒战，冰水顺着发丝滴落，流到她干裂的嘴唇里。她只听景南珩冷着脸笑："侄儿怎敢忤逆姑姑？前几日行馆烧毁，圣女住在侄儿府上的，她怎么招惹姑姑了？"

太后咬牙切齿："你们都被这丫头骗了！跳舞？她的能力是替人续命！哀家叫她帮佑安，她死活不答应！"

景南珩不动声色地又舀了一瓢水，放在怀中暖着："顾成良的预言，姑姑不是不信吗？"

太后恨声道："不可信其无！佑安从小身子就弱……"

心中大体有了计划，又怕太后说个不停，景南珩赶忙一笑，告辞道：

“是呢，佑安最近身子又不好，侄儿这就去看他。”

手里的水，又毫不留情地泼向顾敏之。周围的宫女太监看着顾敏之瑟瑟发抖的模样，都在心里叹他狠绝。

上将军手段如此凌厉，太后之前的担心，看来都是多余的了。

出了慈安宫门，景南珩几乎一步不停地往勤政殿赶。他也顾不得皇上和太后的母子亲情，一路把姬佑安拽到了地牢中。

顾敏之的惨状，他一句都没向姬佑安提。赌，赌皇帝对顾敏之的风情念念不忘，赌他看到她满身伤痕，也会像自己一样，有把整个慈安宫铲平的冲动。

太后性格偏执，别说景南珩，她连整个景家都不放在眼里，唯有对自己的儿子，还存着几分柔情。

地牢中，姬佑安的声音平静而哀伤，他抚摸顾敏之带血的手指，落着泪问：“母后，这是在折儿子的寿吗？”

皇帝的一滴眼泪，能抵过景南珩千千万万句话。

景南珩就在慈安宫外等着，直到看见姬佑安将顾敏之抱出了门。下人们手忙脚乱地去抬御辇，请御医，顾敏之窝在姬佑安怀中，轻轻说了一句“谢谢”。

她得救了，即将享有细致入微的照顾，他不过是半路出现，又泼她一脸冷水的负心人。

众人散去，空留一阵夏风。景南珩从树后闪出来，用手帕擦干顾敏之滴落在地的血，一下，一下。

『第三章 信物』

还是忍不住去看顾敏之。

他特意挑在正午，顾敏之侧卧在床上休息，长长的睫毛微微颤动，时光说不出的美好。

不放心地抬起她的右手看了看，只见指尖都仔细涂有疗伤膏。景南珩松过一口气，正要转身离开，却见顾敏之突然睁开眼，轻轻扣住他的手腕。

她咄咄逼人地问："你又要逃了？"

还未等景南珩回答，顾敏之就激动地坐起来："在我受尽凌虐，快要渴死的时候，有个人找到了我，朝我脸上泼了一盆冷水。真冷啊，别人都在感叹他的残酷，我却知道，他是为了给我救命的水源。景南珩，你太后都骗过来了，为什么还要一直躲着我，让我日日空等，觉得自己自作多情！"

"是佑安救了你。" 景南珩垂下眼帘，避重就轻地说，"若说感谢，你该谢他。"

顾敏之双目幽深，一眨不眨地盯紧他："景南珩，现在我才知道，你这人真是很别扭。我恨不得把心剖出来给你，你为何次次都把我往外推？"

景南珩抿唇不语，顾敏之却自己想到了答案。一丝悲凉从她的心底蔓延开来，顾成良的死，还有景南珩为皇家掩饰的罪行，这一些过往，她真的能释怀吗？

"景南珩……"顾敏之带着哭腔唤他，"为什么我先遇见你，之后才失去了亲人？如果这顺序颠倒过来，我根本不会爱你，更不会有任何痛苦！"

少女柔软又委屈的声音，让景南珩心中的坚持瞬间崩塌。他僵着身子站了许久，最终跪坐在她床前说："我马上就要去北地戍边了。"

"我等。"

他接着打击她道："从私心上讲，我也想让你为佑安续命。"

顾敏之顿时泄气，她背过身将后脑勺冲着他："那都是传言，我根本没有续命能力！"

他明显不信她的话，沉吟一声，说道："如果你了解佑安，一定不会拒绝得如此果断。”

“先皇少子，佑安从小被确立为储君。皇宫中很少能培养出这么懂事、隐忍的孩子。他身体太弱，从小受不了寒。有一次我发疯带他去围场玩，他跌在雪坑里，差点送了命。他当时还那么小，已经知道叫下人们不许声张，只怕我因此受罚……”

“佑安从没给别人添过麻烦，可上天总在难为他。”顾敏之堵上双耳，却堵不住景南珩的声音，“他真的活不过二十四岁？我也希望你能救他……”

沈忘朝讲到这里顿了一顿：“皇上一开始紧绷着，其实心里也舍不得皇后。去北地戍边之前，您与皇后日日耳鬓厮磨，并给皇后留下一块名叫‘珩’的玉佩。”

玉佩挂在顾敏之的颈间，还带着景南珩身上的温度。她的伤已快好全，故意打趣：“怎么这么抠门，才一块玉佩而已。你的好东西，是不是都给其他姑娘啦？”

他气得拍了一下她的头：“没有别的姑娘，这块玉以我的名字命名，是给未来媳妇的。”

他说完后脸就变了色，被顾敏之又一通笑：“快看快看，你脸红起来，好像显得没那么黑了欸……”

在北地的两年，他经常梦见她当时的笑容。通信闭塞，得不到她的消息时，他就有点羡慕那块叫“珩”的玉，可以日日陪伴着她，清晨，白昼，梦里，夜里。

愿凭此物，以结同心。

期间听说她随姬佑安去了一趟岷山行宫，回来之后，就被封为护国国师。景南珩当时傻得可笑，以为她主动答应为姬佑安续命，还独自高兴了很久。

转眼两年期满，回京师的那一天，正好是乾元十二年的七夕。景南珩来不及脱下戎装，穿着十多斤的铠甲，兴冲冲地去了西陵河。

顾敏之仍是一身红衣，孤零零地站在河畔，看着水中千点万点的灯。

那一晚不少人见证了景南珩的尴尬，他绕到顾敏之身后，环住她的腰，将日日夜夜的情思揉碎了，缠在她的身体里。

“敏之，我回来了。”

顾敏之浑身一震，随即轻佻地抓住他的手腕，绽开一个最不屑、最伤人、最嘲弄的笑容：“哦？不过‘珩’被我扔进了沧江，景南珩，你换个人去爱吧。”

景南珩的双手，还停在顾敏之的腰间，七夕河灯却在一片烟花灿烂里，慢慢地沉没了。

『第四章 秘密』

姬佑安和顾敏之寸步不离，俨然一对如胶似漆的爱侣。

景南珩一身黑衣如丧，冷着脸参加自己的庆功宴。席间顾敏之坦然坐在姬佑安下首，慢条斯理地为他剥着虾。姬佑安大概是久病不愈，笑容浅浅，眼神亦有些迟滞。

有眼色的人都瞧出来了，上将军看向皇帝时，眼里聚着一股决然杀气。只有京兆尹实在不识相，觍着脸凑趣道：“国师住在勤政殿，什么时候能为陛下，添一名皇子啊？”

“啪！”

景南珩前一刻还抱着美人喝酒，下一刻就掀了桌。顾敏之只觉一股怒气冲着自己喷薄而来，还来不及反应，就被他拽着离了席。

“不许你像刚才那样看佑安！”

暑热未消，景南珩只觉腹中滚着一碗水，将他五脏六腑都烫个干净。

顾敏之哦了一声，轻巧笑道：“刚才那样，是怎样？是不是……这样？”

她这样喜欢血色，怎会怜悯他错付的一颗心？顾敏之决然站在月下，将真相残忍撕开来："景南珩，你从来就没想过，我的异术是什么吗？"

催眠。

初见时惊鸿一瞥，他管那叫爱吗？她双眼迷离地盯紧他，心中却不带任何感情，只不过把他选作自己的依靠，所以对他的催眠，比别人更用心些。

七夕那一夜，更是一场极致的表演。顾成良算出自己会丧生火海，所以建议她将景南珩作为依靠。她装作十分悲伤，十分可怜，爱慕着他，又被他的姑姑坑害，景南珩什么都没做错，却平白无故亏欠了她……如果没有他之后的相救，顾敏之怎么能搭上姬佑安呢？

"明白了吗？"顾敏之拢了拢红色的衣裳，"你只是我随手抓来，又丢弃的棋子。"

顾敏之的话太狠毒，足以给人致命打击，若有什么能跟她抗衡，就是景南珩接下来的这一句——

"我爱你。"

顾敏之觉得他简直不可理喻，冷冷地道："都说了不是爱，每当我盯着你的眼睛，只是在为你催眠！"

景南珩看了她很久，最终淡淡地说："可我在北地戍边的时候，明明没被你用眼神催眠，却仍然很想你。"

明知她居心叵测，却仍一头栽了下去，这大概，真的是爱了。

夏夜转凉，他脱下外衣披在她身上。接下来的宴会，顾敏之一直没有出现，仿佛是被景南珩的执着蛊惑，情根深种，而不自知。

景南珩慢慢发现，顾敏之离开姬佑安的时间，从来都不会超过一天。

腊月十九，他借筹备祭典的理由将她约出宫。顾敏之应酬完公事后一刻都不愿多待，霍然起身，向着门外走去。

"敏之，吃完晚饭再回宫吧。"景南珩恢复往日清雅，带着几分寂寥说，"今天是我的生辰。"

飞雪落在他的鬓间，仿佛瞬间白了头发。

饶是顾敏之再狠心，也不得不留下来吃了一碗面。生辰，免不得要喝酒，她千推万挡，还是被强灌了许多。

“我要走了。”她望着窗外黑下来的天色，再看看醉成一摊泥的景南珩，“佑安在宫里等着我。”

“不许走！”喝醉了的景南珩，蛮横得像个孩子。他把她扛起来，往屏风后的榻上一摔，“去北地之前，你也说会等我！”

他低头要吻，却被顾敏之侧身躲了过去。“你明明没有醉。”她苦笑着问，“何必要借酒装疯呢？”

景南珩被说得愣住，他们气息纠缠只在咫尺之间，却又仿佛隔山隔海。

“如果这都不行，我不知该怎样留住你。”他将脸埋在她颈窝，声声唤道，“敏之，敏之，敏之……”

顾敏之明白，自己不该再对景南珩抱有感情。但听着他的声音，她一颗心像是浸在铅水里，受尽折磨，却又无法死去。

如果不是那次岷山山崩……

想到姬佑安，她的心又硬了起来，将景南珩扶到榻上，许诺道：“我不走了。”

“不仅不走，我还要给你唱一首歌。”她的笑容像浓浓的雾，像山中毒草，“我们南湘国的歌。”

她的歌儿十分诡异，不同的调子，唱来唱去只有两句词。景南珩正想开口问，却在一遍遍重复的歌词中沉沉睡去，失去意识之前还听她唱：“无物结同心，烟花不堪剪……”

第二天醒来，顾敏之果然离去。将军府的回廊外跪着四名暗卫，为首一个回报道：“将军被催眠后，属下按照吩咐跟着顾国师回了宫，只见她……”

天地苍茫，景南珩像尊雕塑一样倚在廊前，任雪落了满肩。

他终于知道了姬佑安的秘密。

『第五章 逼宫』

顾敏之做了一个噩梦。

半年之前，姬佑安去岷山行宫休养，太后仍不放弃续命的念头，非要顾敏之一同随行。

姬佑安的确是个温柔的君子，一路留意她的喜好，讲轻松的笑话给她听。顾敏之于是跟许多人一样生出了惋惜之情，这样好的人，竟然不能长命……

他虽然病弱，但丝毫没有暴亡的迹象。于是她也产生错觉，觉得他能平安度过二十四岁。

兴许是叔叔算错了……

直到那天岷山山崩，就在一块巨石滚落，快要砸中顾敏之的时候，姬佑安抱起她，纵身跳进了沧江。

急速下坠的感觉，让她惊恐地哭叫出声。姬佑安温润的嗓音，却如此安定人心："不要怕，我不会让你有事。"

"为什么要抱我跳下来？"她带着哭腔问，"侍卫们虽然顾不上我，却一定会保你平安。"

凛冽的山风，摧残着他单薄的身躯。姬佑安却笑着说："因为你太重要，敏之，我无法看着你死。"

某个想法，在顾敏之心中飞快闪了一下。

她双唇颤抖着叫道："姬佑安！"

初见时的惊鸿一舞，在姬佑安心中也烙下印记。但他自知身体病弱，无法像景南珩那样，直截了当地表明心迹。

只能默默地关注她，在太后手中救下她，又一路照顾着她……她竟然现在才发现，最后一刻才发现！

"人人都不想死，我更是怕了这么多年。"他笑着说，"怕来怕去，现在却丝毫没有恐惧，反而觉得自己有点幸福。"

敏之，替我活下去。

姬佑安的手很冷，景南珩曾说过他最受不了寒，他却任由自己的身躯沉没沧江，只来得及把顾敏之推上了岸。

顾敏之万万没有想到，姬佑安二十四岁的那个大劫，竟然是因救自己而死。

“不要！”

她痛苦地呼叫了一声，终于从噩梦中醒来。

屋内幽黑一片，门外却是连天的火光，京城三大营的官兵全部反水，跟随景南珩逼宫。

因为他们听景将军说，端坐在龙椅之上的皇帝，其实早就是一个死人了。

顾敏之赤脚跑下床，却见景南珩一身戎装守在门前。他神色阴沉地对她说：“明天天亮之前，你别想出门。”

还来不及争辩，眼睛就被黑布蒙了起来。景南珩环着她的肩膀，将她锁在自己身前：“也别唱歌，否则我不能保证，会不会忍痛打晕了你。”

冷静，果断，残酷，这才是景南珩真正的面孔，之前的他，实在对她太过仁慈。

“南珩，别这样……”她所有的去路都被堵死，只能缩在他怀里苦苦哀求，“他是你表弟呀，难道能眼睁睁地看着他死？！”

“我求求你，求求你……”

当年她顺着沧江水，找到了只有一口气的姬佑安。姬佑安迟迟没有醒来，她只能用催眠术唤醒他的求生意识，让他的记忆停留在来岷山之前，成为了一个活死人。

他们被侍卫队找到，秘密送回了宫。岷山山崩的事故，皇家也选择秘而不宣。

但是梦总会醒，一旦姬佑安醒来，他最后一丝求生意识就会消失。所以顾敏之不能离开他超过一天，必须在他快醒之时，用催眠术再让他睡过去。

名为“珩”的信物，并不是故意丢弃，而是不幸落于沧江之中。可就算她并未变心，这样的顾敏之……又怎么再跟景南珩相守呢？

逼宫的那一夜，景南珩一直抱着顾敏之。

世界上没有比这更残酷的怀抱了，顾敏之一直哀求，踢他，打他，吻他，甚至咬破他的舌头。

即使这样，他也一动不动，仿佛姬佑安不是他的弟弟，而顾敏之，也不是他的爱人。

宫人的哭叫声仿佛来自炼狱，寝宫中却非常安静。鲜血顺着顾敏之的嘴角蜿蜒而下，滴满她洁白的寝衣。“让我再见他一面吧。”她拿着最后的尊严哀求，“你可以捂着我的眼睛，堵住我的嘴巴，我保证不再为他催眠，真的。”

景南珩彼时胜券在握，于是给了她最后的恩典。

姬佑安的寝殿中，蔓延着冲鼻的血腥味。顾敏之踉踉跄跄地奔到他的床前，颤抖着探了探他的鼻子。

温热的。

她的眼泪一瞬间就掉了下来，脸皱得更加难看。顾敏之虽然看不见，但知道姬佑安一定是笑着的，他笑着为她拭去眼泪，一声声唤她，敏之，敏之。

“不能成婚，无法生子，甚至不算一个真正意义上的人，我这样的皇帝活着，是黎民的不幸。

“敏之，我身体太弱，做什么都比别人晚些。八岁看雪，十二岁骑马，直到二十二岁，才遇到自己心爱的女子。”

二十二岁还很年轻，可我觉得太晚了。我的一生，总共能有多少年呢？

我惦念你，至死都在牵挂着你，可这不能让你知道，因为怕你心中有了愧疚，就无法好好爱别人。

敏之……

她的眼睛看不见，只能用手摸索他的鼻子。很久很久，顾敏之维持着同一个姿势，跪在姬佑安的床前，直到景南珩说：“佑安他……薨了。”

顾敏之的嘴里还堵着布，闻言便喷出了一口血。

接下来的场景，景南珩一辈子也无法忘记。鲜血从顾敏之的嘴里不断涌出，她满脸嘲弄，将血一点点抹在他的手上：“景南珩，你是个没有心的人。弟弟可杀，天下人可以辜负，我顾敏之的死，能让你伤心几天？”

沈忘朝说：“陛下万万没有想到，皇后先前不答应，最终还是将自己的命跟周哀帝系在一起，起到为哀帝续命的目的。续命之术，一损俱损，周哀帝一死，皇后也无法独活。”

那一天的清晨很美，朝阳为云朵染上金色。三十万禁军守在勤政殿外，久久不见他们的新君。

景南珩最终还是出现了，他失去亲人失去爱人，只拥有万里江山和一身比江山更重的血衣。

人人都说景南珩是个孤独的君主，偌大的勤政殿中，只有满满的奏折和顾敏之的寝袍。随侍宫人都知道他的忌讳，谁也不会冒死去碰那件衣服。任由皇帝日日纵酒，疯了似的重复：“此皇后血，勿浣也。”

沈忘朝毫不留情地戳穿真相：“陛下让臣查皇后暴死的案子，臣已经查出来了。其实杀了皇后的，就是陛下。”

『第六章 永别』

沈忘朝的声音十分冷静：“皇后娘娘已死，臣恳请陛下，别再执着。”

景南珩突然大笑，他的笑声高亢又急促，就像绷紧的琴弦，笑声一停，人就要断气似的。

“翰林院修《周朝史》，朕让他们把佑安写成昏庸无能的君主。”

他满脸嘲弄地说，“如今连敏之，也不能再记在心上吗？”

沈忘朝看着他颓废的模样，心里一阵气苦，大声诘问道：“当年为什么选择逼宫，陛下都忘了吗！”

为什么逼宫？

为什么逼宫，为什么要逼死佑安！

景南珩拼命地想，想佑安临死前枯败的笑容。那少年看向他的眼睛里充满慈悲，为他篡位找了个体面的理由：“不能成婚，无法生子，我这样的皇帝活着，是黎民的不幸。”

现在的他不也是这样？日日纵酒，不理国事，成了一个躲在回忆里的活死人！

当年杀死佑安是迫不得已，如今的他，却要重蹈覆辙吗？

景南珩眼中的戾气渐渐熄灭，沈忘朝这才如梦初醒般地跪下，说：“臣大不敬，请陛下治罪！”

“沈爱卿。”景南珩轻声问，“你爱过什么人吗？”

沈忘朝的身子一动，没想到景南珩会这样提问。她笑了笑，眼神突然变得很温柔，“不瞒陛下，臣当年连生几个小孩，孩子叫什么名儿都想过的。”

她腰肢纤瘦，并不像曾经有孕，景南珩神色一凛，淡淡地说：“看来沈爱卿，也曾是个伤心人。”

沈忘朝不在意地一笑：“谁不曾伤过心？今天又是七夕，臣爱看七夕绚烂的夜空，却从不曾拥有一支烟火。

“臣的爱人，他像烟火一样永远触摸不到，但陛下你相信吗？深爱的两个人，从来不会真正分开的。”

“皇后一定不愿意见陛下这样。”沈忘朝说，“陛下痛苦的时候，皇后也能感觉到的。”

她的眼睛那么明亮，景南珩禁不住被蛊惑。于是他举起手来，想要将她揽在怀中，指腹已触到她肩膀，却在半路又收回，将残酒全洒在顾敏之的坟上。

“你说得很好。”

“夸臣说得好，不如给臣涨点俸禄。”沈忘朝没发现他的失态，带着调侃说，“臣一穷二白，住在京城的兔儿巷，那个小破屋，真跟个兔子窝一样呢。”

尽管很勉强，景南珩到底也笑了：“好，给你涨一百两。”

沈忘朝看看天色，之后解下外衣，披在景南珩的身上：“臣该走了，请陛下记得今天答应臣的话，一定要好好照顾自己。”

沈忘朝驾车离去，仿佛对此情此景再无留恋。她不曾回头，所以没看见萋萋绿草，没看见景南珩眼中闪过的泪光，还有他将手抚在心间，抖动着嘴唇却怎么也说不出的那声“好”。

好的，敏之。

『第七章 烟花』

西陵河畔的烟花，果然还是那么好看。

“沈忘朝”来到兔儿巷，将不太合身的官服脱下来，扔到某一户的院墙里。那一家破破烂烂的院子，是刑部侍郎沈忘朝的住处。

“辛苦一晚上，帮你骗来一百两的俸禄。”女人自言自语道，“沈大人，你可怎么谢谢我？”

被催眠以后，景南珩忘了沈忘朝是个四十多岁的中年大汉，他跟自称是沈忘朝的女子，谈了一晚上的伤心事。

这个自称沈忘朝的女子，就是顾敏之。

顾敏之说了谎，她并没有任何续命能力，更不会把自己的命跟姬佑安系在一起。三年之前，她对自己使用催眠，造成死去的假象，并在下葬时逃出了皇宫。

她对姬佑安产生的不是爱，而是怜悯和亏欠之情。但景南珩的做法太过残忍，她自认行事果决，却仍不及他的万分之一。这样的他让人感到恐惧，她实在无法原谅，只能选择离开。

景南珩登基之后，做了许多荒唐无道的事情，而她是他的隐痛，他的病根，所以她只能再冒险来到他身边，解他的心结。

……再默默地看他一眼。

顾敏之想起五年前的那支舞蹈，当时的她年少轻狂，遇见个还算顺眼的少年，就执意将人家卷入了是非。如果早知日后种种的牵绊，还会争那口气吗？

大概还是会吧，即使错过共舞，还会有七夕河灯，有宫中相救，有那块挂在颈间温润的玉，景南珩这个人，岂是想躲，就能躲得开的？

他应该没认出她吧，可最后那一抱又是怎么回事？景南珩他啊，大概会娶个出身高贵的女子，生一堆少年老成的孩子，很久之后才能再来西陵河畔，挑一盏底盘结实的河灯，看一晚纷纷而落的烟花。

凉风将她的裙服铺展，顾敏之仰起脸来，冲着天空展颜微笑。

沈大人这名字，起得可真是好。

忘朝，忘夕，忘日月，却不忘你。

梦微之

唐 白居易

夜来携手梦同游，晨起盈巾泪莫收。
漳浦老身三度病，咸阳宿草八回秋。
君埋泉下泥销骨，我寄人间雪满头。
阿卫韩郎相次去，夜台茫昧得知不？

恨君不似江楼月

文／九度

楔子

远远地瞧见那个疯婆子过来，众小仙都忙不迭地躲开，若是被她揪住了，整日都甭想脱身。

“你们知不知道……”疯婆子刚说完又低下头，摸着自己的指尖细想，“我……我要找谁来着？找谁？”

她独自在这偌大的天宫游荡，年年岁岁，岁岁年年都在找一个人，找着找着，她忘记自己要找谁了。

『第一章 上刀山下火海』

蛮夷之地寒风凛冽，沉骨不由自主地紧了紧身上的衣衫，皱着眉头极目望去，满目苍茫。她要在这一片荒芜的地界，找到能治病疗伤的九天神兽，取其鲜血。

前些日子，天界第一战将舜华仙君去边关镇压灵族的进攻，身受重伤。沉骨拿了糖炒栗子去贿赂太上老君的药童，他才跟她说蛮夷之地有九天神兽，取其鲜血内服，不仅能治病疗伤，还能增加修为。

沉骨见舜华仙君面色苍白地躺在君华殿，再也没有平日里风流倜傥的模样，当下就决定去取血，收拾好行囊便向着蛮夷之地出发。

此时她站在寒风口，哆嗦得愈发厉害。因为药童还跟她讲过，这九天神兽生性凶残，专爱食细皮嫩肉的姑娘。她只能侥幸地想，还好自己生得又黑又丑，兴许神兽看不上眼也未可知。直到九天神兽张开血盆大口立在她跟前时，她才意识到自己当真是想多了。

沉骨修为尚浅，神兽三下五除二就将她叼在嘴里，她忍着利齿深入骨髓的剧痛，抽出腰间的匕首，直接在神兽口中取血。神兽吃痛后便发狂，她几乎听见自己肩胛骨碎裂的声音。随后她将紫檀瓶揣进怀里，拔出匕首狠狠地朝着神兽喉咙刺去。

神兽最脆弱的部位受到重创，自然将她吐了出去。沉骨连滚带爬地往外跑，生怕晚一秒又成神兽的盘中餐。她肩头的伤口不断流血，不多时就吸引来狼群围攻她，等到她拖着伤痕累累的身躯回到天界时，已经奄奄一息。

众小仙见血人儿似的她，全都惊呼一声躲远了，竟没有一个人上前来搭把手。她也不知道自己是怎么回到君华殿的，只是颤颤巍巍地把紫檀瓶从怀中掏出来，递给伺候在舜华身边的青语，低声道："青语姐姐，这是九天神兽的血。"

青语接过，扭身进到大殿内，不多时又出来，脸上的神色难以捉摸。

"青语姐姐，仙、仙君伤势如何？"沉骨实在是站不稳了，身子开始前后摇晃，直到青语道："仙君已无大碍……"她话音还未落下，沉骨就砰的一声倒在血泊中。

青语怔怔地望了她许久，低声叹道："你何至于此，舜华，舜华他……"他一直在利用你啊！青语猛地敛住口，将剩下的话悉数咽回腹中。

还有一丝意识的沉骨听到她的前半句话，嘴角勾起一抹难以察觉的笑意。至于的，怎么不至于。自打她从铁树上跳下来的那一刻起，没有一个上仙看得起她，就连端茶倒水的小仙女都会欺负她，取笑她。

不过也怨不得谁，谁让她是一棵来历不明的铁树，就算修得人形也只是一只又黑又丑的树妖，上仙们自然看不上妖。

就在她因受不住天宫的戾气，奄奄一息地倒在君华殿外时，是舜华收留了她。给她缝制新衣裳，带她去参加宫廷盛宴，还会摸着她的头对她笑："阿骨，你别听她们瞎说，你不丑。"

是舜华给了她新生，只要他用得上，她就算上刀山下火海又如何？

『第二章 狠若寒冰暖若初阳』

舜华好端端地坐在床榻上，身着玄色长袍，青丝披肩，气色大好，没有半分身受重伤的模样。

"你非得唱这么一出，莫不是对她下不了狠手了？"青语找出伤药替沉骨包扎，低声反问。

"到底是我用鲜血浇灌五千年的树妖，怎样都得有些情分的。"舜华嗤笑一声，用指尖不住地摩挲着手中的紫檀瓶。他透过水墨丹青的精致屏风，瞧见倒在血泊中的沉骨，没来由地双眉一蹙。

他本来以为自己会无动于衷呢。

青语望着沉骨白森森的肩胛骨，那肩头生生被撕下了一片皮肉："该来的总是逃不过，你又何苦兜这么大一个圈子。"

舜华也不反驳，过了良久才叹道："身体上的伤，总好过心上的痛。我能保全她多少，就保全多少吧。"

青语没有接话，她其实很想提醒舜华，沉骨存在的价值就是牺牲，如何保全得了。

不多时慎刑司的小仙就过来将沉骨拖走，她仍在昏迷，软绵绵的身子被粗鲁地拖着，伤口又渗出血来。

“你们轻点！”舜华竟然脱口而出，说完后他自己都愣了半晌。

“是……是，舜华仙君。”小仙惶恐地点头，然后将沉骨轻柔地抬去了慎刑司。

不知过了多久，沉骨悠悠转醒，落入她眼眸的是青语毫无表情的脸。她望了望四周冰冷的刑具，发现自己被铁索绑在木架上，挣扎着问：“青语姐姐，这是哪里？”

“这是慎刑司。”青语摊开掌心，手中跃出一把寒冰刃，“沉骨，你刺伤九天神兽，触犯天规，惹怒天帝，天帝特下旨命我剔除你妖骨，贬下凡间。”

沉骨难以置信地瞪着眼，她摇着头喃喃自语：“不可能，我……”忽然，她眸子里像燃起熊熊火焰，恨不能将青语撕碎，“不，一定是你爱慕仙君，所以想要借此机会铲除我！”她一边喊着一边挣扎，伤口渗出的鲜血将轻纱染红，“我要见舜华仙君！我要见舜华仙君！他不可能见死不救的！仙君！”

“沉骨，你姿色不如我，道行不如我，又对我构不成丝毫威胁，我何必为你大动干戈？”青语捏紧寒冰刃，一步一步缓慢地向沉骨逼近，她看见沉骨那宛若清泉的眸子，被恐惧和绝望一点一点地覆盖。

那一瞬间，她似乎有点明白为什么舜华不直接取沉骨的背脊骨，反倒拐弯抹角地引沉骨触犯天规。

一个一心都向着他的姑娘，他不愿让她知道，这一切从一开始就是阴谋。

“求求你，让我见见仙君，他不会不要我，不会对我见死不救的！”泪水流满沉骨的脸，她不住地挣扎，让青语不敢下手。

沉骨现在早已伤痕累累，若是剔妖骨时不安分，很有可能连命都保不住。就在青语束手无策时，一直隐匿在一旁的舜华现了身。

刹那之间，风止花静，沉骨哽咽的哭声忽然停住，她只是一动不动地望着他，隔着婆娑泪眼，仙风道骨的舜华莫名地染了一身寒意。

舜华走过去，轻轻地抚了抚她的头，声音和往常一样温柔，只是说出的话令人心寒："阿骨，听话，别挣扎，这样就不会那么痛了。"

良久，沉骨一直在极力思索他的言下之意，他是说，他不会救她，要眼睁睁看她被剔妖骨，贬下凡间？

"仙君，是不是我哪里做错了？"沉骨的眼泪扑簌扑簌地落下来，抬起头可怜巴巴地望着他。

"你没错，你很好。"舜华脸上依旧带着淡淡的浅笑，暖若初阳。

"那你为什么不要我了？"

舜华没有回答，只是愈发轻柔地摸着她的头。一下一下，乌黑的发丝从指缝间滑过。一梳梳到尾，二梳白发齐眉……

『第三章 她要的一直不多』

沉骨从前听多嘴的小仙女说过，舜华仙君在飞升成上仙之前，只是一位军中副将。飞升前都要历仙劫，那一世他同凡尘一名女子相爱，两人都是征战沙场的将军，携手并进，惬意风流。后来，在一次惨烈的交战中，两人被围困，那女子为了救他魔怔了，双目赤红，顿时化身为杀人狂魔。

还有一段离谱的传言，说同舜华相爱的女子也是一位历仙劫的上仙，她因此堕入魔道，为祸三界，被众仙联手封印起来。

沉骨似有如无地点点头，呓语般地小声呢喃："我明白了，我明白了……"原来那段离谱的传言，是真的。舜华要用她的背脊骨做成短剑，劈开那位上仙身上的封印。

铁树脊骨，果然是上好的材料。

“仙君，您爱她吗？”沉骨的情绪平复下来，先前的恐惧和绝望沉到最深的海底，她还挂着泪痕的脸上露出浅浅的笑容。

“我不爱她，我只是欠她。”舜华轻声道。

“那好，你想要我的妖骨就拿去吧。”沉骨抿了抿唇，抬眼望着他，“仙君，你亲自来剔，我乖，不动。”

舜华接过青语递给他的寒冰刃，他那握惯长枪，布满老茧的手竟然不受控制地抖了抖。

沉骨闭上眼睛，任由寒冰刃刺进自己的皮肉，锥心刺骨的痛让她不住颤抖，最后只能咬紧牙关忍住不动。

不多时，一股绵延的暖流从冰刃上灌进她的身体，刺骨的疼痛也有所缓和。大概是谎言被戳穿，舜华只是取走她的腰脊骨，并未将她全身的妖骨剔除。

他望着手中的一寸白骨，将另一只手搭到沉骨肩上，暖流又源源不断地涌向她：“是我不好，骗了你，这五百年的修为就当是对你的弥补。”过了良久，他继续道，“下凡之后好生修炼，等来日成仙之时，我去接你。”

说完这句话，他转身就走。

青语一直守在一旁，等舜华走了后再次替沉骨包扎伤口，手法温柔。

“青语姐姐对不起，是我误会你了。”沉骨垂着头道歉。

青语却哂笑一声：“你又想多了，我私心里还真巴不得你死呢。”其实沉骨说的没错，她是心系舜华，却也不是大奸大恶之人，但凡是为舜华好的，不论喜不喜欢，她都会接受。

沉骨一时语塞，只当是她还在生气，遂低眉顺眼地不开腔。

之后，青语就要送沉骨下凡，沉骨揪着她的衣襟苦苦哀求，让她将自己留下。

青语思忖一下，又将她往太上老君的药庐送：“你现在身受重伤，就算有了仙君五百年的修为护体，也未必能撑得住妖族弱肉强食的厮杀。我先带你去药庐避避，过些日子再走也来得及。”

“好！那我们能先回君华殿拿点糖炒栗子吗？药童喜欢吃，他吃了我的东西定然会好生照料我。”沉骨眯起眼睛笑，好似先前的伤痛都是一场梦，醒了之后就无关痛痒了。

青语望了望她，点点头。

其实，沉骨只是想回去看看舜华，看他有没有伤神，会不会垂泪。

到了君华殿时，她看见舜华坐在廊檐下，手里握着那寸白骨发呆，眉目间好似缭绕着一团经年不散的惆怅。

她脸上涌上一抹浅笑，觉得够了。

她要的一直都不多，有他如此，够了。

『第四章 至真至诚的玲珑心』

药童接过沉骨帮他剥好的糖炒栗子，歪着头好奇地问：“沉骨，平日里见你黑不溜秋的，今日好像白一点了。”

沉骨剥栗子的手顿了顿，等药童再伸手来接时，她毫不犹豫地将栗子丢到自己嘴里。他好歹是太上老君的弟子，怎么会说出这般愚钝的话！

“傻徒弟，沉骨姑娘是身受重伤，所以显得苍白。”不知何时太上老君摸着白胡子进来，拿了一罐药又出去。

“你怎么受伤的，和人打架了？”药童还记得，曾经沉骨为了糖炒栗子和他打过一架。

“没什么，少了一截骨头而已。”沉骨一脸轻松，一副云淡风轻的样子。

“伤筋动骨一百天，动一动都要一百天，更何况是少了一截，怕是这辈子都好不了了。”药童医术不差，他嘀咕几句后赶忙配药帮沉骨补身子。

沉骨刚去的那段日子，药童时常寸步不离地照料她，她就旁敲侧击地套他的话："小药童，你知不知道舜华仙君历劫时的那段往事啊？"

"不知道。"药童一边捣药一边摇头，沉骨发现他除了药理方面的东西，其他一问三不知，实打实的书呆子。

后来药童就去得少了，整日整日不见踪影。有次沉骨好不容易遇见他，他正抱着药材气喘吁吁地往外跑。

沉骨赶忙揪住他，忙不迭地问："你最近是怎么了？"

药童擦了擦额角的汗水："最近边关不太平，灵族攻势越来越狠，我方好多将士都受了伤，缺药缺得紧……我不和你多说，先走了。"说完就往外跑。

"领军的是舜华仙君吗？"沉骨话音还未落下，药童一溜烟儿就已不见踪影。

沉骨翻了一个白眼，撑着后腰走出药庐。整个天宫都气氛紧张，她揪住好几个小宫女打听才得知灵族打着"放瑶姬，定大局"的旗号与天庭为敌，现下双方交恶还有愈演愈烈之势。

"这旗号是何意？"沉骨皱着眉头问。

"小西天的瑶姬娘娘正是舜华仙君历劫的生死恋人，瑶姬娘娘被封印后，小西天一直都处于动荡中，各大势力开始瓜分土地，一些守旧派为了保全小西天邀上各方势力逼迫天庭救人。"小仙女压低了嗓音。

"可是，可是天庭也不是好欺负的呀。"沉骨诧异地说。

"这你可就不知，素来倨傲的天帝将态度放得很软，让舜华仙君三日内救出瑶姬娘娘，可不知为什么，舜华仙君抗旨不遵，戎装加身去了边关……"小仙女见时辰不早，匆匆忙忙往前赶。

沉骨这下便真的迷糊了，既然舜华已经得到她的背脊骨，做成短剑便能劈开瑶姬的封印，为什么还要抗旨不遵呢？

等她慢吞吞地回到药庐时，见青语正焦灼地等她，见她回来，赶忙冲过来抓住她的手，一副欲言又止的模样："沉骨……"

"青语姐姐，你有什么话尽管说，我能帮上忙绝不推托。"沉骨咧开嘴笑，眼睛弯成月牙儿的形状，煞是好看。

见青语依旧不开口，她只好自己问：“仙君为什么宁可抗旨也不救出瑶姬娘娘？”

“不是不救，是没法救。”青语嗫动嘴唇，缓缓开口，“沉骨，瑶姬娘娘已经堕入魔道，必须要一颗至真至诚的玲珑心洗涤魔性，方可彻底重返仙途。”

“玲珑心？”沉骨低声重复，“是我的心吗？”

青语一时失语，不知该怎么回答，顿了顿才道：“是你的心，可若是你再取出一颗心，必死无疑。仙君不忍害你所以遣我送你下凡，想要保你一命……”青语的声音愈来愈小。

“我懂我懂，没事的，青语姐姐，我没事的。”一滴眼泪猝不及防地从她眼眶里砸下来，“我这就把心给你。”她不难过，也不疼，只是为她同舜华的缘分只有这么短的时间，以后再也不能陪着他而遗憾。她只是遗憾。

这便是至真至诚的玲珑心，无论何时何事，都没有一丝犹豫，没有一丝怨言。

『第五章 只看一眼就好』

沉骨一边说着话一边将手放到胸口，随后一颗赤诚的玲珑心出现在掌中，她霎时身子一晃，险些没站稳。

她缓缓伸手递给青语，青语实在忍不住，流下泪来：“沉骨，抱歉，可是姐姐实在想不出其他法子了。原本天庭和灵族便有密约，以万年为限，还他们一个上仙瑶姬娘娘，眼见期限将至，仙君却不愿用你的命换。同时，天庭又不愿得罪灵族，所以仙君抗旨去边关时天帝都未派兵协助，跟着过去的都是仙君多年的兄弟亲随，他现在身受重伤，若是不救出瑶姬娘娘，只能落得两败俱伤的局面……”

天帝到底是身在高位的人，最懂得权衡弊利，等舜华和灵族旧部两败俱伤时，他便说是舜华抗旨，这样便能独善其身，将天庭撇得干净。

青语一早就料到会有今日的局面，所以在沉骨求着让她留下时，她便同意，也就是为了今日能扭转乾坤。

“我没事的，青语姐姐，你快去救瑶姬娘娘，我躺躺就好……”沉骨实在是站不稳了，她不知道触到什么东西，就那么顺着滑下去。

青语刚想过去扶她，被沉骨一推：“莫要管我，去救仙君……莫要管我……”这下，沉骨愈发白了，连嘴唇都皲裂出一道一道的口子。

正巧这时药童回到药庐，青语丢下一句“照料好她”就匆匆离开。

药童见沉骨的模样慌了神色，冲过去将她抱进药缸中，倒入温水，不停地往里面添药，嘴里还不停地嘀咕：“你这傻子，取了骨头不要紧，我还救得活你，现在连心都没了，我……当真是考验我的医术了！”

沉骨睁开眼睛时已经是小半月之后，她见自己泡在水里，缸中还有滑溜溜的虫在游，她惊叫一声奋力站起来准备逃，将坐在一旁打瞌睡的药童惊醒，大叫着问：“怎么了怎么了？”

“小药童，快，缸里有虫！”沉骨虽不是花容月貌，到底还是姑娘家，怕极了软软的虫。

“去你的虫，我可是净水里的万年灵蛊！”药缸中的灵蛊竟然开口说话，将沉骨震惊得一句话都说不出。良久，她才撇撇嘴，不以为然地道，“蛊虫蛊虫，不还是虫嘛！”

“你！”灵蛊霎时化身一个粉雕玉琢的童子，作势就要走。药童连忙过去赔笑，许诺以后天天去给他送糖炒栗子吃，这才安抚好小家伙。药童俯到沉骨耳边，小声说：“姑奶奶，你少说两句，这可是救你命的药，傲气着呢，气跑了我可真束手无策了。”

“……”沉骨顿时就蔫了，不甘不愿地躺回药缸中，灵蛊时不时地挑衅她一下，气得她发抖。

其实，她有很多话想问药童，无奈有这样一个死对头在，委实问不出口。她艰难地忍了几日，药童将灵蛊送回净水中，沉骨就迫不及待地问："瑶姬娘娘救出来了吗？"

"救出来了。"药童点点头。

"仙君没事吧？"沉骨继续问。

"没事。"药童闷声答。

"他……他来看过我吗？"沉骨垂下头用指尖搅动着水。

"来看过，在你昏迷不醒的时候。"药童点点头，舜华还给了他一罐九天神兽的血，他犹豫一下又补充，"仙君守了你许久许久，总算让我睡了一个懒觉。"

"真好。"甜甜的笑在沉骨脸上蔓延，她兴冲冲地道，"我也想见见他，小药童，你带我去吧。"

药童摇摇头，缄默不语。

"你看，我心都没了，肯定活不久。"沉骨把手放在胸口，窟窿被仙药塞满，可她依旧觉得空荡荡的，"我临终愿望便是能再见仙君一面，你就带我去吧。"

药童依旧摇头，尽管沉骨的话他不爱听，可是他比谁都清楚，沉骨真的活不久了。他本来答应舜华，无论如何都不让她离开药庐寸步，可是他耳根子软，实在架不住沉骨的苦苦哀求，最后只能道："好吧，仙君现下在小西天，我这就送你过去，只能看一下就回来，你不能离开药缸太久。"

"好好，都听你的。"得偿所愿的沉骨一脸乖巧。

说完，药童就将仙药大包小包地挂了满身，之后才搀着沉骨迈出药缸，捏了个诀唤来云，飞往小西天。

『第六章 等不及得不到』

瑶姬重回仙途后很快就平定灵族内乱，也没找天庭麻烦，这件事也算有个善终。所以沉骨和药童赶到小西天的时候，那里一片祥和，山脉绵延，雾气缭绕，真是个修仙得道的好地方。

“不对，仙君为什么会在小西天？”沉骨后知后觉地问。

两人此时已经进到小西天的正门，四周都挂满红色绸幔，就连看守的天兵都面带笑容。

见此阵仗，沉骨扭头问药童：“这是有什么喜事？”

“可不是嘛，今天我们瑶姬娘娘要同天界的舜华仙君大婚，热闹着呢！”一旁的天兵没拦他俩，先前以为他们是来道喜的，现在看来不是，顿时面目狰狞地要拦，“来者何人，还不速速报上名来！”

“仙君……仙君！”沉骨听天兵这样说，面色惨白，她撒丫子就往山上跑。

“沉骨，沉骨！”药童反应慢了半拍，被天兵拦在门外，无论他说什么都不让进。

沉骨也不知道自己哪里来的力气，将追兵远远甩在身后，一直跑到成亲的大殿。殿上宾客满堂，瑶姬一袭大红喜服，璎珞红妆，手中捏着酒樽，启唇轻抿，举手投足都有着无限魅惑。

沉骨傻呆呆地站在大殿门口，瞪着眼不知该作何反应。透过觥筹交错的喜庆盛宴，她将目光落在同样身着大红喜服的舜华身上，心中的情绪千回百转，她曾以为，曾以为舜华救她，多多少少还是有点感情的，此时看来也不过是她痴心妄想。

这时，天兵气喘吁吁地追上来，扯着她就要往外拖：“快，跟我下山！”

她无力地点点头：“不用你们拉，我走，我这就走……”她扭过头，强忍住已经充满眼眶的泪水，嗤笑一声，咯出一口血来。果然如传言那样，他们才是生死恋人，他心里满满装的都是小西天的瑶姬娘娘。她一个又黑又丑的小树妖，如何敢奢望在他心上能占得一席之地……是她，又自作多情了。

大殿门口闹出的动静，惊动了正在喝合卺酒的舜华，他扭过头就瞧见熟悉的人儿，她骨瘦如柴的背影，好似风一吹就能散架。

“阿骨……”舜华难以置信地瞪大眼睛，手中的酒樽滑落，顺着台阶咕噜咕噜地滚了下去，随后他朗声大喊，“阿骨！”唤了几声见她没应，赶忙追了过去，“沉骨！”

沉骨加快了步子，深一步浅一步地往外走。

“阿骨！”舜华飞身追过去，火红的喜服在空中轻舞飞扬，艳得灼人的眼睛。

“瑶姬娘娘，您本是一番好意，但别人也未必承您的情啊。”瑶姬的心腹小声地嘀咕一句。

瑶姬望着舜华跌跌撞撞追出去的背影，幽幽地叹了口气：“既然如此，那就由他们去吧。”

本来她被囚禁在逻荒山近万年，彻骨的寂寞令人生畏，她委实记不得自己是否爱过这个男人，只是觉得，千秋万载，漫漫长夜，始终要找一个人陪伴的。既然如此，何不找个看得顺眼的。

瑶姬比谁都了解天帝。舜华不想害沉骨性命所以抗旨不遵，随后带兵抵御灵族，那时天帝放任不管是因为天庭不能没有舜华撑着，等此事尘埃落定，从不让人挑衅自己权力的高高在上的天帝，如何会放过他？

瑶姬这便请天帝赐婚，让他来小西天陪自己，也当是还了他当初有情有义的人情。

万年前，是舜华先一刻历劫结束，当时他已看出瑶姬有走火入魔的征兆，但他还未回天庭复命，若是私用仙术便不能飞升了，最终袖手旁观。

事后灵族前来闹事，说到底他们也算不在理，只因舜华心中愧疚才签了那道密约。他只觉得若自己不那般自私，瑶姬也不会堕入魔道。也或许那一世他们真心相爱，他甘愿为她所缚。万年之后，一切都不再是从前的模样，舜华几乎忘却前尘往事，自然不会答应同瑶姬成亲。

瑶姬只好说：“待你我二人大婚之后，我分半颗心给沉骨，保她性命无忧，可好？”

舜华这才点头，谁知大婚当日，本该在药庐养伤的沉骨却来了。

若是她再撑些日子便能得救，并肩携手也好，天涯相望也罢，好歹能想个法子。可是，可是她怎么就离开了药缸！

『第七章 心死万物皆空』

沉骨脚下虚弱无力，听见舜华唤自己的名字。她撑过了寒冰刃取骨的疼，撑过了十指剜心的痛，却撑不过爱而不得的绝望。她心想，自己大限已至，最后看他一眼也是该知足了。

沉骨停下脚步，缓缓转身，眸子噙满了泪水，只是那泪水还未滚落下来，身体就变得透明，化成一缕青烟，散在天际。

“不！阿骨！” 舜华声嘶力竭地大喊，他张开双臂，灵力源源不断地涌出。身体里的灵力骤然流失，他顿时就佝偻起来，弯成一张弓，耗尽最后的一点灵力才护沉骨魂魄不散，一颗铁树仙果落到他掌心。

他收拢手指，捏成拳头贴在心口，蜷在地上失声痛哭，和沉骨蜷缩在君华殿外的模样如出一辙，一样无助，一样绝望。

不多时，从天兵手里挣脱的药童赶来，看见泣不成声的舜华，喃喃地问：“沉，沉骨呢？”

舜华只顾自己哭泣，并不答话。药童打了个趔趄险些没站稳，身上挂着的仙药包也跟着晃了晃：“那就是，死了？我见这小西天灵气充沛，还筹划着什么时候来偷药呢……”嘀咕完后他就转身往回走，边走边继续嘀咕，“可是她死了……死了……”

过了许久，舜华才接受沉骨已死的现实，他颤颤巍巍地将铁树果埋到土里，用黄土掩上。

“你要等她再次修出人形？”青语听说事情后寻得舜华，轻声问，“再等上五千年？”

“已经等过一个了，再等一个又何妨？”

是爱，成了一种执念。

舜华蹲在地上，凝视那一寸黄土，他本以为不爱的，以为只是为了取她背脊骨，剜她玲珑心。舜华笑出了声，眼泪却簌簌地落下来，本以为不爱的……

舜华在种仙果的地方建了一间小屋，寸步不离地守着。

几百年后，药童听说舜华身子骨不好，就去探望他，顺便帮他调理身子。

舜华问他："你喜不喜欢阿骨？"

"喜欢。"药童点点头。

"为什么喜欢？"

"她会给我带糖炒栗子……"

药童还是个心性纯真的少年，舜华想，将沉骨托付给这样的人，也就放心了。

药童继续道："你不知道，我替她上药时看见她胸口的大窟窿，我都替她疼，可她哼都没哼一下，真厉害……"说着说着，他就哽咽起来。

舜华垂下眼帘，他甚至能够想象出沉骨伤痕累累还强颜欢笑的模样。他低声呢喃："是的呢，我的阿骨，一直都是坚强的孩子……"忽然，他拉过药童的手扎了一下，一滴殷红的鲜血滴在黄土上，"以后你每天用一滴血浇灌花种，等阿骨再次修得人形时，便会爱上你。"

"真的吗？"药童顿时眉开眼笑。

"真的。"从前他用血浇灌沉骨，得以育出至真至诚的玲珑心，沉骨对他的爱也是与生俱来的。然而最终，他还是把心爱的姑娘托付给了别人。

"仙，仙君，你的头发……"药童不知所措地指着舜华。

刹那之间，他青丝全白，在随风在空中飘动。他笑罢，摆摆手："无碍，无碍。"

心已死，万物皆空。

『第八章 执念成劫』

约莫又过了五千年，沉骨再次修得人形。从铁树上跳下一个灵巧的小丫头，这次倒是生得一副好模样，眉目俊俏，粉雕玉琢。

铁树旁边有间茅草屋，屋里坐着一位耄耋老翁，头发胡子花白，脸上皱纹密布。沉骨走过去连声问："老爷爷，你知不知道舜华仙君？天界第一战将舜华仙君？"

舜华听见自己的名讳，脑子里一阵轰鸣，半晌后才边摆手边摇头，之后又指了指自己的耳朵，头摇得更加卖力。

他不敢说自己就是，只好装聋作哑。

沉骨屈膝谢过，飞身远去。

舜华看着她渐渐隐没的背影，泪水从浑浊的眼眸里滑落下来，顺着岁月留下的褶皱一直流到腮边。他耳边回荡着沉骨询问他的话，苦笑出声："孽缘，孽缘！"

舜华失了修为，能在天宫守上五千年已经是奇迹，全凭着心中的那缕信念。此时夙愿完成，他好似一座承受不住岁月的老楼，轰然坍塌。

他的身体渐渐变得透明，最后化成零碎的星火，散在万物之间。

远处的沉骨正巧遇上来给她滴血灌溉的药童，她揪住他问："请问，你见过舜华仙君没？"

"舜华仙君？"药童见她似是不识得自己，怔怔地杵在原地，回过神来之时沉骨已经走远，药童极目远眺，老屋下舜华的气息也已悉数散尽。

他不知道是被舜华骗了，还是沉骨执念太深，他用鲜血浇灌也没能让她忘记舜华，更没让她爱上自己。

沉骨逢人便问："你知不知道舜华在哪里？"

众仙都摆摆手，仙界已经五千年没有舜华的消息。

沉骨并未死心，无休无止地寻觅下去，她却不知，这世间再也没有舜华这个人了。

就算穷其一生，换来的也不过是形单影只的孤苦。

隋宫燕

唐 李益

燕语如伤旧国春，宫花旋落已成尘。
自从一闭风光后，几度飞来不见人。

夜燕

文/南子

『第一章 痴傻少女苏暮烟』

暮春的姜宫柳绿成荫，乱红飞甃。屋檐下淌着滴滴答答如断线珍珠般的雨。一阵风吹过，将我的巢穴吹落。

我仰起头，看巢外淋漓的水幕。不多时，整个巢穴也随着浓重的水汽下沉，好似将溺毙的孤岛。就要化成人形了，这样死去，我不甘心。

绝望之际，我听到一阵悦耳的笑声，那笑纯真灵动，恍如划破晦暗的一丝光明。

“苏昭仪！苏昭仪！雨下那么大，您快些回来……”

夹着水花飞溅声和沙沙雨声，还有一帮跟着操心的宫女太监们的呼唤声。我冻得浑身冰凉，不及细想，便被人小心翼翼地捧起。

映入眼帘的，是位妙龄少女。

她的睫毛又长又密，乌溜溜的眼睛一眨不眨地看着我。我在她漾着波光的眸子里瞧见我可怜兮兮的影子，不由得往她掌心里瑟缩了一下。

她似乎觉察到我的心思，将我捂得更紧了，待宫女太监们追上来后，又命他们给我寻一个临时的巢，务必要将我安置妥当。

雨终于小了，她爱抚地摸了摸我将干未干的脑袋，莞尔一笑，在宫女们的簇拥下返回。我在新巢中望着她渐行渐远的背影，从泼墨似的柔软长发，到洁白光赤裸的玉足，仔仔细细，毫无遗漏。

那一刻，我将她的轮廓珍重地藏在心底，拓下浓墨重彩的一笔。

化成人形后，我常常隐身在角落里，听宫女太监闲谈。他们最喜欢谈论苏暮烟，那个救过我的，痴痴傻傻的少女。

苏暮烟原是出自书香门第，小家碧玉，与顾昔玦青梅竹马，门当户对，本该与顾昔玦喜结连理，却被微服出巡的皇帝薛琛安横插一脚，将她掳去。

昔为林中鸟，今为金丝雀。当她听到恋人顾昔玦为自己公然叫板薛琛安被乱棍打死后，终于彻底丧失理智，陷在了过去的回忆里，无法自拔。

她每日盛装等在宫门前，盼望顾昔玦能接她回家。

此番怪异行径让薛琛安丧失了耐心，自那以后，她居住的倾玉宫也成了姜宫最荒凉的所在。宫女们跟了个没出息的主子，自然满腹牢骚，不肯对她尽心尽力。

我曾亲眼瞧见，冬日大雪纷飞之际，倾玉宫犹如一座寂寞的冷窖，她没有御寒的衣物，只能蜷缩在角落里，不停地念叨顾昔玦的名字。

炭木已在前几日用完，一个抵不住严寒的宫女高烧不止，怕是活不长了。苏暮烟抱膝，透过漏风的窗棂看到纷扬而落的白雪，犹如一尊冻僵的雕塑，只有一双灵动的眸子里还闪着希冀的光。

她对着寂寂雪色，无意识地喃喃："昔玦，昔玦，你怎么还不回来……"我知道，再这样下去，她定会耗到油尽灯枯的那一天。如果有可能的话，我想做她的顾昔玦，为她织就一个虚无缥缈的梦。

但我没想到，她先我一步，找到了她的顾昔玦。

『第二章 美梦破碎最伤人』

夏日，这座幽冷的倾玉宫依然无风自凉。掌灯的小太监穿过宫灯旋舞的曲折长廊，遇到了盛装倚门而望的苏暮烟。

她今日化的是梨花妆，额前点一朵洁白的梨花，罩一身雪白的轻薄纱裙，瘦削哀怨的模样恍如午夜出现的女鬼。太监的宫灯啪一声落地，两股战战，惊恐地向后退去。

苏暮烟的眸子却亮了起来，借着宫灯忽明忽暗的微弱火光，她小心翼翼地走了过去，蹲在那一脸懊丧的小太监面前："昔玦，是你吗？"

银白月光映出小太监清秀柔美的面庞，他的眼睛死死睁大，嘴唇颤抖得说不出话。苏暮烟蓦然扑进他的怀里，兴奋而满足道："我就知道，你不会撇下我不管，你终于来了……"

许是因为害怕，又许是太久不经人事，小太监任她逾矩地抱着，口水咽了一下又一下，却没有推开她。

我从荒寂的屋顶跃下，展开羽翼将他们包围。我眉眼微蹙地盯着那小太监的五官——决意变成顾昔玦前，我曾去顾昔玦居住的府邸瞧过一眼他的画像，眉眼深邃，皮相白净……如今，我不得不承认，他与顾昔玦生得毫无二致。

我颓然收起翅膀，眼睁睁看着苏暮烟百般呵护地将小太监引回宫中。透过朦胧泛黄的雕花窗棂，我看到屋里的烛光一点点暗了下去。

是夜，风雨再起，那盏掉落的宫灯被刮得不知所踪，而小太监，再没从苏暮烟的寝宫里出来。

姜宫的红墙从来不挡风，被苏暮烟迷得七荤八素的小太监第二日便后悔了。他不顾身后苏暮烟的呼喊，慌里慌张地跑到长廊上，企图找到宫灯掩人耳目。

苏暮烟追着他从宫门至廊檐，小太监吓得当场跪了下来。可她浑然不知发生了什么，还欢喜地抱住小太监，疑惑道："昔玦，你跑什么呢，昨晚不是好好的？"

她越说越欢喜，耳根也微微泛了红。

小太监哭丧着脸，死命推她却挣脱不能，直到皇后闻讯而来，命人将小太监拖走杖毙，苏暮烟这才回神，激动地拽着小太监的裤脚，哀求道："不要……不要……皇上求您放过暮烟吧，暮烟和昔玦是真心相爱的……"

苏暮烟的痴傻在姜宫并非新鲜事，认错人再常见不过。端庄的皇后凤目轻扫，只当她的话做耳旁风，嫌恶地走了。身后几个孔武有力的侍卫将小太监从苏暮烟的手中抽出来，毫不留情地带他去行刑。

苏暮烟挣扎着不肯放手，又抓住小太监的靴子。小太监已经吓晕了，对她一而再再而三的举动无动于衷。苏暮烟急道："昔玦……昔玦……你快跑啊……快跑啊……"可她还是没能留住他。

小太监走了，带着她刚刚燃起的希望，一并走了，我甚至不知如何安慰。

她怔怔地在地上坐了很久，才跌跌撞撞地追上前，可跑到中途，又颓然滑坐在地上，目光空茫地看着地上蜿蜒而来的血迹。

她知道，自己不必再上前了。再上前，看到的将是此生难忘的噩梦。

我陪在她身边，从冥冥的黄昏到疾风晦雨的暗夜，直到她晕了过去，我才将她抱起，送回了倾玉宫。

『第三章 化作故人来』

我以为苏暮烟会一蹶不振，可第二日醒来，她竟又如没事人般，满宫乱跑。

她亲手糊了个纸灯笼，将每个窗棂都打开一遍，殷勤问道："昔玦，你在哪里啊？你的灯笼我帮你找到了，你快出来啊……"

倾玉宫的宫女太监头疼无奈，陪着她闹腾。

"昭仪疯了……彻底疯了……"

他们蹙眉抱怨，脚下却不停。我默然坐在屋顶，看着那一袭殷红裙裾缥缈，四处游走，直到远处一轮金乌渐渐西沉。

我喝尽壶里最后一滴花雕，下定决心。落到水迹未干的地面，幻化成顾昔玦的模样，安静地站在一棵合欢树下，等待苏暮烟的到来。

她终于瞧见我，双唇翕动，好似忽然不相信顾昔玦还好端端地活着。我莞尔，慢慢走到她面前，张开双臂抱住了她。她手中的灯笼应声而落，半晌，豆大的泪珠从眼底滑下。

我听到她呜咽的声音："昔玦……你果然是在的，我以为你不要我了……"

我心念一动，加大了抱她的力度，恨不能将她孱弱的身躯揉进身体里。"在的，我在的。"我喃喃地吻上她凌乱的发，安抚道，"从今往后，我再不会离开你了。"

"我知道。"她吸了吸鼻子，将头埋进我的胸膛，"我知道，你一直都在。"

我的确一直都在，我不是顾昔玦，但那有什么关系？只要能让她开心，我便生生世世做她的顾昔玦。

自我幻化成顾昔玦后，清冷的倾玉宫终于恢复了一丝生气。苏暮烟喜爱我为她画眉，淡淡的几笔，似嗔似怨的模样，我见犹怜。

她还喜欢做糕点。重阳佳节，登高望远之际，她将糖面蒸成糕点，加些细碎的猪肉、羊肉和鸭肉做点缀，或用栗子泥加麝香、糖、蜜和匀，佐以各色米粉捏成狮子的形状，一口一口喂进我的嘴里。

倾玉宫素来清冷，服侍的宫女太监也老的老，走的走，我们倒乐得清净。

春去夏来之际，苏暮烟命人制了把古琴，闲来无事便常常抚琴。我在纷扬的花瓣间学着人间男子的模样舞剑，她为我奏曲，丝竹盈耳之际，我敏锐地感觉到有人朝这边走了过来。

我慌忙收剑，隐于合欢树后。

苏暮烟瞧不到我，诧异地站起来，回眸那一瞬，微风吹起她额前碎发，花雨落下，年轻的帝王恰好缓步而入。

他怔怔地看着她，思忖良久，才想起她是被自己掳回王宫的美人。我曾听闻，苏暮烟与薛琛安原配皇后有几分神似，若非先皇后早逝，如今三千粉黛在他眼里亦不过尔尔。

我心底生出一丝惶恐。

苏暮烟呆呆地看着闯进来的陌生男人，浑然忘了他曾是破坏自己所有希冀的帝王。薛琛安站了会儿，嘴角不觉弯起，走上前道："多日未见，暮烟生得越发美了。"

苏暮烟下意识地后退，如受惊的幼鹿："你、你是谁？为什么随随便便闯进来？"

"我是谁？"许是觉得这问题太好笑，薛琛安又上前一步，挑起她的下巴，"你仔细看看，朕是谁？"

苏暮烟被他吓到了，仰着脸说不出话来。薛琛安眼里的光彩愈盛，仿佛想起了什么有趣的往事，他的指尖在她脸上摩挲半晌，才意犹未尽地离开。

最后，他难得平和地吩咐早已匍匐跪地的一干宫人："今夜将昭仪送到朕的养心殿，如有怠慢，唯你们是问！"

"是，皇上。"

他们点头如捣蒜，面上的惶恐和欣喜藏也藏不住。我望向苏暮烟，她木然地站着，不知在想什么。那一刻，我恨不能现身将她带走。可这皇宫危机四伏，耳目众多，我怕自己不但不能帮她，反而害了她。

我充其量，只是一只弱小的燕子精。

『第四章 护一时安稳』

薛琛安离去后，苏暮烟恢复了一丝理智，到处喊顾昔玦的名字。我适时现身，任她扑上来，安慰道："在，我一直在。"

"昔玦……皇上看上我了，要拆散我们……你快跑，我们是敌不过他的……"

我哭笑不得，终于明白，她已经把来到姜宫后的记忆彻底忘了，只一厢情愿地以为自己还在和顾昔玦演绎那郎骑竹马来的旧戏。

我忍不住劝她："暮烟，我们一起逃好不好？"

她闻言，慌乱的神色有一丝松动，片刻又皱眉："不行，我若走了你我的父亲母亲会受到牵连，上上下下的人都会死的……"

我心知劝不住她，干脆将她放倒，扛着她飞出宫墙。我不太走运，未跑多远便遇到了天师。薛琛安尚道，宫里尽是些奇人异士，我原活得便艰难，如今逃命也难。我强自冷静下来，打消了这个念头。

即便今日能逃走，我亦不能护她一世周全。

最后，我只得将苏暮烟放回倾玉宫，从长计议。只要那些天师未注意到我，我便有办法使她免受困厄。

是夜，宫女将苏暮烟梳洗打扮一番，将她送至养心殿。我小心尾随，在薛琛安意欲有所动作时，略施小计，为他织了一个盛大的梦境。梦里他享受着苏暮烟带给他的无限欢愉，而苏暮烟却沉睡着，并不知道发生了什么。

如果我不能让她脱离深宫的苦海，至少能让她在这百丈红墙内步步高升，享受万千的荣耀宠爱，再不受人白眼非议。

次日，苏暮烟被薛琛安好生送回了倾玉宫。她呆呆愣愣地坐在软帐下，看年轻帝王英俊的眉眼，听他对自己道："朕白日公务繁忙，晚上再过来。"

"是，臣妾恭送皇上。"她起身行礼，嘴里尽是客套的言辞。

薛琛安心满意足地走了，她顿时泄力，双手死死揪着床沿不放。我从幽暗的角落里款步而出，轻轻将她拥进怀里。她惊恐地挣扎，良久，才挣脱开，上上下下打量我："昔玦，你怎么来了？让皇上知道了你会死的！"

我觉得好笑，覆上她柔软的唇："只要你不说，就不会有人知道。"

她的睫毛轻轻颤了颤，犹疑不决，还要开口，我便咬住她的耳朵，在她耳边吹风："难道你不想每天都看见我吗？"

她的心漏跳一拍，终于顺从地闭上眼，顺着我的动作倒在绣被锦衾上。寝宫内烛火正明，缕缕青烟化作香气氤氲开来。

我莞尔，吻了吻她柔软的乌发。

『第五章 后宫斗帝王怒』

因我从中作梗，苏暮烟的受宠日盛，不久后晋升为苏妃，风头无二。

我素来心疼她一个人在倾玉宫生活，心疼她作为大家闺秀还要忍受众人的奚落，可我不曾想到，在偌大的姜宫，明哲保身才是上上之策。我让她身居高位，无异于将她推入火坑。

酷暑方过，苏暮烟得了空，让我抱她摘些杏子做酱。我不作他想，娴熟地将她抱起，任她拿着小棒敲杏子。一个个杏子落进篮子里，她忍不住低头朝我调皮一笑。

我们玩得正开心，一个小太监慌里慌张地跑了进来。苏暮烟蹙眉，正想呵斥他，却在见到他身后来人时，瞪大了眼睛。

我未回神，顺着她的目光望去，便看到了盛怒的薛琛安。帝王之怒，可伏尸百万，流血漂橹，可怜我还来不及隐身。

我不敢在众目睽睽下使用妖术，怕招来天师，落得个灰飞烟灭的下场。思忖再三，我只希望他当我是个寻常人，走完行刑这一遭，再回来寻苏暮烟。好在薛琛安怒不可遏，全然忘了调查我的来路，不由分说便命人拉我出去杖毙。

苏暮烟彻底慌了，跪下来哀哀凄凄地拽帝王明黄的龙袍：“皇上，妾身知道错了，妾身知道错了，求您放过昔玦吧，妾身可以替他死，只要您放过昔玦……”

她的话起了反作用。她从不晓得，对于万人之上的薛琛安来说，自己拥有的人喜欢旁人才是对他最大的侮辱。她越是维护我，他越巴不得我死。

果然，薛琛安并未心慈手软，而是一脚踢开她，捏起她瘦削的下巴，恶声恶气道：“朕的女人，从来都只属于朕，若非郦妃告诉朕，朕还被蒙在鼓里……暮烟，你太让朕失望了。”

他起身，冷冷环顾四周：“来人啊，将苏妃打入冷宫！”

苏暮烟还在挣扎，拼命爬过来想拉住我，风和着灰尘脏了她的脸，乱了她的发，她也不肯放弃。侍卫不堪其扰，干脆两巴掌将她扇飞，任她趴在地上吐血。

我心痛不已，只能一遍又一遍提醒自己，要冷静，要冷静。人间的刑罚不过尔尔，缓几日便好了。

最后，我被侍卫拖了下去。宫门闭上那一瞬，我看见苏暮烟匍匐在地上，肩膀不停耸动，始终不肯眼睁睁地看我死掉，拼命地想爬过来。

她爬近一寸，就被人踹回丈许。她又不死心地爬进一寸，再被人踹回去，直到没力气了，只能躺在地上抽搐。

我总以为自己能保护她，不成想，是自己亲手将她一点点推入了万劫不复的境地。即便她还好好地活着，也再不是往日的她了。

『第六章 蓦然醒来人已去』

三日后，我找到了被打入冷宫的苏暮烟。很奇怪，对于还是和顾昔玦生得毫无二致的我，她神色淡漠，无忧无喜。

“暮烟，怎么了？”我惶恐地摇着她孱弱的双肩，希望让她的目光别那么空洞。

她任我胡乱摇着，良久，才干干笑了两声：“昔玦早就死了，早就死了……”

我的动作微微一顿，不明所以：“暮烟，你说什么呢？”

“你不是昔玦。”她缓缓仰起脸，定定地望我，“今天我亲眼看见，昔玦被人带走了……谁能从那样的刑罚中逃脱出来呢，昔玦不可能死而复生的……告诉我，你到底是谁？为什么装成他的样子骗我？”

对于她的变化，我突然无所适从。我只是觉得悲哀，原来那件事给她的冲击不减当年，她的记忆又停在了三日前的清晨。

沉默了半晌，我单膝跪地，沉声道：“末将是冷宫护卫夜燕。”在满院月色下，我的长发渐渐变白，衣衫渐渐变黑，露出了原本的面目。

她惊讶地看着这一切，张张嘴，想说什么却说不出来，最后，只得淡淡道了句：“如果你无心害我，我便不赶你走。”

我仰头，看见她满面的冰寒之色，漆黑的眼珠较往日失了鲜活，多了几许戾气。我心念一动，恭敬道：“末将知道了。”

在冷宫待了月余，冬雪渐落。我正欲给苏暮烟寻一些御寒之物，她却用发上一根金簪换来了许多木炭。盆中火光明明灭灭，映出她森寒的目光，我忽然有些害怕。

她好像不仅仅是记忆变了，别的什么也变了。

当夜，大雪压塌了院里的枯木，发出瘆人的声响。苏暮烟在凉席上辗转难眠，醒来时发现炭火烧着了招灰的纱帐，火舌舔上她的凉席，眼见就要将她吞噬。她慌忙爬起来，不顾衣衫单薄就冲出去，一边跑一边喊：“来人啊！来人啊！救命啊！……”

我惊慌醒来，忙飞过去意欲将她抱起，她却推开我，撞上一根倒塌的房梁。

不知是不是错觉，倒下去那一刻，我看见她微微勾起了唇角。

宫外涌进了不少人，原是薛琛安并未完全放下她，特意命人暗中关照着。她演这一出，只不过是苦肉计，好重获薛琛安的荣宠罢了。

我后怕地隐到被雪覆盖的树后，等一行人走远，才敢挪步而出。那一瞬，我终于意识到，我越来越看不懂她了。

『第七章 祭奠死去的爱情』

苏暮烟伤势重，被送回了倾玉宫暂住。天色未亮，薛琛安衣襟带露，火急火燎地赶来。他坐在苏暮烟的床边，静静地看着昏迷的她。苍白的脸，微蹙的眉，紧抿的唇，仿佛伸手一碰，就能回到昔日。

终于，他没忍住，将她抱进怀里。我分明看到，在薛琛安入寝宫前，她还因为疼痛不住地呻吟，可现下，她才一副刚刚醒的模样，嘤咛一声，瞥了眼自己的臂弯。

薛琛安顺着她的目光望去，发现薄薄的纱袖下渗出了血。他脸色微变，小心翼翼地卷起她的袖子，不禁倒吸一口凉气。

原来莹白的皓腕如今嵌着些许炭灰，碎木屑，皮肉或沾血或焦黑，可怖得很。

“暮烟，是朕不好，都是朕不好……”薛琛安眸中闪过痛楚之色，“明日你就搬到朕寝宫旁的偏殿，别叫那些不长眼的欺负了去……”

“不碍事，暮烟从前对不起皇上，受这点小伤也是自作自受……”苏暮烟往他怀里靠了靠，虚弱道。虽然语气满是歉疚，她的美目却望着我隐藏的方向，充满了往日罕见的得意。

我知道今后她再不需要我了。薛琛安带给她的痛太惨烈，她如今要一笔一笔同他算回来。

果不其然，没多久，苏暮烟便重获荣宠，气焰直逼前些日子晋升的郦贵妃。每天给倾玉宫送礼的人几乎踏破门槛。可苏暮烟志不在此，那些礼物不是蒙尘便是被她草草打发给了下人。

倾国之花，一朝淬毒。她在等一个机会。

八月未央，邻国皇子耶律商来朝。两国之交，表面上风平浪静，实则暗流汹涌。可怜薛琛安连月来被苏暮烟迷得七荤八素，怠于国事，并未看到朝堂下耶律商端起酒杯时，眼底闪过的寒芒。

丝竹盈耳之际，穿异域服饰的舞姬依序而上，耶律商兴味索然地看了会儿。苏暮烟忽然从幕后走出来，手执九龙公道杯，款款行至薛琛安面前，温柔地替他斟了杯酒，又行至耶律商面前。

酒杯倾倒，纯色佳酿缓缓流下，佳人的发也拂来一缕似有若无的香，耶律商的目光直了，只当除了她之外，所有腰肢细软的舞姬全是庸脂俗粉。

苏暮烟知道自己的目的达到，悄悄给他送了个锦囊，便不动声色地走了回去。

入夜，倾玉宫一池幽冷，她立在荒寂的屋檐下，等待耶律商的来信。她想挑起两国战事，让姜国民不聊生，让薛琛安做末代帝王，祭奠她死去的爱情。

我跃下房梁，恭敬地跪在她脚下，试图劝说道：“娘娘，姜国的百姓都是无辜的。即便薛琛安尸骨无存，顾昔玦也回不来了。”

她沉默了会儿，目光忽然冷厉起来：“那又如何？不让薛狗贼挫骨扬灰，我难泄心头之恨！”

我讶然，心口一阵揪痛，不知道能再说什么。我虽厌恶争斗，但若那是她期待的，哪怕鬼域冥海，我也奉陪到底。

『第八章 这世上的野心家都一样』

我以为顾昔玦已经彻底离开了她的人生。但我没想到，真正的顾昔玦没死，又回来了。

入冬时，苏暮烟与薛琛安一同去道观上香。在休息时，她在客房里重逢顾昔玦。道家之地，我不敢踏入，只能从眼角眉梢中窥见她盛大的喜悦。

她回宫后，激动得语无伦次：“原来昔玦没死，昔玦没死……来人啊，将本宫那日穿的红裙取来，还有前几日皇上送的螺子黛……”

我诧异，为何我变成顾昔玦的模样她不肯信，在道观偶遇的陌生男子她却笃信无疑。我忍不住劝道：“娘娘，防人之心不可无，您如何能……”

“夜燕！”她粗暴地打断我，“我已经不是过去的我了，谁也别想骗我，他就是昔玦，即便化成灰，我也认得他……他原来已经改名换姓，成为功名赫赫的将军。如今他知晓我在和耶律商谈判，让我为他美言几句，届时他登上九五之位，整个姜国都是我们的……”

“你知道吗？”她顿了顿，眸子亮晶晶的，“我根本不在乎这江山由谁来坐，我只在乎他开不开心……”

我的心隐隐疼了起来，好似被她用针绵密地扎过。她说的我怎么会不明白。顾昔玦之于她，她之于我，是一样的。

我终于晓得为什么她说顾昔玦化成灰她也认得了。因为她再次和顾昔玦会面时，我远远瞥了眼。真正的顾昔玦并没有我和小太监那么年轻，风霜染了他的鬓，让他的容颜略显粗犷。但是那英武的气质，还有脸上深深浅浅的疤痕，是外人模仿不来的。

年节过后，耶律商终于如约率大军北上，与顾昔玦里应外合，很快攻破了薛琛安的二十二州。

姜宫被攻占那日，薛琛安踉跄地跑到倾玉宫，意图拉着苏暮烟逃命。可是她捧一盏龙凤喜烛，将他踢倒在地。热蜡一滴一滴滴到薛琛安身上，他惊恐地看着她，喉头哽咽，说不出话来。

“十五岁那年，我在延喜桥等昔玦。那天天色真好啊，我满心欢喜地等他买来我最爱的桃酥，和我一起去看王师傅的皮影戏。若不是你，我早已是昔玦的妻……”她怨恨地甩开挣扎的薛琛安，让火苗舔上宫里的帘幕，“你毁了我所有的幸福，让我和他生生分开那么多年，如今这一切，是你欠我们的……”

薛琛安这才发现自己早早被喂了毒，闯入飘着熏香的倾玉宫，毒便发作了。

苏暮烟不再废话，将喜烛向后一抛，仪态万方地走出了倾玉宫。宫内房梁倒塌，火焰炽烈，将她耻辱的过往悉数埋葬。

她理了理自己凌乱的鬓发，勉力绽起一个温婉的笑容，一步步朝銮殿走去。身边不断有人呼喊求救，或者企图护她逃走，她充耳不闻，视而不见。

她满心想的，都是即将回到她怀抱的顾昔玦。她命里的英雄，预备用这锦绣江山为聘，将她娶回家中。

可她从正午等到黄昏，等来的只有耶律商一人。

耶律商横刀立马，微眯着凤眼细细打量她，颇为遗憾地道："可惜了，本王不喜欢和人分享，无论是这富庶的姜国，还是本王看上的美人。所以，"他下马，得意地捏住苏暮烟的下巴，"本王将你的心上人顾昔玦打入死牢了。"

飞鸟尽，良弓藏。狡兔死，走狗烹。苏暮烟怆然后退一步，终于发现自己有多傻。

原来这世上的野心家都一样，遑论和人分一杯羹，即便一勺一滴都不行。只是顾昔玦相信她，以为她能做到，才将自己作为赌注。

『第九章 他们永不分离』

顾昔玦深陷死牢后，苏暮烟出奇地安静。碍于太多人在场，我不方便现身。一耽搁，便耽搁到了戌时。

耶律商志得意满，穿上新朝的红色婚服，推开自己的寝宫门。

苏暮烟好生坐在那儿，任他挑起盖头，吻上她的唇。可吻到一半，他的瞳孔瞬间放大，难以置信道："你竟敢……你竟敢……对本王用毒……"

"暮烟从来都睚眦必报。这七日断肠毒，是暮烟煞费苦心调制出来的，原本想送予薛狗贼，现在便宜你了。”她翻了翻手，好整以暇地看着自己冶艳的指甲，“告诉我，昔玦在哪儿，带我去见他。”

“你妄想……你以为这样你就可以救他了？”耶律商不甘地抽刀，刀锋贴近她细弱的脖子，“本王可以让你现在就去陪他！”

苏暮烟的眼睫扑闪了一下，旋即笑起来：“若他死了，你便杀我又何妨？”

拥有越多的人越有所忌惮。这一点，耶律商不如苏暮烟。他挣扎半晌，终于挫败地收刀，妥协道：“罢了……本王带你去见他。”

他们沉默地走到牢房前，顾昔玦正躺在稻草堆上，紧闭着双眼。耶律商命人开门，随苏暮烟走进去。

苏暮烟摇了摇顾昔玦，等他慢慢睁眼，忽然嗔道：“这大理寺的伙食就是差，昔玦才待几天就瘦了。”

顾昔玦面上浮现出淡淡的笑意：“不碍事。”

那一刻，我好似预料到什么，忍不住冲进去。可下一秒，刺目的火花在我眼前爆起，接着，整个牢房都燃了起来。耶律商被这猝不及防的变故波及，还未来得及取到解药便殒身当场。

朦胧中，我看到苏暮烟奔向了顾昔玦。顾昔玦已经完全燃起来了，半点活着的迹象都没有。我肝胆俱丧，慌忙拖住她，高喊道：“他已经死了！你这样不值得！”

可她用力挣脱开，如飞蛾展翅扑向自己的宿命：“暮烟生是昔玦的妻，死也是昔玦的妻，从今后，我们再不会分离……”

我阻止不及，只能眼睁睁看着她衣袍的最后一角被火舌吞噬得干干净净。

『第十章 飞蛾扑火为谁烬』

耶律商死了，顾昔玦死了，苏暮烟也死了。偌大的姜宫沐浴在一片肃杀的血腥味里，乌鸦飞起，划破寂寂的长空。

我失魂落魄地走在曲折回廊上，不知道该往哪儿走。

迷糊间，我来到了一座破败的宫殿前。里面传出了哀戚的乐声，声声泣血。我推门而入，里面荒烟野蔓，枯藤败草，好似住不下人的样子。

可里面确乎有一个人，还是个锦衣华服的女子。只是她的锦衣破了脏了，发髻也乱了糟了。她手里有一个纸人，半边身子都燃成了灰。

我终于想起来她是谁。

薛琛安生前有许多妃子，最风光的一位为郦贵妃。她与薛琛安青梅竹马，十三岁入太子府，十八岁入后宫，姿容才学是一等一的。只是如今她的眼里一丝生气也无。

我原想问问她为何要向薛琛安告发我和苏暮烟，但当我走近，她忽然苍凉地大笑起来："终于死了，全都死了……"我心念一动，瞥见她手里的纸人，猛然明白过来。

那纸人上分明写着顾昔玦的名字。

我怕是忘了，这姜宫原来住着些术士，术士精通奇门遁甲，她只要以利诱之，让当年死去的顾昔玦成为她掌心的傀儡简直轻而易举。大理寺天牢的火是她暗中操作，苏暮烟也是她害死的。

"让你夺了我的恩宠，让你眼里没有我，如今只有我一个人好好地活下来了……你们后悔吗……"她癫狂地笑着，痴傻的模样与暮烟当年毫无二致。

我忽然觉得后怕，不敢再上前。冷寂的月色下，她回眸望了我一眼，那眼神空洞无神，仿佛死去多时一般。可她分明是个活人。

"你是谁？"她呆板地问我。

我张张嘴，却说不出话来，只能夺路而逃。

以前我从不晓得，王宫里的女人竟是这般模样。苏暮烟，郦贵妃，还有多少红颜在日复一日的绝望中化为枯骨，变作厉鬼。

苏暮烟本不该为了一个傀儡而死，但她决绝扑进火海那一刻，笑得那么灿烂，仿佛不是赴死，而是解脱。

我忽然明白，她为何会做出这样的选择。她从来没有爱过我，即便最后一刻，她心心念念的，仍是那死去多年的故人。

『第十一章 情深不寿』

姜宫凋败之后，再没有恢复元气。薛琛安的部下在耶律商死后篡权夺位，改朝换代，是为后姜。因新帝嫌弃姜宫的幽怨之气，便另立了王都。

又一年草长莺飞，阳春三月，我飞回姜宫筑巢。

姜宫如今满目凋敝之色，但仍有枯枝孕育出了新芽。一场春雨落下，打落了开得正艳的桃花。我踏过花瓣，走到昔年的倾玉宫。推门而入，灰尘扑面而来，蜘蛛结网，吊着蛛丝停在我鼻尖。

我知道她不会回来了，连当年一心盼着她死的郦贵妃也不在了，可我依旧忍不住走进去。

我想起多年前的暮春，我还没有化成人形，巢穴不慎被风雨吹落，是她赤足踏过湿漉冰冷的地砖，将我珍重地捧起，放在暖和的地方。

便是那一刻，我发誓要护她周全。但我没想到，我的良辰美景，我的全部希冀，会在那年的火光中付之一炬。

我捡起了那残缺的烛台，多渴望她会再出现，笑吟吟唤我一声："昔玦，我在这儿呢。"即便她口中那人不是我，也没有关系。

可我年年岁岁来了又去，梦里的那个人，终究不在了。

秋风词

唐 李白

秋风清，秋月明，落叶聚还散，寒鸦栖复惊。
相思相见知何日？此时此夜难为情！
入我相思门，知我相思苦。
长相思兮长相忆，短相思兮无穷极。
早知如此绊人心，何如当初莫相识。

心间砂

文/倾顾

『第一章 初长夜』

乔溪睡醒时觉得神清气爽，她掀开被子，刚要下床，却看到身边躺着个人。

外面的光透过帐篷射了进来，映在那人赤裸的背脊上，显出玉一般的色泽。这显然不是北荒能养得出的肌肤，乔溪思忖片刻，顺手在那人屁股上拍了一巴掌。

“你是从京里来的吧，跟的哪位妈妈？放心，既然你伺候了我，我自然不会亏待你的。”

话毕，她自觉说得十分像个游戏花丛的浪荡子，不禁得意一笑，裹在被中的男子动了动，直起身来看着她。

男子有一双冷淡薄情的眼，眼尾闲闲挑上去，真的是清冷如雪，乔溪刚要再说什么，他却抬手给了乔溪一耳光。

活了二十多年没被打过的乔溪愣了一下，男子张了张口，只发出沙哑的“啊啊”声，乔溪这才知道，他竟是个哑巴。

乔溪作为一个女子，却能统帅如狼似虎的漠北军，靠的自然不是什么好脾气。她二话不说，把男子摁在膝头打了一顿，冷冷道："敢打我？来之前你们妈妈没教过你，宁得罪小人，别得罪我乔大爷？"

她打得没轻没重，男子雪白的肌肤上很快泛起了红，他终于放弃挣扎，屈辱地合上眼来。乔溪把他扔回床上，穿好衣服说："你给我老实待着，回来再收拾你。"

等乔溪把一群汉子练得哭爹喊娘心满意足地归来，帐子里却空空如也。她把负责看守的亲兵叫来，问道："里面躺着的人呢？"

"他说去洗澡，我便放他出去了。"

亲兵怜香惜玉，乔溪火冒三丈，盔甲都没来得及脱便下了令："给我找，找不到他你们明天都给我绕着城墙跑三十圈。"

要不怎么说人多力量大，三百亲兵一出手，不一会儿便把男子从马厩里抓了出来，他像是想牵一匹马，却无奈军马都认主不肯跟他走。乔溪冷笑着走过去，将他一把扛到肩头。看热闹的兵卒们替她喝了声彩，她得意洋洋地拍了拍男子屁股说："想跑？没那么容易。"

晚上睡觉时，乔溪犹豫一下，钻进了男子的被窝。男子冷冷地望着她，若是有把刀，想来他会毫不犹豫插入她喉中。她满不在乎，手脚并用地缠在他身上说："北荒夜里冷，这么久了总算有个暖被窝的。"

她没心没肺，不过片刻便安睡下来，男子眼睫颤了一下，悄悄从怀中抽出把匕首。帐外寒星烁烁，一点寒光在刀锋上折射出来，映出乔溪一张昳丽面容，她有北荒人血统，高鼻深目，平日故意冷着眉目时锋芒毕露，睡着了，却显出天真温良的模样。

算起来，她也不过双十年华，却已在这漠北待了十年，男子无声叹了口气，到底把匕首放回去，却听到乔溪带着鼻音说："刀不错，仔细割到你自己。"

她竟是装睡！

男子悚然一惊，她像是知晓他在想什么，在他怀里蹭了蹭说："你的刀有杀气，我感觉得到。别气了，我以后不打你还不成吗？"

哄孩子一样的话渐渐低下去，她又睡着了，良久，男子神色复杂地合上眼，终于同她交颈而眠。

乔溪耐心地养了男子快半年，他才肯告诉她自己的名字。

他牵着乔溪的手，在她掌心一笔一画地写。乔溪想说点夸奖的话，却苦于自己没什么文采，绞尽脑汁说了一句："季嵘？好名字呀……嵘这个字挺耳熟的。"

季嵘不过一哂，将指尖从她掌心撤出来，她又觍着脸凑过去说："我将最近从京城来的青楼队伍都盘问过了，没听说丢了人，你不会是被他们偷偷带来的吧，所以他们才不敢声张？"

她说着，将头在季嵘颈窝处蹭了蹭，大狗一样，季嵘把她推开，又不肯写字了。她也不恼，跑出去端了盘肉回来："从那帮混蛋手里抢来的，快吃快吃！"

北荒的地界，食物最是珍贵，季嵘到底还是吃了起来。乔溪在一边托腮看他，傻傻笑道："你吃东西的样子真好看。"

处得久了也便知道，她说话就是这么没规矩，把她当个普通女子那样要求，也只会气死自己。

良久，季嵘擦了擦嘴，乔溪失望道："才吃这么一点啊，我真想把你养胖。"

她毫不在意地将季嵘吃剩下的通通吃了，又把季嵘二字在口中念了数遍。季嵘不理她，她也能自得其乐，替他搬了古琴，要他弹琴给自己听。来之前季嵘便知，她用兵如神，天生神力，见到了才知道，她不过是个小姑娘。

这样的小姑娘很好骗，忽略初见时的不堪，季嵘也能将就着哄哄她，他闲闲弹了几下，帐外却冲进来个亲兵。

“慌慌张张怎么了？”乔溪不悦道，亲兵喘着粗气说：“将军，北戎大军忽然有异动！”

她猛地站起身，连外衣都没穿，踩着一双软鞋便匆匆离去。季嵘在帐中漫不经心弹了曲《声声慢》，这才将衣袖里掩着的那张字条抽了出来，只粗粗一看，便放入烛上，烧成了灰烬。

他在帐中待了三日，外面到处都是行色匆匆的兵卒。到了第三日晚上，乔溪掀开帐门，进来先大口喝水。

她发上沾满了灰，唇角也干得裂开，脚上的软鞋早就跑丢了，不知从哪儿拽了一双军靴穿上。季嵘扫视她，她喘匀了气，总算道：“收拾好你的东西，我找人送你去后方。”

“为何？”他在她掌心慢慢写。她只道：“这几日太乱了，怕顾不上你。”

季嵘点点头，随意收拾两件衣裳便跟着她往外走，她却犹豫一下，把架上那件军中唯有她才穿的狐裘大氅披在季嵘身上。

“路上小心。”

这四个字被她说得柔肠百结，季嵘知道，这里守不住了，她才会将他送走的，而她留下，是存了死志，要与她的漠北军共存亡。

她的眼底有难得的水光，季嵘到底有三分怜惜，在她腮边轻轻一吻，在她手上写着：“我在后方等你。”

他们都知，这一别也许便是永诀，可乔溪不肯让他担心，笑着说：“把自己养胖一些。”

说着，她转身离去，动作十成决绝，她是怕自己回头，便舍不得离开。可到底还是回了头，月夜里，他披着白狐裘，丰姿端丽，风流天成，是只一眼便再也忘不掉的样子。

『第二章 钟鼓鸣』

季嵘被乔溪的人一路送到了徐杨城，距乔溪所在的铁扈城有三百多里。

城里一派安然，护送季嵘的亲兵将他带到一户不起眼的民居后同他说："将军要你住在这里，没有要事不要随便出门。"

季嵘点点头，很乖顺地走了进去。乔溪的亲兵又叮嘱他："我先去同城里的兄弟联络一下，你千万别乱跑。"

军里都知道，乔溪的这个小男宠有多能折腾。乔溪有一次喝大了和他们诉苦："你说我图什么！不就是想要个老婆孩子热炕头？他天天对我爱答不理的！"

"将军，那您休了他！"

一群糙汉子起哄，乔溪却鬼鬼祟祟地看向周围，小声道："可你们不知道，本将军是贱骨头，就爱他这若即若离的小模样！"

等她酒醒后死活不肯承认自己说过这话，可乔将军惧内的美名却已传了出去。

院子里被整理得很干净，季嵘踱着步子进去，面色一沉，径直走向一间偏房。房内空无一人，他被灰尘呛到咳了一声，沙哑着嗓子说："出来吧，只有我在。"

梁上翻下一个男子，向着他恭敬地行了一礼："殿下，属下来迟了。"

"不迟，我没吃什么苦。"季嵘微微一笑，"有乔溪护着我，也没人敢对我怎么样。"

他这句话，三分温柔，七分狠戾。男子深深垂着头，听到季嵘淡淡道："乔溪军中换防的消息都送到北戎王手里了？"

"是，属下还将殿下您亲手写的行军部署给了北戎王，他们这才能突破乔溪的防守……"

"铁扈城破了？"

季嵘忽然打断他，他犹豫一下，还是说："是，您走当日就被破了，乔溪同她的漠北军战到最后一刻，还是不敌……”

屋内被死寂充斥着，良久，季嵘笑了一声：“她就这么轻易地死了？我皇兄一定非常失望。”

乔溪的亲兵回来时，给季嵘带了城中最好酒楼的席面。那酒楼的老板眼尖，还送了两壶上好的烧刀子。

季嵘吃饭时很斯文，慢条斯理地吃了两口，便放下筷子在桌上写字说：“余下的你都吃了吧。”

那亲兵是粗人，不跟季嵘客气，期间季嵘一直替他倒酒，他尽数喝了，起身时晃了晃就倒下了。

季嵘抽出条帕子，将指尖上沾着的迷药擦掉，从那亲兵怀里摸出令牌，头也不回地向外走去。

季嵘的手下带来的消息，最迟明日，北戎的一支骑兵就将到达这里，凭城中驻扎的军队，是万万守不下来的。

“乔溪，这就是你用命守护的北荒，”季嵘合上眼安静地想，“若你知道因为我，这片疆土被北戎蹂躏，那你会恨我吗？”

季嵘清醒过来时，发现自己手脚都被绑了铁链，像畜生一般被扔在一座营帐里。

记忆渐渐恢复，他想起自己出城后，本该往京城方向赶去，却莫名其妙地调转马头，去了铁扈城方向。等他反应过来自己在做什么时，却正同北戎的骑兵迎头碰上。

是否同蠢人在一起久了，自己也会变笨？

季嵘苦笑一声，外面忽然有人掀开帐帘，耀阳的阳光射进来，那人用不流利的汉话问他：“你同乔溪，什么关系？”

季嵘没说话，他张了张口，只发出嘶哑的声调，那人不屑道：“真的是个哑巴，乔溪的眼光越来越差了。”

帐帘重新落了下去，季嵘看了一眼自己身上的狐裘，雪白的颜色已经被蹭上了泥土，他苦笑一声，低声道：“竟是你救我一命。”

这个狐裘，是当初太子亲自赠予乔溪的。人人都知道，乔氏是太子最坚实的后盾，乔氏一天不倒，太子的位置便一天稳如泰山。

而如今，乔氏仅存的后裔乔溪已经被他设计死在战场，漠北军兵败如山倒，待消息传到朝廷，本就被天子所厌弃的太子的地位更加岌岌可危，可是——

季嵘苦笑，可是也要他有命回去，才能彻底扳倒太子。

被囚禁的时候不辨日月，忽然有一天，外面响起凌乱的脚步声。

北戎人将季嵘拖出去，绑在高高的旗杆上，太阳刺目到极点，在这耀眼的光里，季嵘听到一个清亮的声音，怒不可遏地喝道："北戎狗，还不出来受死！"

季嵘勉强抬起头，看到乔溪正骑在一匹黑马上，她穿着一身玄色盔甲，唯有斗篷是艳烈的赤红，北戎的首领沉声道："乔溪，你竟然敢一个人来送死？"

"放你的屁！"乔溪破口骂道，"老子一个人就能把你们都弄死！"

她跟兵痞学得嘴很脏，北戎首领骂不过她，一摆手派了十几个人围攻。她一杆长枪在手，真如战神一般，轻而易举地将这十几个壮汉挑下马去。季嵘看着她向着自己摆摆手，很嚣张道："绑了老子的男宠做什么？你们这些狗熊一样的东西也不自惭形秽吗？"

听她这样说，北戎首领反而以为季嵘没多重要。那边乔溪打得越发斗志昂扬，北戎首领把季嵘拖过来，厉喝："乔溪，你再不束手就擒，我便杀了你的小男宠。"

北戎首领的话音刚落，便听"嗖"的一声，乔溪张弓放箭，一支箭狠狠射入季嵘肩头。季嵘吃痛咬紧牙关，她却笑道："我平生最讨厌别人威胁我。"

北戎首领这才确定季嵘果真没有用处，恼怒之下狠狠抽了季嵘几鞭。季嵘被打得落在地上，隐隐看到乔溪望着他的眼神，极力装作若无其事，却到底泄露了一丝紧张。

“差点被你骗！”北戎首领冷笑，刚要伸手去抓季嵘，又是一支利箭射来。乔溪骑在马上高高跃起，向着季嵘伸出手来：“抓住我——”

那一刻时光拉得极长，季嵘竭尽全力伸出手来，烈日炎炎，她望着他的神情专注到了极点，竟生出千万的柔情。

季嵘上马时她忽然顿了一下，却只是叮嘱他：“抓紧我。”

北戎首领刚要追来，便听得一声爆炸声，乔溪大笑：“赶紧去看看你们的粮仓吧！”

『第三章 苦昼短』

他们马不停蹄，终于摆脱了北戎的追兵。

下马时乔溪踉跄一下，季嵘拽住她，才发现她手上全是血。

“别弄脏了你的手。”乔溪勉强一笑，吐出口血来，“也不知道哪个混蛋射得这么准，正好射进我心口。”

她说着，转过身来，心口处不偏不倚插着一支白羽箭。季嵘猛地睁大眼，望着她不知所措，她反而一笑，安慰他：“别怕，死不了人的。”

季嵘不是无知孩童，自然知晓这样的伤稍有差池便是万劫不复。他向着乔溪伸出手，乔溪有些讶异：“你这是……要抱我的意思？”

季嵘点点头，她却难得扭捏道：“我有点胖……”

话音未落，季嵘便将她打横抱起，她下意识伸手揽住他的脖颈，还未说话，他便已经向前走去。

月牙儿冷清清地挂在夜空，季嵘拨开花枝，几片落花飘在他鬓边，越发衬得他眉目如画。乔溪痴痴地望着他，低声说：“我从前最羡慕有爹的孩子，他们在训练场操练得直不起身，就被自家爹背着扛着走。我不行，我是乔家人，就该样样拔得头筹，处处不落人后……”

她说得含糊，季嵘却忽然伸出手来，轻轻替她拂去眼尾一颗泪珠。她吸吸鼻子，笑着说：“我知道你不喜欢我，可我喜欢你。你长得好，又会弹琴，你以为我不知道，你半夜醒了，总替我掖被角。阿嵘，你真好。”

乔溪要的太简单了，一个浅笑，一个眼波，一次漫不经心的温存，她便一头栽了进来。

心猛地一紧，季嵘多想告诉她，自己一点都不好，可他张开口，又紧紧闭上，只是握住她的手，想要暖热她冰凉的掌心。

他们找了一处山洞，乔溪自己脱了衣服，鼓励他说：“很简单的，你眼一闭，一用力就完事儿了。”

季嵘在地上写：“会很疼的。”

“我不怕，”她笑嘻嘻地，似乎无所畏惧，“疼的话你亲亲我就好啦。”

季嵘无奈，到底找了水仔细地洗了手，这才回去握住那支箭羽。因为失血过多，她的脸色十分苍白，季嵘深吸一口气，猛地将箭拔了出来。箭镞再一次撕裂肌肤，乔溪痛得咬破嘴唇，季嵘冷静地替她止血，又烧了热水给她喝。

她倚在石壁上，一眨不眨望着他，小心翼翼说：“阿嵘，你亲亲我好吗？”

大概是疼得厉害，她说话时声音都是颤抖的，季嵘低下头去，吻住她的唇，尝到了腥咸的血，也尝到了甘甜。她在他怀中，紧紧拽着他的衣襟。

这一刻寂静无声，枝头的花落下。良久，他放开她，刚要起身去拾些柴火，就听到她说：“我以为你死了……那时我刚从战场上九死一生活下来，却得知你失踪了。阿嵘，那一刻我就下了决心，若你死了……若你死了……”

她再说不下去，掩面哭了起来，季嵘站在那里，看着她哭得那样伤心。有许多百转千回的念头在脑中掠过，他的权势地位，他的阴谋诡计，蛮横地挤进心底，谁又有什么办法？

他到底抱住了她，像是对命运举手投降，他拉住她的掌心，一字一句写：别哭，我也喜欢你。

乔溪同她的手下会合时，所有人都看到，她一脸娇羞地坐在季嵘怀里，同他一起策马而来。

这帮兵痞子开始起哄，乔溪跳下马来，一人捶了一拳说："笑什么！"

说完，她这才想起什么，回头看了季嵘一眼，努力改口说："笑什么啦……"

季嵘忍不住也笑起来，他一一扫视这些乔溪的心腹，发现他们身上都带着大大小小的伤。乔溪说去救他那天，她在前面吸引注意，这些人则绕到后面烧了北戎的粮草，后来更跟北戎军狠狠打了一仗。

他们全都算是他的救命恩人。

哄笑声里，乔溪在他腮边吻了一下，两人相视一笑，似是心无旁骛，情深意笃。

『第四章 寂寞人』

那一战，令漠北军折损了一半，乔溪上了折子，自请责罚。

天子的旨意很快便下来，传她进京面圣。离开时，乔溪恋恋不舍地叮嘱季嵘："你在北荒等着我……阿嵘，为什么不肯跟我一起上京？"

季嵘只一笑，吻了吻她的指尖，她脸红起来，最后望了他一眼，方才骑上马向着京师的方向奔去。

路途遥遥，待她抵京，城郊的野桃花已经开了。她还没来得及喝口茶，就被守在那里的太子亲信给逮住。

"将军，您终于来了！"

乔溪有些莫名，问他："怎么了？"

"太子殿下被皇上囚禁了，我们全府都指望着您去求情呢！"

天子同乔溪的父亲是过命的交情，当年乔老将军替天子挡下一次刺杀，所以英年早逝。因此人人都知，天子最宠乔溪。

闻言，乔溪牵着马叹了口气："知道了，我会尽力而为的。"

太子亲信又道："太子手下中有人潜在二皇子身边当探子，打探出来，这次北荒兵祸，便是二皇子一手操控的，您到时记得同陛下说……"

闻言，乔溪神色一变。她永远忘不掉，北荒哀鸿遍野，原来竟是为了成全一人的野心。手紧握成拳，她冷笑一声："二皇子是吧，我记住了。"

可惜，乔溪去面见天子时，却被拦了下来。

天子年事已高，近日犯了头风，需要卧床休息。她无奈，刚要离去，却又被一个小太监拦了下来。小太监恭恭敬敬地向她行了个礼，说："将军，二皇子请您一聚。"

乔溪胆子大，跟着小太监便去了，绕过九曲回廊，却停在了一间小小的宫室前。

屋内一灯如豆，乔溪摸索着走过去，帷幕后却有个声音同她说："想必你已经知道了，太子被囚禁，天子不见你，便是不想让你替太子求情。"

"你是何人？"乔溪只一思忖，便问，"二皇子吗？"

帷幕后一道人影走了出来，手中提着一盏宫灯，那朦胧的光映在他面上，竟是别样的好看。乔溪望着他，像是陷入一场大梦，许久，只是颤声道："季嵘？"

李棣嵘将灯全都点亮，屋内亮了起来，能清晰地望见他的眉眼。乔溪听到自己的声音，竟是平静的："原来你不是哑巴。"

"我不是哑巴。我去北荒，本是为了劝你放弃太子，却被手下背叛下了毒，我为逃避追杀混入青楼时，正巧遇到了你……"

"所以，你一直是骗我的？"乔溪打断他的话，只是怔怔地问，她神情惶然，像是下一刻就要哭了。李棣嵘想要抱一抱她，却又忍住继续道："我已向父皇请旨，求他给你我赐婚，你总说要嫁给我，如今终于可以实现了。"

"啪"一声，乔溪缓缓收回打他耳光的手，冷声道："无耻小人。"

"怎么，你竟是不愿的吗？"

"我平生三恨，一恨被辱，二恨被负，三恨被欺。"她一字一句，曾有多爱，如今便有多恨，“你一样不少，全都做了。我守护的北荒因你而毁，我爱过的季嵘，也只是骗局，李棣嵘，你说我还会愿意嫁给你吗？”

她说着，转身大步向外走去，李棣嵘笑了一声，轻声说：“你大概不知道，父皇已经派人去赐死了太子，只替太子留下一个刚出世的儿子。你若嫁给我，我就放那孩子一条生路，否则……”

否则如何他没说下去，乔溪却顿住了步子。去世的皇后曾对乔氏有恩，乔老将军死前，反复叮嘱她，要忠于太子……她保不住太子，总要保下太子唯一的血脉。

良久，她低低地笑了起来：“原来你竟这样可怕。”

乔溪到底嫁给了李棣嵘。人人都说，这是天子垂怜，念及乔氏世代守卫漠北，给了这样的隆恩，可实际上，却是解了乔氏的兵权，将她软禁在这富贵窝中。

大婚那夜，她自己掀了盖头，李棣嵘脸色一冷，问她：“这样迫不及待？”

她冷笑：“是呀，迫不及待结束这场闹剧。”

她说话不留情面，李棣嵘早就知道，却仍愣了一下，他将酒递给乔溪，淡淡道：“交杯酒总该喝了。”

下一刻，乔溪将那酒尽数泼在他的脸上，他面色一变：“我本以为，我们不必这样剑拔弩张的。”

他一拍手，便有个老太监捧着小瓷瓶走了进来，李棣嵘将瓶中药丸倒出，举到她面前说：“想必你也知道极乐丹是什么东西，别让我对你动手，自己服下吧。”

极乐丹是一种毒，服下让人如登极乐，日日渴求，染上便再难戒除。乔溪愣愣地望着他，他无奈一笑，上前将药丸塞入她口中，乔溪本想反抗，四肢百骸却绵软无力，香炉里的气息仍旧扑鼻，她这才反应过来，那是迷香。

果然，不过片刻，乔溪便产生了幻觉。她看到李棣嵘换下锦衣华服，穿着一身青衣立在那里，就像是当初，他立在帐中的样子，乔溪向着李棣嵘伸出手，而后被他抱在了怀中。

“季嵘？”她小声叫道，亲了亲他的唇角说，“我好想你。”

红烛落了一夜的泪，乔溪醒来时，李棣嵘正倚在床边望着她，她缓缓起身，自己穿好衣裳，忽然看了他一眼。

很久之后，李棣嵘都能记得她的眼神，像是走到了天地的尽头，雪落满地，再找不到来路。

“为什么？”她笑了起来，眼泪顺着脸颊滑落，恍然间，一片血红，“为什么一定要逼我恨你呢？”

『第五章 曾许诺』

乔溪离开北荒后，漠北军中很是闹腾了一番。

他们不服管教，联合众多下层军士联名上奏，要请回乔溪。天子震怒，恰逢连年灾荒，更是将漠北军的粮饷一削再削。一时群情激愤，竟是隐隐有了兵变的影子。

李棣嵘带乔溪回北荒时，乔溪刚从一场大病里缓过来。

自从染上了极乐丹的瘾头，她的身体迅速虚弱下去，曾经力能扛鼎、天生神力的乔将军，如今也不过是个柔弱无力的娇女子。

马车外烟尘滚滚，乔溪将帘子掀开只一瞬，便忍无可忍地放了下来。坐在一边的李棣嵘正在看奏折，瞥了她一眼道：“北荒风沙大，仔细呛到你。”

她状若未闻，合目养神起来。自那一夜后，她就当他是陌生人，连眼神都欠奉。

李棣嵘想起那一年，他们还在北荒，大雪封了路，补给送不进来，乔溪带着一群人去打猎，回来时面上沾着兽血，满不在乎地拿手背擦去，将手里提着的兔子递给他说："掏了好几窝，总算留下只活的，你一个人待在营中无聊，养点活物也好。"

那时风沙也这样大，吹皱了苍穹日暮，却吹不散她眸中潋滟笑意，像是烟霞烈火，美得艳烈。

李棣嵘叹息，低低唤了一句："阿溪……"

却在此刻，异动猛生，一支箭"咻"的一声没入车厢，乔溪想也不想，立刻扑过去将李棣嵘压在身下。下一刻，数支长箭刺透车壁，乔溪挑起小几挡住后背，却仍被箭穿透肩胛，她闷哼一声，抽出长剑："一会儿你抓住机会记得往东跑，那边有驿站驻军。"

她身上的血滴落在李峥嵘眼睫，他视线里红成一片。刺客们将车壁挑开，刀锋直指李棣嵘眉心，乔溪想也不想，用手狠狠握住刀锋。她身子原本虚弱，这一刻却如凤凰浴火，目光锋利无比，僵持中，她单手将李棣嵘扔到一边，怒吼一声："快跑！"

原来这样的时刻，她哪怕恨他，仍下意识对他以身相护，生死不计。

烈烈风中，她剑锋如霜，依稀仍是旧年风姿。

李棣嵘带着救兵回来时，只看到一地的尸首，其中没有乔溪。他暗舒一口气，顺着断断续续的血迹往旁边走去。

树影丛丛，寒鸦点点，待他拨开一丛花枝，便看到乔溪昏倒在树下。她浑身没有一寸是干净的，血似乎从她的每一个毛孔涌出来，李棣嵘不敢下手，跪在她面前，声音颤抖着唤她："阿溪……"

那一寸光阴过得那样长，世界似经过了几个轮回，她的眼睫终于轻颤一下，疲惫地睁开来："你回来了。"

军医给乔溪疗伤时，叹了句："将军，您能忍下来吗？"

乔溪轻笑一声，大咧咧地说："胡说什么，我就算走了几年，也没有柔弱成这样的道理。"

她当年在军中有个诨名"乔老大"，说的是胆量大，不怕死。军医放下心来，拿刀剜起没入肉中的箭镞，她面无表情，却只有李棣嵘瞧见，她猛地攥起手来，指尖狠狠地刺入掌心肉中。他犹豫一下，到底伸出手去，只是道："痛便抓着我的手。"

乔溪闻言，像是怔住，军医趁机又剜了一枚出来，她痛得打哆嗦，却到底没有用力握疼他。

那夜他们两个睡在一起，李棣嵘彻夜未眠，看着她昏昏沉沉地睡着，手却一直紧紧握着他的手。他抬起另一只手，虚虚抚过她苍白的脸庞，光影似凝固成一滴琥珀，将数年岁月封印，而她就停在他身边，任他如何，却一直未变。

『第六章 爱恨长』

待乔溪身上伤结了痂，李棣嵘提了个建议，要她设宴宴请她曾经的手下。

那些人，都是她真正的心腹，她与他们有过命的交情，自她走后，闹得最凶的便是他们。

乔溪本对他熟视无睹，可他只温声同她商量："你回来不看一看他们，难免寒了他们的心，也难免让他们替你忧虑。"

这些日子，为着照看他，他实在受了许多罪，连面容都憔悴起来。乔溪不语，他柔声道："尤其是，你该替朝廷安抚·下他们，他们这样闹下去，吃亏的也只会是他们自己。"

他说话时，眼神温柔到了极点，乔溪犹豫良久，到底设了宴下去。那些不给朝廷面子的兵痞对她的相邀却来得一个不少，宴席上觥筹交错，热闹得紧，李棣嵘一直陪在她身边，替她倒酒夹菜。

有个乔溪当年的副官喝多了酒，摇摇晃晃地走来："太子殿下，您一声不响娶走我们将军，不喝一杯说不过去吧？"

乔溪不愿让心腹们知道她过得不好，同李棣嵘装作恩爱。李棣嵘端起杯子，豪爽道："多谢你们当年替我照应阿溪，虽然不说，可我心底一直感激不尽。”

两个人一同将酒饮尽，周围人看了，也都来敬酒。他来者不拒，到了半程，人已醉了一地，他面色有些苍白地同乔溪说：“陪我出去一下。”

乔溪同他出去，两人相顾无言，他迎风而立，半晌，乔溪有些冷，问他说：“没事的话我先回去了。”

他平静地同她说：“再等等吧。”

乔溪不知他在等什么，耐着性子陪着，心底却越发不安。良久，帐中忽然传来一声惨叫，乔溪悚然一惊，李棣嵘却笑了：“竟还有人没被毒倒，他们做事越发不尽心了。”

乔溪掀开营帐时，那里面已成地狱。

那些同她出生入死，为着她不被欺负，专程前来替她撑腰的好兄弟们，都已身首异处。血淌了一地，每个人都死不瞑目，无数双眼睛望着她，像是在问她：将军，您为何要害我们？

她绝望地后退，却撞在李棣嵘身上，他温柔地拥住她，低声说：“别怕，他们喝了毒酒，走得很安稳，这样血腥也只是怕有漏网之鱼。”

乔溪在颤抖，她抬起眼，却看不清李棣嵘的模样。

五年前被当作青楼小生的季嵘不该是这样子的，他不会说话，总冷冷地看着她，却会在夜里替她掖好被角。

那片刻温柔，朝夕相对，令她贪恋到如今，可行至陌路时，一切终于分崩离析。

乔溪抽出剑来，抵住李棣嵘喉管，他无动于衷，只是道：“胡闹，你要为了这些不忠于朝廷之人同我决裂？乔溪，你莫要忘了，你是太子妃，自当以大姜天下为重！”

家国，天下，到了如今，她还剩了什么？

乔溪大笑，刚要说些什么，一支利箭却穿透她的肩胛，还未好透的伤口再一次破裂出血。为着同一个男人，却分明已是两种心境。

她疼得握不住剑，半跪在地上，帐边李棣嵘的心腹收起弓弩，警告地看她一眼，禀告说：“殿下，余党已尽数诛杀了。”

李棣嵘“嗯”了一声，望了乔溪一眼。她的头垂得极低，刚刚那沸腾到极点的痛苦已经落了下去，只剩下行尸走肉般的绝望。

爱不得，恨不了，他亲手将他们引向这样的局面。

良久，他挑起乔溪的下巴，替她拭去眼角的泪珠，只是道：“乔溪，你都做不到的，无论是杀了我，还是杀了你自己。”

她不会舍得杀他，而他，也不肯让她轻易死去。

这可笑的尘世，她必须同他一直走下去，哪怕跌跌撞撞，却也不死不休。

『第七章 说离别』

李棣嵘将漠北军中乔氏的亲信尽数铲去，换上了自己的心腹。

暮春时天子受了寒，八百里加急宣他们俩回去。

李棣嵘亲自将乔溪抱上马车，在她眉心轻轻吻了吻：“此去京中……阿溪，我保证，这是最后一次。”

乔溪对他的话无动于衷，消瘦的脸埋在雪白的狐裘中，李棣嵘替她理了理鬓发，忽然问：“你还记得吗？我去后方那晚，你把狐裘给了我。后来我被俘了，北戎的人认得是你的狐裘，这才放过我一条命。”

她的眼睫微抬，看他一眼，只是道：“若是没给你就好了。”

若是没给他，他早就死在北戎军中，尸骨寒透，也不会有今日局面。

“可惜没有如果，阿溪，你就是那样做了。”

他将两人的十指交扣，像是无比相爱，可她手指冰凉，再也暖不热了。

天子病重，待见到李棣嵘，第一件事却是替他纳了个侧妃。

“阿溪，你这些年一直无子，皇伯伯没有法子……大姜千秋社稷，棣嵘必须得有个孩子。”

她半伏在那里，恭顺地听了，心底毫无波澜。出了宫殿，李棣嵘沉吟片刻，轻声对她说：“一个侧妃而已，生下孩子后，我会把孩子抱给你抚养……”

“我曾怀过一个孩子的。”她忽然轻语，“就在我们大婚那一夜，你让我染上了极乐丹的瘾头，之后我怀了个孩子，四个月的时候便小产了。”

她说得轻描淡写，缓缓将心头的伤疤撕开。闻言，李棣嵘一时容色大变，甚至到了无法掩饰的地步。

乔溪淡淡望了他一眼：“随便你娶多少侧妃，生多少孩子都无所谓，李棣嵘，你再也伤不到我了。”

李棣嵘将手背到身后，只是沉声道：“我知道了，这些日子，你就待在这里好好照顾父皇，替我尽孝。”

乔溪不语，他转身离去，到底没忍住，回过头问她：“那个孩子……真的死了吗？”

风卷着落花飘下来，乔溪冷笑一声，转身离去。她身后，李棣嵘握住一片花瓣，任它被掌心里淋漓的鲜血染得赤红一片。

乔溪同李棣嵘的最后一次见面，是在战场上。

雨丝凌乱，血流成河，李棣嵘率领的亲卫军本就不敌天子埋伏下的精兵强将，更遑论乔溪忽然奉天子之命加入战局。

她从小就跟着习武练兵，兵法战术一眼即懂，这些年收敛锋芒，到如今再不用遮掩。李棣嵘的残军被逼入太子宫，大军张弓搭箭，只待殿内有人走出，便万箭齐发。

乔溪跃下马背，副官迎上来，她只冷冷道：“我奉陛下密旨，要让这反逆亲耳听了，你要阻拦？”

无人敢阻，她径直推门入了殿内，李棣嵘站在最前面，两人对视片刻，乔溪对他说：“将衣服脱了吧。”

那年初见，喝醉酒的乔溪被青楼妈妈下了迷药，含糊不清地抱住他说："美人儿，将衣服脱了吧。"

时光飞逝，以为会忘，却原来念念不忘。

见他不动，乔溪扬眉一笑，将手中一枚兵符丢过去："漠北兵符，拿了它你才能真正指挥漠北军。一会儿，你找个人扮作你的模样俘虏我出去，我们被射死时他们会有所松懈，你可以混入军队里，然后去往漠北。"

她说得从容，李棣嵘问她："为何一定要你留下？"

"只有看到我，他们才会相信真的是你，也才会放箭。"

天子的心最难捉摸，李棣嵘以为天子是中意太子，也是想把皇位传给太子的。不过之后李棣嵘渐渐明白，天子哪有什么喜欢和感情，他只是想寻找一个能够把控的傀儡罢了。

天子知道太子和李棣嵘都已经脱离他的手掌心了……

李棣嵘利用这一点除掉了前太子，却也被这一点绊住步子，天子迟迟不肯下旨传位于他，更秘密调动大军，埋伏在京畿重地，从封地上接回了自己最年幼的儿子。

乔溪知道，天子对她的宠爱，不过是惺惺作秀。天子一直忌惮乔家，这一次更是要将她同李棣嵘一起斩草除根，永绝后患。

他顿住，良久，沙哑着声音问："阿溪，你还喜欢我吗？"

乔溪奇怪地看他一眼，像是他问了个很可笑的问题："自然不喜欢了，你以为我做这一切是为了你？主少国疑，你才是最佳的皇位继承者，我只是不忍心我乔氏守了几代的大姜零落。"

她已经放下了，将那心动掩在尘埃，李棣嵘茫然脱下大氅，看着她举步向外走去，忽然叫她："乔溪。"

她没回头，连步子都没停顿，一束光射进来，她缓步进去，像是融化在了里面。

乔溪不知道，李棣嵘叫她，是想同她说句话的。

他想告诉乔溪，极乐丹不是他要给她吃的。天子疑心重，忌惮乔氏，便要乔溪染上毒瘾，以便控制。

李棣嵘挣扎过，可天子只是道："不吃极乐丹也可以，我赐她一杯毒酒罢了。"

原来一切爱短情长，都只为最后一刻诀别。

李棣嵘大笑，眼泪滚落，竟是赤红颜色。

云歇雨住，千里皇城寂寂无声，血与雨一同滚落。

乔溪站在宫门前，斗篷烈烈如火。她身边，扮作李棣嵘的人作势要逃，前方的副官挥下手："放箭。"

万箭齐发，如一场再不停歇的骤雨，良久，一切归于平静。

后记

早起的采茶姑娘看到一队人从城中奔出，烟尘滚滚间，有人额上束着一条白绫，又在肩头背了一枝早开的桃花。

她问同伴："额束白绫，肩负桃花是什么讲究？"

"那是老传统了，"她的同伴打个哈欠，懒洋洋地说，"这样穿戴的人，十有八九是死了心上人，表示自已心已死，留在尘世的，只是躯壳。"

说话间，那队人已然远去，看方向，正是前往北荒。

六年春遣怀八首（其五）

[唐] 孟郊

伴客销愁长日饮，偶然乘兴便醺醺。
怪来醒后旁人泣，醉里时时错问君！

愿为双鸿鹄

文／阿星

『第一章 功臣』

“陛下，陛下……”老太监的声音响起，唤醒了肩舆上的大梁皇帝傅灵恒。

此刻还是拂晓，天还没大亮，可为了每日早朝，他寅时就要起来，此刻手里还拿着昨日未看完的折子，听到老太监的声音揉了揉眼睛，抬眼一看，宣政殿已经远远可见了。

“嘉定关那些护国有功的武将都抵达京中了吧？今日，他们是不是就要上殿听封了？”他问那老太监。

他登基三年，边关滋扰不断，年前北周举兵来犯，断断续续打了半年之久，终将周军赶出国门。这算是登基以来头一等大喜事，他下旨大封有功之臣，命兵部呈上军功卓著的武将的名册，让这些将领入京来听封受赏。

“启禀陛下，诸位将军已经都入京了，就等着今日您宣见呢。”那老太监答。

傅灵恒拿起手中折子，正是武将们的名册，可上头的名字密密麻麻的，他翻了翻就懒得再看了。

那老太监却突然道：“对了陛下，听闻这次出了个了不得的人物，带着百来号人从沙漠中绕到了周军的后面，与大军前后夹击，最后更是杀到了周军主将的营帐中，生擒了那主将，厉害得不得了。”

“是吗？”他兴致勃勃地问，“那人叫什么名字？”

“名字啊……”那太监想了想，然后摇了摇头答，“名字老奴可记不清了，只记得好似是姓上官。”

“上官？”傅灵恒的声音突然一升，仿佛想起了什么，嘴里喃喃又念了一遍，“上官……”

老太监自然不知道这个姓氏对这位年轻的帝王而言的意义，只接着道：“我朝人才辈出，无往不胜，这都是托陛下您的鸿福。”

早朝最后才是武将入殿听封，听太监挨个儿地叫名字念赏赐，顺序都是按着官职大小来的，念到后头，傅灵恒听得都有些犯困了。

“上官辰，”太监念名字，“上前听封！”

傅灵恒闻声一震，抬头就见一个高高瘦瘦的男子从一排人中跨出，缓缓走上前来，然后跪在丹墀下。

那太监开始念封赏的内容，这个上官辰之前不过是个八品校尉，但此次立下无数军功，也正是他，率军包抄敌营，生擒了北周的主将。

听完后上官辰便朗声答：“谢陛下，吾皇万岁万岁万万岁！”

傅灵恒没有出声，上官辰便也不敢贸然起身，他跪在那儿，头低垂着，看不清面目。

“把头抬起来。”傅灵恒淡淡道。

那人并无反应，直到傅灵恒的声音陡然一高：“上官辰，朕说，让你把头抬起来！”

上官辰缓缓抬头，一张脸无可回避地落入傅灵恒的眼中。

殿上一片寂静，时间在这一刻犹如停滞。

傅灵恒用了极大的力气才忍住不让自己冲到那人面前去，他站起了身，不顾众臣惊诧的目光，径直转身离开。

“退朝！”太监慌忙喊了一声。

“陛下，陛下！”老太监连忙追赶上一路疾行的傅灵恒，却见他突然转过身来。

“把那个上官辰带到甘露殿，朕一会儿去见她，”他吩咐身边的宫人，想了想又接着道，“还有，把她这几年在军中的履历，她做过什么，去过哪里，打过什么仗，受过多少伤，这些能查到的，一一拿给朕看，马上！”

『第二章 故人』

“上官，你会一直陪着我吗？会不会有一天，你突然觉得我是个累赘了，就不愿再带着我了？”

“你在我的眼中永远不会成为累赘，可如果有一天我真的离开你了，那一定是你已经变得足够坚强，足够强大。”

傅灵恒闭上眼，脑中却始终回响着当初她对他说的那些话。

“陛下，上官将军正在里面。”身边的宫人出声提醒他。

刚才殿上封赏，给她加官进爵，如今她已经不再是八品校尉了，是宫人口中的“上官将军”。

收在宽大袖袍中的双手骤然紧握，他吸了口气，跨过门槛踏入殿内。

里面等候已久的人听到脚步声立即抬头，看到那明黄龙袍立即跪下去：“臣参见陛下！”

“呵，”他一声轻笑，语带讥讽，“你还要装作与我素不相识吗？”

她不语，只缓缓站起来。

“你认为，”他苦笑着，“有一天，我会连你都认不出了？”

“阿恒……”她终于缓缓开口。

他的笑慢慢凝住，仿佛无法再看着她，只缓缓背过身去。

两人都没有开口，殿角的香炉里白烟袅袅，笼罩着这一屋的沉寂。

许久，他才轻轻开口：“上官，你知道吗？和你分开后的这么多年里，我从没有一刻，停止过找你……”

他身前的墙壁上悬挂着一副舆图，上面是大梁的万里山河，属于他的万里山河。

“我满天下地找过你，却还是毫无消息，我想过无数种可能，甚至，连你已经……不在了，我都设想过，”他轻轻开口，“可你知道我是谁，而我登基有三载，你不可能不知道天子的名讳，如果不是这次迫不得已要入京受赏，你是不是根本不会来与我相见？”

她还是没有开口，可这沉默，无异于最好的回答。

“来人，”他高声唤道，“将兵部尚书和枢密使宣来。”

她仿佛是猜到什么，急忙道：“陛下！”

“不要叫我陛下！”他蓦地回头，看着她，声音低了下去，“我不是什么陛下，上官，别和我这么疏离……你知道的，无论多少年过去，在你面前，我都还是那个当初被你从云州城难民中救走的孤儿而已……”

『第三章 旧事』

十三年，足够忘却很多事，可他仍清晰记得十三年前，她出现在他面前的每一个画面。

那年他刚满十岁，当时正逢上云江百年不遇的洪灾，沿江数十个州县都遭了殃，成千上万的灾民都朝未受灾的云州涌去，云州知府怕灾民失控便一早紧闭了城门，流民只能聚集在城外。

当时饿殍遍野，饿死的人未及时掩埋，又滋生出疫病，有无数灾民染病，他便是其中之一。

他记得那时他已经奄奄一息了，恍惚间感觉到有人在拍自己的脸，然后有焦急的声音在耳边问：“灵恒，傅灵恒……你可是傅灵恒？”

她的身上带着淡淡的清香，那是他永难忘怀的味道，他虚弱地点头，说：“是，我是……”

再醒过来，他就已经躺在了一张干净的床榻上，一睁眼就看到一个姑娘正坐在床边，他没什么气力，连开口说话都觉得艰难。

“醒了？”那姑娘笑了起来，忙起身去端来一碗药，“那正好把药喝了。”

她告诉他她叫上官宸宸，年长他几岁，她说以后就由她来照料他。

关于救他的原因，她只说是她父母同他父母是故人，她父亲临终前嘱托她一定将他寻到，护他安好。

那是云州城郊的一处简陋的木屋，他的疫病十分严重，一度昏迷不醒，她彻夜守在他的床头。

他依稀间能感觉到不断有温热的帕子在替自己擦汗，还有一个声音总在不停地叫他的名字。

她用了大半个月，才从阎王那儿将他一条命给拖了回来。

再后来，洪灾过去，她就带着他去了云州城里。

别看她年纪轻，可一身武艺难逢敌手，兼之身量本就比一般女子长得高大，便扮了男装开了个小武馆，慢慢地，有了名声，这才站稳了脚跟。

她和旁的女子全然不同，平日只爱舞刀弄枪，她说自己一身武艺皆承自她的父亲，可她从不曾透露她父亲的生平，只说父亲在她心中是大英雄，她此生所愿，也是成为父亲那般的英雄。

那时傅灵恒就该料到的，从军投戎，才是她的志向。

兵部尚书和枢密使很快赶来，在殿外等待宣召。

傅灵恒看了一眼上官辰道：“你不必再回嘉定关了，从前是我没能力，让你吃了许多苦，如今不一样了，如今可以由我来照顾你了。”

她却摇头，没有丝毫的犹豫。

“那年北周破关，我同你在南逃的时候，于江宁走散，我也一直在找你，”她的声音很轻，“我在江宁城里找了三天三夜，结果周军直抵江宁城下，我便与那些百姓一起与守军一道御敌，再后来便投身军营了。先皇封太子时，我就听说了你的名讳，你成了储君，再不需要我的保护了，我很高兴……”

他回身看着她，听她说起曾在江宁城外寻了他三天三夜，双拳紧握着，哽咽不能语。

当初他被周军所俘，早就离开了江宁，后来周军兵败，他才被解救出来，然后被皇姐派人寻到，被接到了帝京。

那时他才知道，他的祖父是庆宗朝时被贬为庶人的颖太子，他是飘零在外的皇族血脉。

“我知道，你当初为何要找到我，”他看着她道，“你父亲上官远受过我皇祖父提携之恩，上官一门出过无数名将，你父亲却受我皇祖父所累，含冤而死……是他让你找到我，保护我的，对吗？”

“是，”她缓缓答，“我知道你是皇嗣，所以我才会那般护你。我从小耳濡目染，一心就想着长大后能像父亲那样驰骋疆场，保护你是他的遗命，我不得不遵，可如今你已经不需要我了。你是知道我的，错生了女儿身，心中却是男儿的抱负。”

“你……”他不知该说些什么，只能无奈道，“可你毕竟是个女子，总要嫁人生子吧。”

“阿恒要为我做媒？”她偏头看他。

他愣住，今生他是绝无办法看着她嫁给别人的，他从未想过这个可能。

想将她留在……留在身边，是因为……他想拥有她，永远拥有她。

可这些话他没法说出口，哪怕他贵为天子，在心爱的人面前依旧卑微怯懦。

“留在军营也行，那便调到京畿驻军中吧。”

“阿恒是不是想让我成为内廷侍卫，替你保护后宫诸妃？”

那“后宫诸妃”四字如细针插进他心中，他有些狼狈地开口：“我没有……”

他脸色苍白，“诸妃”两字说不出口。

他的后宫里没有三千佳丽，可这三年里，为了坐稳这个帝位，他迎娶了皇后，他有了正妻。

“听闻，皇后已经有了身孕，恭喜你，阿恒，”她轻轻笑着道，“你要做父亲了……见你如此我便放心了，让我回边关去吧，你若有心帮我，便不要戳破我的身份，让我完成自己的心愿。”

『第四章 牵挂』

她又回到了边关。于是，千里之外的嘉定，每十日便会有一骑快马加急赶往京里，将一封密报送至他的手中。

那上面记着她平日里的情况，千篇一律，却从不间断。

这仿佛成了他的一项习惯，总要在灯下将那薄薄的密报翻出来，来回看上一次，将那边关的风尘在心里过一遍，将上官的模样在心里过一遍，才睡得安心。

渐渐地，密报送得更勤，五日便有一封，内容也更细，至她每日吃了多少饭食都无遗漏。

“陛下看哪位大人的折子看得这样开心？”皇后踏入甘露殿时，见傅灵恒正凝神看着什么便笑着问。

“不过是寻常军报而已……”

他将纸收到袖中，面上虽不动声色，心中却一紧。随后，便让宫人找了个颇大的匣子，将那些密报尽数收于里头，再加了把大锁锁住，看一封锁一封。

不久，前方又传来了周军犯境的消息。

周军来势汹汹，边关数城都沦陷了，而嘉定关也与朝廷失去了联系，处于周军包围之中。

“什么叫作没有消息！”宣政殿上，傅灵恒将战报狠狠摔在身前，“为什么不派军去支援嘉定？为什么让上官将军孤立无援？现在……现在连人是死是活朕都不知！”

谁都没料到他会发那样大的火，直到前线终于传来了消息，说是嘉定关的士兵与援军合力反攻，已将战势转御为攻。

他握着那战报的手都有些发颤，战报上说，嘉定刺史已殉国，城外的沙土都被鲜血染尽。

还好……还好她没事。

这一仗一直打到秋尽春来，皇后也顺利诞下了一位皇子，他为其取名为昭靖，为的是纪念这场来之不易的胜利。

昭靖满月时，上官辰再次进京受封，只是这一次在长长的名单上，她的名字名列首位。

他在满月的银辉下摆酒等她，当抬眼看到她一袭竹青常服踏月而至时，他执盏的手停在了那里。这一年里，她变化太大，眉间添满风霜，他都险些认不出了。

酒中似乎有苦意，他叹息着调侃：“将军如今可谓名动天下啊。”

她似笑非笑，低低道：“陛下可还记得那时在云州时，有算命的说我命中有将星之运，那时陛下还笑那瞎子胡说……”

他挥手：“别君君臣臣的，你既记得云州，就该记得当初我能活着都是靠你，那时我的饭食都是你一口一口喂的。”

说起过去，两人均是沉默。

“上官……”他似未饮先醉，双眼迷蒙地看向她，“你可知，我看到战报说你被困在嘉定，我……我恨不得御驾亲征去救你，你不知道我多害怕……回帝京来吧，好吗？”

堂堂帝王，是这样可怜兮兮地哀求，她却偏头一笑，装作不知地答："我在军营里待惯了，今生唯爱边关的大漠孤烟，赏不来帝京的光风霁月。"

他仰头，将杯中烈酒一口饮下，知她是在装糊涂，却又无可奈何。

『第五章 宠爱』

后来，边关一直不宁，周军滋扰不断。

彼时，上官辰威名震慑周军，品级一路高升。可他知道，那些不大不小的战役中，耗费了她怎样的心血，甚至折损着她的健康。

可除了给她封些虚名，他什么都做不了，心里苦闷时就饮酒，酒瘾便越来越大。

皇后听闻他又醉得不省人事后匆匆赶至甘露殿。

"你们都下去，本宫亲自伺候陛下。"她斥退宫人，亲手拧了帕子为他净面。

"上官……"她听到他喃喃低语，俯身才将他唤的名字听清。

"你回来了？"他用力睁眼，似乎想将她看清楚，之后伸臂将她揽入怀中，两人滚落在床榻上。

"陛下，是臣妾……"她低低道。

"是你啊……"他的声音缓缓低了下去，眼中的炽热在顷刻间消散，他松开她，转过了身去。

"为什么……"良久，她听到他突然低声问。

"为什么朕爱的姑娘，她不是这俗世里再普通不过的女子，为何她不愿做羽毛精美的画眉，却偏要做盘旋高空的鹰？朕可以为她撑起一切，"他的声音发着颤，听着无比凄楚，"可为什么她偏偏不要……"

"陛下，这天下有的是女子盼着能得您一眼青睐，只要您愿意，什么样的姑娘没有呢？"皇后从身后抱住他，轻声道。

“是啊，朕是天子！”他红着眼，喃喃道，“朕为什么要去乞求她的爱？”

边关稳定后，大臣们就将心思都放到他身边来了，奏折如雪花一般递上去，说的都是什么后宫空虚，皇嗣微薄，奏请陛下广纳后妃。

他本不愿理会，直到遇到了苏韵。

那次围场狩猎，他刚射死一只貉子，便见林中冲出一匹浑身雪白的马来，上头一个唇红齿白的少年，指着他马下的貉子道："那是我先射下的！"

“放肆！竟敢对陛下无礼！”他身边的武官喝道。

少年一下慌了神，下马行礼道：“陛下赎罪，下官，下官是禁军少尉苏诚。”

“倒是个大胆的姑娘，”他勾唇一笑，“竟敢欺君。”

见被他识破，她倒不怕了，仰着脖子道：“谁让陛下不准世家女子参加围猎，臣女只能顶着哥哥的名号偷跑来了！”

他一下子笑开了，回去后，便让人去查她的家世。不久，就一道圣旨，将她接进宫里。

其实她就是个被父兄宠坏了的小丫头，可不知为何他偏就欢喜她那股天不怕地不怕的劲儿，便不顾一切捧在掌心，宠上了天去。

后来苏韵生了个女儿，他欢喜得不得了，比昭靖出生时还高兴。苏韵央他为女儿赐名，他想了许久。

“名字就叫晏宁，乳名……便叫宸儿吧。”他缓缓道。

『第六章 影子』

公主周岁时，又逢上官辰回京述职。他在甘露殿逗女儿玩，抬头就见她倚在门边，不知来了多久。

“小公主真是冰雪可爱，”上官宸喃喃道，眼神温柔如水，“像极了陛下……”

“哪里像朕？”他直直地看着她问。

“眼睛最像，”她偏着头，像在回忆，眼中溢满笑意，“那年臣在云州城外寻到陛下，陛下昏迷不醒，臣不停地唤着陛下，然后陛下就睁了眼……那时臣就在想，怎么会有这样好看的眼睛，哪怕那时陛下泥垢遮面，可那双眼睛，臣一直记得……”

“她像她母亲，”他不去看她，“所以朕才如此疼爱她。”

“臣也听闻了苏贵妃，天姿国色，最得君心。”她淡淡答。

她走了后他还愣在原地，她那么淡然地说着他对苏韵的宠爱，让他忍不住想质问她，他那样爱着别的女子，难道，她不会有一丝的难过吗？

他用最笨拙的方式想要得到她的注意，他想尽办法，到头来还是像个无理取闹的孩子。

有太监匆匆来报，说贵妃娘娘与上官将军起了冲突。

他知道苏韵被他惯坏了，却想不到她这样胡闹。他去的时候，已有内监抬上长凳准备对上官辰施杖，而她漠然立在一边，云淡风轻，仿佛是觉得内廷的刑杖，相较起边关的刀枪剑戟不过是儿戏。

曾经他以为，天下如上官辰一般的女子不止一个，此刻他才明白过来，天下唯有一个上官辰，其他女子皆如星子，永不能同日月比辉。

和她相较，苏韵身上的那些果敢豪气不过都是小女子的无理取闹罢了。

苏贵妃被禁足，他命人将公主抱去给皇后教养，那日苏韵拉着他的衣袍哭闹，问他为何薄了恩情，难道她觉得一个武将对她不够尊敬都不能惩罚吗？

“从前朕觉得你像一个人，如今觉得你根本不配像她。”他冷冷道。

『第七章 后妃』

上官辰的一生注定是要名载史册的。

她领着十万大军不仅收了江北数十州，更攻到了凉州，让大梁的疆域由西直抵柔岭边境。

然而不久，前方却传来她受伤的消息，震动了整个朝廷，傅灵恒不顾群臣反对，下令放弃西征。可她的伤还是超出了他的预料，从凉州到帝京，千里的路程她只醒过几次，等他看到她时，她被颠簸得只剩一把骨头了。

他让人直接把她送到甘露殿中，太医院所有人跪在殿外，他在里面抱着她，一声一声，唤着她的名字。

她或许就是这样被他唤醒了，眼里有一点惊喜一点惊慌，挣扎着要起身，却被他箍在怀中，他伸手拿起案上的药碗给她喂药。

“你看如今像不像以前我们在云州？”他对她道，“那时你就这样抱着我，喂我吃饭吃药。”

她不知在想些什么，眉峰皱着，良久叹了口气：“可惜了这次西征，很快就可以攻下煌城了，不想周军趁机……”

他脸一沉，就将手中的药碗摔了出去，狠声道：“如今我已决定将你调回帝京，这辈子你都别想再回军营了。”

她不置可否，黯然转过头去。

她的伤渐有好转，只是精神不济，每日都一副恹恹的样子，连太医也束手无策。

太医说，她的身体耗损过度，如今好生将养着也恐怕不能长寿。他听着，手攥成拳，指甲戳入掌心，仿佛如此心中的痛才稍有缓和。

她醒了后不久便要求出宫，他下令将她软禁在紫宸殿里。

当时她面色阴沉，气冲冲地就要往外面闯。如今她是执掌兵马的大将军，宫里的禁军都无人能拦得住。

可她忘了自己有伤在身，几番打斗下汗便涔涔下来，他见她双腿发抖便让所有人退下。

她不敢伤他，便被他逼到了角落里，她看着他喃喃道：“阿恒，你变了，为什么？”

“为什么？”他却笑了，“你知道的。”

“你想要什么？天下山河，我替你打回来，也像从前那样护着你，不好吗？”

“我是个男人，需要一个女人来保护吗？该由我来保护你！”

她却摇头：“可你也是一个君王，我没有资格站在你的身边，只能为你做这些力所能及的事，你明白与否，那不重要。”

他盯着她，低着声问：“上官，你是怨我了是吗？怨我必须娶后纳妃？可这不是我的本意，我也想身边只有你一人。”

“这都是命，是你的命，也是我的。”

命吗？他曾也信过，他任由她去做想做的事，想着只要她开心就好。可如今呢？如今她一身累累伤痕，让他看着都痛不欲生。

“我已打算将你是女子的事昭告天下，也命礼部拟好封号，择日正式册封为贵妃。”

『第八章 放手』

他想着，等她的伤好全了，便将她封为贵妃。除却皇后的名号，再盛大的荣宠他都能给。

而她不争不闹，每日静静地养伤。

皇后带着宸儿来甘露殿时，正巧让上官辰碰到，皇后笑着道：“晏宁倒跟将军有几分相像。”

“公主是苏贵妃所出，怎么会像臣？”

“可苏贵妃，就与将军很像。”皇后淡淡道。

周军破关的消息传来时，他正与她对弈。她缓缓地将手中棋子放下，转到帷帐后面去了。

这次又是周帝亲征，渡江而来，而梁军大多留在西部边塞，赶回已来不及了。他不得已只得请出苏贵妃之父，老将军苏晟率军迎战，可不过一月，苏晟的死讯便传回了帝京。

群臣纷纷进谏，奏请恢复上官将军之权，上阵御敌。他在帝京连日的阴雨中沉默不言，任那些折子堆成厚厚一堆。

上官辰也不出声，他们都太明白彼此了，哪怕两人都已变了当初的模样，哪怕中间隔了那么多缺失的岁月。

直到周军兵抵云州，她终于开口："阿恒，你记得当初我们为何分开吗？因为周军攻破了云州……而不止我们，天下多少挚友亲人因此分离，当初我们受过的苦，你我的痛，如今要云州百姓再尝一次，你于心何忍？"

"这个天下不是只有一个将军，可我只有一个你……"他直直地看着她。

"如今北疆那些士兵是我多年带出来的，边关的防务是我一手整肃的，这些年和周军那些仗是我打的，没有谁比我更合适去。如果你非要将北疆的鹰当金笼里的金丝雀来养，阿恒，它会被你逼死的……"

她太了解他了，知道他的软肋在哪里，知道他终是拗不过她。

他走到她身前，抬手理了理她的鬓发："我多想你能待在我的身边，陪我度过漫漫人生，却又害怕折了你的翅膀，让你一生抱憾。"

有时候，爱，偏偏是最无能为力的事情，如果他能少爱她一点，就能不管不顾地自私地将她留在身边了。

『第九章 噩耗』

上官辰一去果然扭转了战局，捷报频传，朝臣们高兴得不得了，他却日日愁眉深锁，担心着她尚未好全的身体。

他等着她凯旋，可直等到周军退去，仍没有她回京的消息。不好的预感隐隐传来，他想起她临去时许的诺，说是自己一定会完好归来。

是否太过轻许的承诺都难以实现？战场上竟传回消息，大将军以身殉国。

他坐在紫宸殿里，辍了早朝，眼都不愿合上，只想等着她活着的消息。

直到皇后也来劝，她满怀怜悯地看着他，说大梁有的是良将，上官将军也会名载史册的。

皇后怎会懂，有谁能懂。

这世上不会有任何一个人能懂得上官辰对他而言的意义。他们不知道，他年少的那段最狼狈最暗淡的岁月里，她是他唯一的光明。

他的坚持是对的。数日后，北周传来消息，大梁主将上官辰是被周军所俘，并传出让天下大惊的消息，大梁的战神原是女子。

北周不久派来使臣，愿商谈两朝议和之事。他们提出，退还江北的数州，还为周帝求娶大梁的女将军上官辰，两朝联姻。

这些年，大梁被连年的战事所累，江北数州叛乱不止，更何况上官将军都被俘了去，这样的条件让朝臣们都动了心。

朝臣们都想给陛下进谏，可甘露殿传出消息，陛下龙体有恙，不见任何人。

他们自然不知道，他们的陛下早已踏上了北上的路，昼夜不停地往北周赶。

他让人打探到了，她被关押在北周边关重镇平城。平城由周帝亲自镇守，想要把人救出来，难于登天。可他还是得去试，只要上天给了他一线的希望，都足以让他对命运感激涕零。

他带去北周的人，莫不是以一敌百的高手，一早就备好了平城的地图，摸清了上官的所在之处。周帝或许能料到会有人前去营救，却一定想不到大梁的皇帝会亲至平城。

终于等到入夜，满天的繁星，月隐在云后。傅灵恒立在庭中，等着那数十名大梁数一数二的高手将人救回。

计划万无一失，他相信他们能将人带回，他也必须相信。

然而直到长夜过半，仍无一人回来。

有敲门声突兀响起，院里只留了一个护卫，护卫投来问询的眼神，他点头，示意开门。

门外是一个老者，递了张字条后对他说："有故人在此等候。"

『第十章 告别』

许多年后，傅灵恒仍觉得，那是一个梦。

辗转许久后找到的那个小院里，披衣躺在摇椅里的那人，仿佛是从梦里走出的。而她似乎睡去了，双目紧闭，静静躺在漫天星光之下。

他走近，去握她的手，是那样的凉。

他想，任这院中设有怎样的陷阱，都不能令他再退却一步了。

上官辰在此刻醒来，看到他凛然的样子竟笑了，回握他的手道："别担心，这里是安全的。"

傅灵恒皱眉，满腹疑问正欲开口，她仿佛明了他的所有心思："他与我打了一个赌，赌你会不会为了天下而放弃我，他愿赌服输便放了我。"

"他？"

"这些年，梁周交战不断，我与他也算熟人了。"

她用这样风轻云淡的一席话，来解释这中间无数纠葛。傅灵恒隐约能猜到她与周帝的故事，或许在那些战火中，他们是对手也是知己，他们既相互厮杀又彼此懂得。这样的传奇女子，像深海蚌壳里的明珠，待看清她的璀璨光华，又有谁能不倾心。可无论那些过往是怎样，她既不愿提，傅灵恒也不想再问。

傅灵恒只是不信，那人愿以两朝和议为注来求娶她，又怎会轻易放手呢？

他看向她惨白的面容，微显青紫的唇色，她的额头上有汗珠滚滚而落，让他心中一凉，止不住颤抖着问：“周帝肯这样轻易放了你，是不是你拿性命逼的？”

谁能比他更了解她呢？她转了眸，眼中光芒淡去，苦笑着说：“阿恒，你一直都太执着了，当结果无法改变的时候，过程与缘由又有什么重要的呢？”

原来如此，难怪周帝会放了她。她是大梁的战神，只要有她守住国门，周军便无可奈何，可她又是百年难遇的将才，英雄相惜，他不忍直接杀了她，便想出求娶的办法，让她离开大梁，再也无法带兵。

可周帝没料到她会这样决绝，宁肯自己饮下毒药。两国交战多年，国力耗损，周帝想要与梁和谈，自然不吝送傅灵恒一个人情，让傅灵恒将人带回去，或者说，将她的尸身带回去。

“我知道你的，你肯定不愿让我下嫁于他，你会来救我，可我不想你涉险，我不想两国再因我起纷争……文臣死谏，武将死战，从我踏上战场那刻起，就不在意生死了。”

“可你有没有想想我！”傅灵恒的声音发颤，“你有没有想过我要怎么办？我抛下江山臣民，抛开我的一切，赶到这里，你就给我这样一个结果？”

傅灵恒从未见过她流泪，哪怕在云州那样艰苦无助的岁月里，在无数次他以为他们撑不过去的日子里，他一直以为她是没有眼泪的。可这一次她满脸泪痕，哭得像个孩子，伸出手来对他说：“阿恒，你抱抱我吧。”

她将头贴在他的胸口，声音也如同响在他的心上：“当初颍太子曾救过上官一族，父亲死前要我将你找到，那时他说，此生我的性命就是你的，为你生为你死……如今，也算对得起他的嘱托了。”

她的头无力地靠在傅灵恒的肩上，在他耳边轻声道：“阿恒，你的江山，我替你守住了。”

“可我要的不是江山，”他埋首在她头顶，灼热的眼泪没入她的发间，“我要的自始至终都是你，只有你……”

“或许是我太自私，我不想埋没于你后宫里的芸芸妃嫔里，等到年华老去你早已将我忘了……我要做古往今来独一无二的女子，哪怕你不再记得我，也会有煌煌青史来提醒你，而我……终是与她们不同的。”

她的声音已渐弱，说着都有些吃力了，他紧紧将她抱住，让她的头靠在自己的胸膛，哀声道：“没有那些女子，我的眼里，之前之后，从来只有你。”

她的唇角渐渐扬起，这一刻终于如同这世间再寻常不过的女子一样，温顺地靠在他的臂弯中，笑着轻声答：“这就够了……”

『第十一章 青史』

许多年之后，昭靖已继了位，他成了太上皇，在寿康殿里一人品茶下棋。

那时四海清晏，新帝来同他商讨设立武举之事，他摇着头说任新帝裁决，既退了位，便不想再理朝政。

新帝低声叹息着说，希望大梁能有第二个上官辰。又说起，如今大梁的百姓许多都在家供奉着上官将军的牌位，民间根据史官为她而写的传记将她的事迹改为歌谣，传唱不绝。

棋盘的边上就放了一本史官撰的《上官将军传》，他在满室的烛光中笑了起来，想起她当年所说的，总会有煌煌青史来提醒他。

可惜她不知道，纵青史成灰，纵她湮没在众生里，他总不会忘记她。

后记

韩八荒：被抓壮丁来参与本书写作的小伙伴们，请用一句话来表达你们写文时候的感受吧！

九度：本是相思入骨，痴情不负，却落得曲终人散的下场，由此可见，沟通交流是多么重要啊！

高轩过：人间有真情，人间有真爱，我用一生推李贺。

南子：寂寞的年岁里，也许会有那么一点甜，像一滴雨落在水中，漾起细碎涟漪。

陈痴：相信每个作者心中都藏着这样一个地方，载不满的清风明月，数不尽的红豆相思。

韩易水：总有那么一些事一些人，让你为之奋不顾身，虽九死一生而无悔；若错过了，便会魂牵梦绕，日夜萦怀。

倾顾：写《心间砂》的时候，我想，不说拉倒，不说就要孤独终老，惨啊！所以用一个这样的故事，来告诫大家，遇上喜欢的人，一定要说！出！来！

明未卜：接到玛多肉（韩八荒）凌晨两点的邀稿骚扰，忍不住挺胸而出。请不要改动我的原话，谢谢。

嗯，还有，我爱你。

逍遥红尘：我一向向往着江湖逍遥的生活，也向往着走马章台的肆意，故而挚爱这首诗已久，一直想写个这样的文，接到韩八荒的邀请的时候，有种王八看绿豆，刚好对眼了的感受，所以果断提笔，谢谢大家观看。

【看到这些话的时候，我真的……是蒙的……】

【就这样啦！】

【让我们一起在文字里面深沉，在生活里面撒欢吧！】

【谢谢观赏的各位！】